UM MISTÉRIO DA RAINHA DO CRIME

Publicado originalmente em 1931

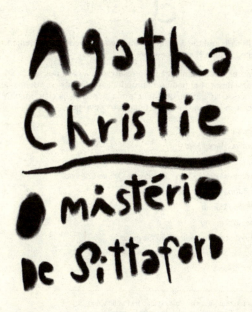

· TRADUÇÃO DE ·
Samir Machado de Machado

Rio de Janeiro, 2024

Copyright © 1931 Agatha Christie Limited. All rights reserved.
Copyright de tradução © 2023 Casa dos Livros Editora LTDA.
Título original: *The Sittaford Mystery*

AGATHA CHRISTIE and the AC Monogram Logo are registered trademarks of Agatha Christie Limited in the UK and elsewhere.

Todos os direitos desta publicação são reservados à Casa dos Livros Editora LTDA. Nenhuma parte desta obra pode ser apropriada e estocada em sistema de banco de dados ou processo similar, em qualquer forma ou meio, seja eletrônico, de fotocópia, gravação etc., sem a permissão do detentor do copyright.

Publisher: *Samuel Coto*

Editora executiva: *Alice Mello*

Editora: *Lara Berruezo*

Editoras assistentes: *Anna Clara Gonçalves e Camila Carneiro*

Assistência editorial: *Yasmin Montebello*

Copidesque: *Julia Vianna*

Revisão: *Vanessa Sawada*

Design gráfico de capa e miolo: *Túlio Cerquize*

Imagem de capa: *Shutterstock | 3d_molier International*

Diagramação: *Abreu's System*

Dados Internacionais de Catalogação na Publicação (CIP)
(Câmara Brasileira do Livro, SP, Brasil)

Christie, Agatha
  O mistério de Sittaford / Agatha Christie ; tradução Samir Machado de Machado. -- Rio de Janeiro, RJ : HarperCollins Brasil, 2023.

  Título original: The Sittaford Mystery.
  ISBN 978-65-6005-011-2

  1. Ficção policial e de mistério (Literatura inglesa) I. Título.

23-151128   CDD-823.0872

Índices para catálogo sistemático:

1. Ficção policial e de mistério : Literatura inglesa 823.0872

Tábata Alves da Silva - Bibliotecária - CRB-8/9253

Os pontos de vista desta obra são de responsabilidade de seu autor, não refletindo necessariamente a posição da HarperCollins Brasil, da HarperCollins Publishers ou de sua equipe editorial.

HarperCollins Brasil é uma marca licenciada à Casa dos Livros Editora LTDA.
Todos os direitos reservados à Casa dos Livros Editora LTDA.
Rua da Quitanda, 86, sala 601A – Centro
Rio de Janeiro, RJ – CEP 20091-005
Tel.: (21) 3175-1030
www.harpercollins.com.br

Para M.E.M.
Com quem discuti o enredo deste livro,
para inquietação dos que estavam ao nosso redor.

Sumário

1. A Mansão Sittaford — 9
2. A mensagem — 17
3. 17h25 — 26
4. Inspetor Narracott — 31
5. Evans — 37
6. No Três Coroas — 46
7. O testamento — 54
8. Mr. Charles Enderby — 63
9. Laurels — 70
10. A família Pearson — 78
11. Emily entra em ação — 88
12. A prisão — 96
13. Sittaford — 101
14. As Willett — 107
15. Visita ao Major Burnaby — 114
16. Mr. Rycroft — 122
17. Mrs. Percehouse — 131
18. Emily visita a Mansão Sittaford — 141
19. Teorias — 150
20. Visita para tia Jennifer — 158
21. Conversas — 169
22. As aventuras noturnas de Charles — 182
23. Em Hazelmoor — 187
24. O Inspetor Narracott discute o caso — 194

25.	No Café Deller	203
26.	Robert Gardner	209
27.	Narracott toma uma atitude	215
28.	Botas	221
29.	A segunda sessão espírita	230
30.	Emily explica tudo	241
31.	O homem de sorte	247

Capítulo 1

A Mansão Sittaford

O Major Burnaby calçou as botas, abotoou o colarinho do sobretudo ao redor do pescoço, tirou de uma prateleira perto da porta uma lanterna própria para uso em tempestades e abriu cuidadosamente a porta da frente do pequeno bangalô, olhando para fora.

A cena que seus olhos encontraram era típica do interior inglês como mostrado em cartões de Natal e em melodramas à moda antiga. Tudo estava coberto de neve, em altos montes dela — e não apenas uma ou duas polegadas polvilhadas. Havia nevado em toda Inglaterra pelos últimos quatro dias, e nas fronteiras de Dartmoor a camada havia atingido uma altura considerável. Por todo o país, proprietários reclamavam de calhas entupidas, e ter a amizade de algum encanador (ou mesmo da esposa de um) era a distinção mais cobiçada.

Lá no alto do pequeno vilarejo de Sittaford, que sempre fora distante do mundo, e agora estava quase completamente isolado, os rigores do inverno eram um problema bem real.

O Major Burnaby, contudo, era de espírito forte. Ele fungou duas vezes, resmungou uma e marchou resoluto neve adentro.

Seu destino não estava muito longe. Alguns passos ao longo de uma alameda sinuosa, passando então por um portão e subindo por um caminho parcialmente limpo de neve até uma casa de tamanho considerável feita de granito.

A porta foi aberta por uma copeira vestida de modo impecável. O major foi despido do sobretudo de lã, das botas e do velho cachecol.

Uma porta foi escancarada, e ele passou para uma sala que transmitia toda a ilusão de uma cena de transformação teatral.

Ainda que fosse apenas 15h30, as cortinas haviam sido fechadas, as lâmpadas elétricas estavam ligadas e um fogo intenso ardia de maneira alegre na lareira. Duas mulheres em vestidos noturnos levantaram-se para cumprimentar o velho guerreiro.

— Esplêndido da sua parte aparecer, Major Burnaby — disse a mais velha das duas.

— De modo algum, Mrs. Willett, de modo algum. Foi muito gentil da sua parte me convidar. — Ele cumprimentou ambas.

— Mr. Garfield está a caminho — continuou Mrs. Willett. — E Mr. Duke, e Mr. Rycroft *disse* que viria, mas não se pode esperar muito dele nessa idade e com esse clima. Honestamente, está *muito* horrível. A gente sente que *precisa* fazer alguma coisa para se manter bem-disposto. Violet, coloque mais lenha na lareira.

O major galantemente se levantou para executar a tarefa.

— Permita-me, Miss Violet.

Ele pôs a acha com habilidade no lugar adequado e voltou mais uma vez para a poltrona indicada pela anfitriã. Tentando disfarçar o que fazia, lançou olhares furtivos ao redor da sala. Incrível como duas mulheres podem alterar todo o clima de uma sala — e sem fazer nada muito notável que se possa apontar.

A Mansão Sittaford fora construída havia dez anos pelo Capitão Joseph Trevelyan, da Marinha Real, por ocasião de sua aposentadoria. Ele era um homem rico e sempre teve um grande desejo de viver em Dartmoor. Fez a escolha pela pequena aldeia de Sittaford. Não ficava em um vale como a maioria das aldeias e fazendas, mas empoleirada bem na encosta da charneca, à sombra do farol de Sittaford. Comprou um terreno grande, construiu uma casa confortável com o próprio gerador de luz e uma bomba elétrica para economizar no trabalho de bombeamento da água. Então, por interesse imobiliário, construiu seis pequenos bangalôs, cada um em um quarto de acre do terreno, ao longo da alameda.

O primeiro, bem diante dos portões, havia sido destinado ao velho amigo e camarada, John Burnaby — os demais foram sendo vendidos aos poucos, já que ainda existiam algumas pessoas que, por opção ou necessidade, gostavam de viver afastadas do mundo. O vilarejo em si era composto por três chalés bastante pitorescos, porém em ruínas, uma forja e uma confeitaria que era também o correio. A cidade mais próxima era Exhampton, a seis milhas de distância em uma descida constante, que exigia a placa "Motoristas, reduzam a velocidade", tão familiar nas estradas de Dartmoor.

O Capitão Trevelyan, como já dito, era um homem rico. Apesar disso, ou talvez devido a isso, ele gostava excepcionalmente de dinheiro. No final de outubro, um agente imobiliário em Exhampton escreveu para ele perguntando se consideraria vagar a Mansão Sittaford. Um inquilino havia feito perguntas a respeito, desejando alugá-la para o inverno.

O primeiro impulso do Capitão Trevelyan foi recusar, o segundo foi pedir mais informações. O inquilino em questão era Mrs. Willett, uma viúva com uma filha. Ela havia chegado recentemente da África do Sul e queria uma casa em Dartmoor para o inverno.

— Deus do céu, a mulher deve estar louca — disse o Capitão Trevelyan. — Hein, Burnaby, você não acha?

Burnaby concordava, e o disse com a mesma veemência que o amigo.

— De qualquer modo, você não quer alugar — disse ele. — Deixe essa tola ir para outro lugar, se ela quer congelar. E vindo da África do Sul, ainda por cima!

Mas, nesse ponto, o gosto do Capitão Trevelyan por dinheiro se fez presente. As chances de conseguir alugar a casa no meio do inverno eram uma em cem. Perguntou quanto a inquilina estava disposta a pagar.

Uma oferta de doze guinéus por semana resolveu a questão. O Capitão Trevelyan foi para Exhampton, alugou uma pequena casa nos arredores a dois guinéus por semana e entregou a Mansão Sittaford a Mrs. Willett, metade do aluguel a ser pago adiantado.

— Uma tonta logo se separa do seu dinheiro — resmungou ele.

Mas Burnaby estava pensando naquela tarde, enquanto examinava Mrs. Willett furtivamente, que ela não parecia uma tonta. Era uma mulher alta, com um jeito meio bobo, mas a fisionomia era mais astuta do que tola. Ela era um tanto espalhafatosa, tinha um sotaque colonial distinto e parecia perfeitamente satisfeita com a transação. Ela sem dúvida estava muito bem de vida, e isso, como Burnaby já havia refletido mais de uma vez, de fato fazia todo o caso se tornar mais estranho. Ela não era o tipo de mulher ao qual se atribuiria um gosto pela solidão.

Como vizinha, ela se mostrara amigável de um modo quase constrangedor. Choveram convites a todos para irem à Mansão Sittaford. O Capitão Trevelyan era constantemente instado a "tratar a casa como se não a tivéssemos alugado". Trevelyan, porém, não gostava de mulheres. Dizia-se que ele havia sido rejeitado na juventude. Ele recusou com persistência todos os convites.

Dois meses se passaram desde a mudança das Willett, e a surpresa inicial com a chegada havia passado.

Burnaby, naturalmente um homem quieto, continuou a analisar a anfitriã, alheio a qualquer necessidade de conversa fiada. Ela gostava de se fazer de boba, mas na verdade não era. Era assim que ele resumia a situação. Então o olhar dele voltou-se para Violet Willett. Uma menina bonita — magricela, claro, todas eram naqueles dias. O que havia de bom em uma mulher se ela não parecia uma mulher?

Os jornais diziam que as curvas estavam voltando. Já estava na hora.

Percebeu então a necessidade de participar da conversa.

— A princípio, receamos que o senhor não pudesse vir — disse Mrs. Willett. — O senhor disse isso, como deve se lembrar. Ficamos muito felizes quando o senhor disse que, afinal, viria.

— Sexta-feira — disse o Major Burnaby, com ar de quem estava sendo claro o suficiente.

Mrs. Willett pareceu intrigada.

— Sexta-feira?

— Toda sexta-feira, vou à casa de Trevelyan. Às terças, ele vem à minha. Fazemos isso há anos.

— Ah! Entendi. Claro, morando tão perto...

— Meio que virou um hábito.

— Mas o senhor ainda o mantém? Digo, agora que ele está morando em Exhampton...

— Seria uma pena perder o hábito — disse o Major Burnaby. — Nós dois sentiríamos falta daquelas noites.

— O senhor vai pelos jogos, não é? — perguntou Violet. — Acrósticos e palavras cruzadas e essas coisas todas.

Burnaby assentiu.

— Faço palavras cruzadas. Trevelyan faz os acrósticos. Cada um de nós se mantém no próprio território. Ganhei três livros no mês passado em uma competição de palavras cruzadas — disse ele.

— Ah! É mesmo? Que bom. Eram livros interessantes?

— Não sei. Não os li. Pareciam terríveis.

— O que importa é ganhá-los, não é? — disse Mrs. Willett vagamente.

— E como o senhor chega em Exhampton? — perguntou Violet. — O senhor não tem carro.

— Caminhando.

— O quê? Não pode ser. São seis milhas.

· O MISTÉRIO DE SITTAFORD ·   **13**

— Um bom exercício. Que são doze milhas? Mantém um homem em forma. É uma coisa boa estar em forma.

— Imagine só! Doze milhas. Mas o senhor e o Capitão Trevelyan eram grandes atletas, não eram?

— Costumávamos ir juntos para a Suíça. Esportes de inverno no inverno, escalada no verão. Muito habilidoso no gelo, o Trevelyan. Mas nós dois estamos velhos demais para esse tipo de coisa hoje em dia.

— O senhor também ganhou o Campeonato de Tênis do Exército, não foi? — perguntou Violet.

O major corou feito uma menininha.

— Quem lhe contou isso? — murmurou ele.

— O Capitão Trevelyan.

— Joe deveria segurar a língua — disse Burnaby. — Ele fala demais. Como está o tempo agora?

Respeitando o constrangimento dele, Violet o acompanhou até a janela. Eles abriram a cortina e olharam para a paisagem desolada.

— Mais neve a caminho — disse Burnaby. — Uma nevasca bem forte, devo dizer.

— Ah! Que emocionante — disse Violet. — Eu acho a neve tão romântica. Nunca a havia visto antes.

— Não é romântico quando os canos congelam, criança bobinha — disse a mãe.

— Você viveu toda a sua vida na África do Sul, Miss Willett? — perguntou o Major Burnaby.

Uma parte da empolgação da garota se perdeu. Ela parecia quase constrangida pelo seu modo de responder.

— Sim, essa é a primeira vez que viajo. É muito empolgante.

Empolgante ficar trancada assim em um vilarejo remoto na charneca? Que ideia estranha. Ele não conseguia entender o que essas pessoas pensavam.

A porta se abriu e a copeira anunciou:

— Mr. Rycroft e Mr. Garfield.

Entraram um homenzinho velho e ressequido e um rapaz jovial e corado. Este último foi quem falou primeiro.

— Eu o trouxe comigo, Mrs. Willett. Falei que não deixaria ele ser enterrado em um monte de neve. Rá, rá. Minha nossa, está tudo simplesmente maravilhoso. A lenha de Natal na lareira.

— Meu jovem amigo gentilmente me trouxe até aqui, como ele disse — falou Mr. Rycroft enquanto cumprimentava a todos de forma cerimoniosa. — Como vai, Miss Violet? Clima típico dessa estação, receio que típico até demais.

Ele foi até a lareira, conversando com Mrs. Willett. Ronald Garfield se aproximou de Violet.

— Será que não podemos patinar em algum lugar? Não há alguns lagos por aí?

— Acho que limpar a neve dos caminhos será seu único esporte.

— Estive fazendo isso a manhã toda.

— Ah! Como você é forte.

— Não ria de mim. Estou com bolhas nas mãos.

— Como está sua tia?

— Ah! Como sempre. Às vezes ela diz que está melhor, e às vezes ela diz que está pior, mas acho que é tudo a mesma coisa. É uma vida horrível, a senhorita deve saber. Todo ano, me pergunto como consigo aguentar. Mas é isso. Se a gente não ficar à disposição da velha no Natal... ora, ela é perfeitamente capaz de deixar o dinheiro para um lar de gatos. Ela tem cinco deles, a senhorita sabe. Estou sempre acariciando aqueles demônios e fingindo que os adoro.

— Eu gosto muito mais de cachorros do que de gatos.

— Eu também. Com toda certeza. Quero dizer, um cachorro é... bem, um cachorro é um cachorro, se me entende.

— Sua tia sempre gostou de gatos?

— Acho que é apenas algo a que as solteironas se afeiçoam com o tempo. Ugh! Eu detesto esses demônios.

— Sua tia é muito gentil, mas bastante assustadora.

— Eu que o diga. Ela me dá uns cascudos de vez em quando. Acha que não tenho cérebro, sabe.

— Não pode ser, é mesmo?

— Ah, olhe só, não fale assim. Muitos camaradas parecem idiotas, mas por baixo estão rindo dos outros.

— Mr. Duke — anunciou a copeira.

Mr. Duke era um recém-chegado. Ele havia comprado o último dos seis bangalôs em setembro. Era um homem grande, muito quieto e dedicado à jardinagem. Mr. Rycroft, que era um entusiasta dos pássaros e morava ao lado dele, o havia acolhido, contrariando parte do pensamento geral que expressava a opinião de que, claro, Mr. Duke era um homem muito bom, muito modesto, mas era, afinal, muito... bem, muito o quê? Ele não poderia, talvez, ser um comerciante aposentado?

Mas ninguém quis lhe perguntar. E, de fato, achava-se que era melhor não saber. Porque se alguém soubesse, poderia ser constrangedor e, de fato, em uma comunidade tão pequena, era melhor manter-se em bons termos com todos.

— Não está indo para Exhampton com este tempo? — perguntou ao Major Burnaby.

— Não, creio que Trevelyan dificilmente me espera esta noite.

— É terrível, não é? — disse Mrs. Willett com um calafrio. — Ficar enterrado aqui, ano após ano, deve ser um horror.

Mr. Duke lançou-lhe um olhar rápido. O Major Burnaby também olhou para ela com curiosidade.

Mas naquele momento o chá foi trazido.

Capítulo 2

A mensagem

Após o chá, Mrs. Willett sugeriu que jogassem bridge.

— Somos seis. Dois podem ficar de fora.

Os olhos de Ronnie brilharam.

— Vocês quatro começam — sugeriu ele. — Miss Willett e eu ficamos de fora.

Mas Mr. Duke disse que não jogava bridge.

O rosto de Ronnie desabou.

— Podemos jogar outra coisa — disse Mrs. Willett.

— Ou fazer uma mesa girante — sugeriu Ronnie. — A noite está tenebrosa. Nós conversamos sobre isso outro dia, vocês devem lembrar. Mr. Rycroft e eu estávamos falando disso esta noite quando estávamos vindo para cá.

— Sou membro da Sociedade de Pesquisas Psíquicas — explicou Mr. Rycroft com modo preciso. — E pude esclarecer um ou dois pontos a meu jovem amigo.

— Uma bobagem — disse o Major Burnaby, de maneira distinta.

— Ah, mas é muito divertido, o senhor não acha? — disse Violet Willett. — Quero dizer, não se pode acreditar em nada disso. É apenas um passatempo. O que o senhor acha, Mr. Duke?

— O que a senhorita quiser, Miss Willett.

— Precisamos apagar as luzes e encontrar uma mesa adequada. Não... essa não, mamãe. Tenho certeza de que é muito pesada.

As coisas finalmente foram resolvidas a contento de todos. Uma pequena mesa redonda com tampo polido foi trazida de uma sala contígua. Foi colocada em frente a lareira e todos se sentaram em volta dela com as luzes apagadas.

O Major Burnaby ficou entre a anfitriã e Violet. Do outro lado da garota estava Ronnie Garfield. Um sorriso cínico apareceu nos lábios do major. Ele pensou: "Na minha juventude, era passa-anel". E tentou se lembrar do nome de uma garota de cabelos cheios e claros cuja mão ele havia segurado por baixo da mesa por um tempo considerável. Fazia bastante tempo. Mas passa-anel era um bom jogo.

Seguiram-se os risos de costume, os sussurros, os lugares-comuns.

— Os espíritos estão demorando.

— Eles têm um longo caminho a percorrer.

— Silêncio. Não vai acontecer nada a menos que sejamos sérios.

— Ah! Fiquem quietos... todos vocês.

— Não está acontecendo nada.

— É claro que não. Nada acontece no começo.

— Se vocês ao menos ficassem calados.

Por fim, após um longo tempo, o burburinho das conversas se encerrou.

Houve um silêncio.

— Essa mesa está mais morta que um presunto — murmurou Ronnie Garfield, com desprezo.

— Quieto.

Um tremor percorreu a superfície polida. A mesa começou a balançar.

— Façam perguntas. Quem vai perguntar? Você, Ronnie.

— Ah... ahn... puxa... o que eu pergunto?

— Se há um espírito presente? — sugeriu Violet.

— Ah! Olá... há um espírito presente?

Uma sacudida súbita.

— Isso significa que sim — disse Violet.

— Ah! Ahn... quem é você?
Nenhuma resposta.
— Peça para soletrar o nome.
— E como vai fazer isso?
— Contaremos o número de sacudidas.
— Ah! Entendi. Poderia por favor soletrar seu nome?
A mesa começou a sacudir violentamente.
— A, B, C, D, E, F, G, H, I... perdão, isso foi I ou J?
— Pergunte. Isso foi um I?
Uma sacudida.
— Sim. Próxima letra, por favor.
O nome do espírito era Ida.
— Você tem uma mensagem para alguém aqui?
"Sim."
— Para quem seria? Miss Violet?
"Não."
— Mrs. Willett?
"Não."
— Mr. Rycroft?
"Não."
— Eu?
"Sim."
— É para você, Ronnie. Vá em frente. Faça-a soletrar.
A mesa soletrou "Diana".
— Quem é Diana? Vocês conhecem alguma Diana?
— Não, eu não. A não ser que...
— Aí está! Ele conhece.
— Pergunte a ela se é uma viúva.

A diversão continuou. Mr. Rycroft sorriu com indulgência. Os jovens precisam se divertir. Em um súbito brilho da luz da lareira, ele pôde ver o rosto da anfitriã. Parecia preocupada e distraída. Os pensamentos estavam em algum lugar distante.

O Major Burnaby estava pensando na neve. Ia nevar de novo naquela noite. O inverno mais rigoroso de que ele se lembrava.

Mr. Duke estava jogando muito a sério. Os espíritos, infelizmente, prestavam muito pouca atenção nele. Todas as mensagens pareciam ser para Violet e Ronnie.

Violet foi informada de que iria para a Itália. Alguém iria com ela. Não uma mulher. Um homem. O nome era Leonard.

Mais risadas. A tabela soletrou o nome da cidade. Uma confusão de letras, parecia russo — nem um pouco italiano.

As acusações habituais foram levantadas.

— Olha só, Violet — o tratamento de "Miss Willett" já havia sido descartado —, você está empurrando.

— Não estou. Olha, eu tiro minhas mãos da mesa e balança do mesmo jeito.

— Prefiro batidas. Vou pedir para que dê batidas. Bem altas.

— Deveriam ser batidas. — Ronnie virou-se para Mr. Rycroft. — Deveriam ser batidas, não acha, senhor?

— Dadas as circunstâncias, eu acharia improvável — disse Mr. Rycroft secamente.

Houve uma pausa. A mesa estava inerte. Não deu nenhuma resposta às perguntas.

— Ida foi embora?

Um tremor lânguido.

— Poderia vir outro espírito, por favor?

Nada. De repente, a mesa começou a tremer e balançar com violência.

— Oba. Você é um outro espírito?

"Sim."

— Você tem uma mensagem para alguém?

"Sim."

— Para mim?

"Não."

— Para Violet?

"Não."

— Para o Major Burnaby?

"Sim."

— É para o senhor, Major Burnaby. Poderia soletrar, por favor?

A mesa começou a sacudir devagar.

— T, R, E, V... tem certeza de que é um V? Não pode ser. T, R, E, V... não faz sentido.

— Trevelyan, é claro — disse Mrs. Willett. — O Capitão Trevelyan.

— Está se referindo ao Capitão Trevelyan?

"Sim."

— Você tem uma mensagem para o Capitão Trevelyan?

"Não."

— Bem, então o que é?

A mesa começou a sacudir, devagar e ritmada. Tão devagar que foi fácil contar as letras.

— M... — Uma pausa. — O... R... T, O.

"Morto."

— Alguém está morto?

Em vez de sim ou não, a mesa começou a sacudir de novo até chegar na letra T.

— T... você quer dizer, Trevelyan?

"Sim."

— Está dizendo que Trevelyan está morto?

"Sim."

Uma sacudida bem forte. "Sim."

Alguém arfou. Houve uma leve inquietação ao redor da mesa.

A voz de Ronnie ao retomar as perguntas tinha um tom diferente, um tom de assombro e desconforto.

— Está querendo dizer... que o Capitão Trevelyan está morto?

"Sim."

Houve uma pausa. Foi como se ninguém soubesse o que perguntar a seguir, ou como interpretar esse desenrolar inesperado.

E, durante a pausa, a mesa começou a sacudir outra vez. Devagar e ritmicamente, Ronnie soletrou em voz alta...

A-S-S-A-S-S-I-N-A-T-O...

Mrs. Willett deu um grito e tirou as mãos da mesa.

— Não vou continuar fazendo isso. É horrível. Eu não gosto.

A voz de Mr. Duke ecoou, ressonante e clara. Ele estava interrogando a mesa.

— Você quer dizer... que o Capitão Trevelyan foi assassinado?

A última palavra mal havia saído dos lábios dele quando veio a resposta. A mesa balançou com tanta violência e assertividade que quase caiu. Uma sacudida apenas.

"Sim..."

— Olha só — disse Ronnie. Ele tirou as mãos da mesa. — Eu chamo isso de piada de mau gosto. — A voz dele tremeu.

— Acenda as luzes — disse Mr. Rycroft.

O Major Burnaby levantou-se e assim o fez. O clarão repentino revelou uma companhia de rostos pálidos e inquietos.

Todos se entreolharam. De alguma forma, ninguém sabia bem o que dizer.

— Tudo bobagem, é claro — disse Ronnie com uma risada tensa.

— Uma tolice sem sentido — disse Mrs. Wllett. — Ninguém deveria... fazer piadas assim.

— Não sobre pessoas morrendo — disse Violet. — Isso é... ah! Não gosto disso.

— Eu não estava balançando — disse Ronnie, sentindo uma crítica tácita dirigida a ele. — Juro que não.

— Posso dizer o mesmo — falou Mr. Duke. — E o senhor, Mr. Rycroft?

— Certamente que não — disse Mr. Rycroft de forma enérgica.

— Não acham que eu faria uma piada desse tipo, acham? — rosnou o Major Burnaby. — É de muito mau gosto.

— Violet, minha querida...

— Eu não empurrei, mamãe. Não mesmo, eu não. Eu não faria isso.

A garota estava quase chorando.

Todos ficaram constrangidos. Um peso repentino se abateu sobre a alegre festa.

O Major Burnaby chegou a cadeira para trás, foi até a janela e abriu a cortina. Ficou lá olhando para fora, de costas para o quarto.

— São 17h25 — disse Mr. Rycroft, olhando para o relógio. Ele comparou a hora com o que dizia o próprio relógio e, de alguma forma, todos sentiram que a ação era significativa de alguma forma.

— Deixe-me ver — disse Mrs. Willett com alegria forçada. — Acho melhor tomarmos coquetéis. Quer tocar a campainha, Mr. Garfield?

Ronnie obedeceu.

Ingredientes para coquetéis foram trazidos, e Ronnie foi nomeado barman. O clima ficou um pouco mais leve.

— Bem... — disse Ronnie, erguendo o copo. — À nossa!

Os outros brindaram — todos menos a figura silenciosa perto da janela.

— Major Burnaby. Aqui está o seu coquetel.

O Major virou-se sobressaltado. Ele se virou devagar.

— Obrigado, Mrs. Willett. Não vou querer. — Ele olhou mais uma vez para a noite lá fora, então voltou devagar para o grupo perto do fogo. — Muito obrigado pela companhia agradável. Boa noite.

— Já está indo?

— Receio que preciso.

— Não tão cedo. E em uma noite como esta.

— Desculpe, Mrs. Willett, mas precisa ser assim. Se ao menos houvesse um telefone.

— Um telefone?

— Sim, para dizer a verdade, estou... bem, gostaria de ter certeza de que Joe Trevelyan está bem. Uma superstição tola e coisa e tal... mas aí está. Naturalmente, não acredito nessa bobagem... mas...

— Mas não há nenhum lugar de onde você possa telefonar. Não existe tal coisa em Sittaford.

— Pois é. Como não posso telefonar, terei que ir até lá.

— Vá... mas não conseguirá colocar um carro naquela estrada! Elmer não sairá com o carro numa noite dessas.

Elmer era o proprietário do único carro do lugar, um velho Ford, alugado por um bom preço por aqueles que desejavam ir para Exhampton.

— Não, não... um carro está fora de cogitação. Minhas duas pernas vão me levar até lá, Mrs. Willett.

Houve um coro de protesto.

— Ah! Major Burnaby... é impossível. O senhor mesmo disse que ia nevar.

— Não por uma hora, talvez mais. Eu chegarei lá, não tenha medo.

— Ah! O senhor não pode. Não podemos permitir isso.

Ela estava seriamente perturbada e aflita.

Mas argumentos e súplicas tiveram o mesmo efeito sobre o Major Burnaby que teriam sobre uma pedra. Ele era um homem obstinado. Uma vez que a mente estivesse decidida sobre qualquer questão, nenhum poder na terra poderia persuadi-lo do contrário.

Ele havia decidido a caminhar até Exhampton e ver por si mesmo se tudo estava bem com o velho amigo, e repetiu essa simples declaração meia dúzia de vezes.

No fim, foram convencidos de que ele falava sério. Ele se enrolou no sobretudo, acendeu o lampião e saiu para enfrentar a noite.

— Vou passar em casa para pegar um cantil — disse ele, com alegria —, e depois sigo em frente. Trevelyan vai me hospedar quando eu chegar lá. Uma confusão ridícula, eu sei. Com certeza vai estar tudo bem. Não se preocupe, Mrs. Willett. Com neve ou sem neve, chegarei lá em algumas horas. Boa noite.

Ele saiu a passos largos. Os outros voltaram para perto da lareira.

Rycroft havia observado o céu.

— Vai nevar, sim — murmurou ele para Mr. Duke. — E vai começar muito antes de ele chegar a Exhampton. Eu... eu espero que ele chegue lá bem.

Duke franziu a testa.

— Pois é. Sinto que eu deveria ter ido com ele. Um de nós deveria ter feito isso.

— Isso é muito angustiante — dizia Mrs. Willett. — Muito angustiante. Violet, nunca mais vou jogar esse jogo bobo. É provável que o pobre Major Burbaby ficará soterrado de neve. Ou, se não, morrerá de exposição ao frio. Ainda mais na idade dele. Foi tolice da parte dele sair assim. É claro que o Capitão Trevelyan está perfeitamente bem.

Todos ecoaram:

— É claro.

Mas mesmo agora, eles ainda não se sentiam muito confortáveis.

E se algo tivesse acontecido com o Capitão Trevelyan...

E se...

Capítulo 3

17h25

Duas horas e meia depois, pouco antes das vinte horas, o Major Burnaby, com a lanterna na mão e a cabeça inclinada à frente para evitar a neve ofuscante, chegou à porta de Hazelmoor, a pequena casa alugada pelo Capitão Trevelyan.

A neve tinha começado a cair cerca de uma hora antes — grandes flocos, que dificultavam a visão. O Major Burnaby ofegava, emitindo os suspiros altos de um homem totalmente exausto. Estava entorpecido de frio. Ele bateu os pés, suspirou, bufou, fungou e apertou a campainha com um dedo dormente.

A campainha tocou de modo estridente.

Burnaby esperou. Depois de uma pausa de alguns minutos, como nada aconteceu, ele tocou a campainha de novo.

Mais uma vez, não houve sinal de vida.

Burnaby tocou pela terceira vez. Desta vez, ele manteve o dedo na campainha.

Ela trinou sem parar, mas ainda não havia sinal de vida na casa.

Havia uma aldrava na porta. O Major Burnaby agarrou-a e a bateu vigorosamente, produzindo um barulho como o de um trovão.

E a casinha ainda permanecia silenciosa como os mortos.

O major desistiu. Ele ficou parado por um momento, perplexo. Então desceu devagar o caminho e saiu pelo portão, continuando na estrada por onde viera de Exhampton. Cem metros o levaram à pequena delegacia de polícia.

Ele hesitou novamente, então enfim se decidiu e entrou.

O policial Graves, que conhecia bem o major, levantou-se espantado.

— Senhor, o que o tirou de casa em uma noite como essa?

— Olhe só — disse Burnaby, seco. — Tenho chamado e batido na casa do capitão e não obtenho resposta.

— Mas é claro, é sexta-feira — disse Graves, que conhecia muito bem os hábitos dos dois. — Mas o senhor não está dizendo que realmente veio de Sittaford em uma noite como essa? Com certeza o capitão nunca esperaria isso do senhor.

— Quer ele me esperasse ou não, eu vim — disse Burnaby irritado. — E como disse, não consigo entrar. Já toquei a campainha, bati à porta, e ninguém atendeu.

Parte da inquietação dele pareceu se transferir ao policial.

— Isso é estranho — disse ele, franzindo a testa.

— É claro que é estranho — disse Burnaby.

— Não é como se ele fosse sair… em uma noite como essa.

— É claro que ele não iria sair.

— Isso *é* estranho — disse Graves novamente.

Burnaby demonstrou impaciência com a lentidão do homem.

— Você não vai fazer alguma coisa? — retrucou ele.

— Fazer alguma coisa?

— Sim, fazer alguma coisa.

O policial ruminou.

— Acha que ele pode ter sido passado mal? — O rosto se iluminou. — Vou tentar o telefone.

Estava ao seu lado. Ele discou.

Mas assim como à campainha da porta da frente, o Capitão Trevelyan não respondeu ao telefone.

— Parece que ele passou mal — disse Graves enquanto recolocava o telefone no gancho. — E sozinho em casa, ainda por cima. É melhor entrarmos em contato com o Dr. Warren e levá-lo conosco.

A casa do Dr. Warren ficava quase ao lado da delegacia. O médico estava prestes a se sentar para jantar com a esposa, e não ficou muito satisfeito com a convocação. No entanto, concordou a contragosto em acompanhá-los, usando um velho sobretudo e um par de botas de borracha e cobrindo o pescoço com um cachecol de tricô.

A neve ainda estava caindo.

— Que noite horrível — murmurou o médico. — Só espero que os senhores não tenham me chamado para um alarme falso. Trevelyan é forte como um cavalo. Nunca tem nada de errado com ele.

Burnaby não respondeu.

Chegando a Hazelmoor mais uma vez, eles tocaram de novo e bateram, mas não obtiveram resposta.

O médico então sugeriu dar a volta na casa até uma das janelas dos fundos.

— É mais fácil de forçar do que a porta.

Graves concordou, e eles seguiram. Havia uma porta lateral que eles tentaram no caminho, mas também estava trancada, e logo chegaram ao gramado coberto de neve que dava para as janelas dos fundos. De repente, Warren soltou uma exclamação.

— A janela do escritório... está aberta.

Era verdade, a janela francesa estava entreaberta. Eles aceleraram os passos. Em uma noite como aquela, ninguém em juízo perfeito abriria uma janela. Havia uma luz na sala que se espalhava em uma fina faixa amarela.

Os três homens chegaram simultaneamente à janela. Burnaby foi o primeiro a entrar, com o policial logo atrás dele.

Os dois pararam ali dentro e algo como um grito abafado saiu do ex-soldado. No momento seguinte, Warren estava ao lado deles e viu o que eles tinham visto.

O Capitão Trevelyan estava deitado no chão, de bruços, os braços esticados amplamente. A sala estava uma confusão

— gavetas da escrivaninha puxadas para fora, papéis espalhados pelo chão. A janela ao lado deles estava estilhaçada onde havia sido forçada perto da fechadura. Ao lado do Capitão Trevelyan havia um cilindro de feltro verde-escuro com cerca de cinco centímetros de diâmetro.

Warren saltou à frente. Ele se ajoelhou ao lado da figura prostrada.

Bastou um minuto. Ele se levantou, o rosto pálido.

— Ele está morto? — perguntou Burnaby.

O médico assentiu.

Então ele se virou para Graves.

— Compete ao senhor dizer o que deve ser feito. Não posso fazer nada além de examinar o corpo e talvez o senhor prefira que eu não faça isso até que o inspetor chegue. Posso dizer-lhe a causa da morte agora. Fratura da base do crânio. E acho que posso adivinhar a arma.

Ele indicou o cilindro de feltro verde.

— Trevelyan sempre os colocava na parte inferior da porta, para evitar correntes de ar — disse Burnaby.

A voz dele estava rouca.

— Sim, seria uma clava muito eficiente.

— Meu Deus!

— Mas isso aqui... — o policial o interrompeu, o juízo chegando lentamente ao ponto. — Você está querendo dizer... que isso aqui é assassinato.

O policial foi até a mesa onde havia um telefone.

O Major Burnaby abordou o médico.

— O senhor tem alguma ideia — disse ele, respirando com dificuldade — de quanto tempo faz que ele está morto?

— Cerca de duas horas, devo dizer, ou possivelmente três. Essa é uma estimativa aproximada.

Burnaby passou a língua pelos lábios secos.

— O senhor diria — perguntou ele — que ele poderia ter sido morto às 17h25?

O médico olhou para ele com curiosidade.

— Se eu tivesse que dizer um horário exato, isso é o que eu sugeriria.
— Ah! Meu Deus — disse Burnaby.
Warren o encarou.
O major tateou cegamente até uma cadeira, desabou sobre ela e murmurou para si mesmo, enquanto uma espécie de terror penetrante se espalhava pelo rosto.
— Às 17h25... Ah! Meu Deus, então era verdade, afinal.

Capítulo 4

Inspetor Narracott

Era a manhã seguinte à tragédia e dois homens estavam no pequeno escritório de Hazelmoor.

O Inspetor Narracott olhou ao redor. Uma pequena ruga apareceu na testa.

— Sim... — disse ele, pensativo. — Sim...

O Inspetor Narracott era um oficial muito eficiente. Ele tinha uma persistência silenciosa, uma mente lógica e uma grande atenção aos detalhes que lhe trouxeram sucesso onde muitos outros homens poderiam ter falhado.

Ele era um homem alto, de modos tranquilos, olhos cinzentos bastante distantes e um sotaque lento e suave de Devonshire.

Convocado de Exeter para se encarregar do caso, ele havia chegado no primeiro trem naquela manhã. As estradas estavam intransitáveis para carros, mesmo com correntes nas rodas, caso contrário ele teria chegado na noite anterior. Ele estava agora no escritório do Capitão Trevelyan, tendo acabado de examinar o cômodo. Com ele estava o Sargento Pollock, da polícia de Exhampton.

— Sim... — disse o Inspetor Narracott.

Um raio pálido de sol de inverno entrou pela janela. Lá fora estava a paisagem nevada. Havia uma cerca a cem metros da janela e, além dela, a íngreme subida da encosta, coberta de branco.

O Inspetor Narracott curvou-se mais uma vez sobre o corpo deixado para inspeção. Ele próprio um esportista, reconhecia o tipo atlético, os ombros largos, os flancos estreitos e o bom desenvolvimento muscular. A cabeça era pequena e bem colocada nos ombros, e a barba de marinheiro estava cuidadosamente aparada. A idade do Capitão Trevelyan, ele verificara, era 60 anos, mas não parecia ter muito mais do que 51 ou 52.

— É um negócio curioso — disse o Inspetor Narracott.

— Ah! — disse o Sargento Pollock.

O outro se voltou para ele.

— Qual é a sua opinião quanto a isso?

— Bem... — O Sargento Pollock coçou a cabeça. Ele era um homem cauteloso, sem vontade de avançar além do necessário. — Bem — disse ele —, pelo que vejo, senhor, devo dizer que o homem veio até a janela, forçou a fechadura e começou a vasculhar o quarto. O Capitão Trevelyan, suponho, devia estar lá em cima. Sem dúvida o ladrão pensou que a casa estava vazia...

— Onde fica o quarto do Capitão Trevelyan?

— Lá em cima, senhor. Sobre esta sala.

— Nesta época do ano, escurece às quatro da tarde. Se o Capitão Trevelyan estivesse no quarto, a luz elétrica estaria acesa, e o ladrão teria visto ao se aproximar desta janela.

— Você quer dizer que ele teria esperado.

— Nenhum homem em juízo perfeito invadiria uma casa com uma luz acesa. Se alguém forçou esta janela, ele o fez porque pensou que a casa estava vazia.

O Sargento Pollock coçou a cabeça.

— Parece um pouco estranho, admito. Mas é o que está aí.

— Vamos pular isso por enquanto. Continue.

— Bem, suponha que o capitão ouça um barulho aqui embaixo. Ele desce para investigar. O ladrão o escuta chegando. Ele agarra aquele cilindro, vai para detrás da porta e, quando o capitão entra na sala, o atinge por trás.

O Inspetor Narracott assentiu.

— Sim, isso me parece correto. Ele foi derrubado quando estava de frente para a janela. Mesmo assim, Pollock, não gosto disso.

— Não, senhor?

— Não, como eu disse, não acredito em casas que são arrombadas às cinco da tarde.

— Bem, ele pode ter pensado que era uma boa oportunidade...

— Não é uma questão de oportunidade, de entrar só porque encontrou uma janela aberta. Foi uma invasão deliberada. Veja a confusão por toda parte... aonde um ladrão iria primeiro? À despensa, onde a prata é guardada.

— Isso é verdade — admitiu o sargento.

— E essa confusão, esse caos — continuou Narracott —, essas gavetas puxadas para fora e o conteúdo era espalhado. Ora! É uma armação.

— Armação?

— Olhe para a janela, sargento. Essa janela não foi trancada e forçada a abrir! Foi apenas fechada e, em seguida, lascada do lado de fora para dar a aparência de que foi arrombada.

Pollock examinou o trinco da janela de perto, proferindo uma exclamação para si mesmo ao fazê-lo.

— O senhor está certo — disse ele, com respeito na voz. — Quem teria pensado numa coisa dessas!

— Alguém que deseja jogar poeira em nossos olhos... e não conseguiu.

O Sargento Pollock ficou grato pelo "nossos". Era com pequenos gestos que o Inspetor Narracott se tornava querido pelos subordinados.

— Então não foi roubo. Significa, senhor, que foi alguém de dentro.

O Inspetor Narracott assentiu.

— Sim — disse ele. — A única coisa curiosa é que acho que o assassino realmente entrou pela janela. Como você e Graves relataram, e como ainda posso ver por mim mesmo, ainda há manchas úmidas visíveis onde a neve derreteu e foi carimbada no chão pelas botas do assassino. Essas manchas úmidas estão apenas nesta sala. O policial Graves tinha certeza de que não havia nada disso no corredor quando ele e o Dr. Warren passaram por lá. Neste cômodo ele as percebeu de imediato. Nesse caso, parece claro que o assassino foi admitido pelo Capitão Trevelyan pela janela. Portanto, deve ter sido alguém que o Capitão Trevelyan conhecia. Você é um homem local, sargento, pode me dizer se o Capitão Trevelyan era um homem que fazia inimigos facilmente?

— Não, senhor, devo dizer que ele não tinha nenhum inimigo no mundo. Um pouco apegado a dinheiro e um pouco rígido... não tolerava nenhuma negligência ou incivilidade... mas, graças a Deus, ele era respeitado por isso.

— Sem inimigos — disse Narracott, pensativo.

— Não aqui, quero dizer.

— É verdade, não sabemos que inimigos ele pode ter feito durante a carreira naval. Pela minha experiência, sargento, um homem que faz inimigos em um lugar os fará em outro, mas concordo que não podemos descartar essa possibilidade por completo. O que nos leva logicamente agora à motivação seguinte... a motivação mais comum para todo crime. Lucro. O Capitão Trevelyan era, pelo que entendi, um homem rico?

— Muito rico, de fato, segundo se dizia. Mas sovina. Não era um homem de quem se conseguia uma contribuição fácil.

— Ah! — disse Narracott pensativo.

— Pena que nevou assim — disse o sargento. — Mas ao menos com isso temos as pegadas como pista.

— Não havia mais ninguém na casa? — perguntou o inspetor.

— Não. Nos últimos cinco anos, o Capitão Trevelyan teve apenas um criado, um marinheiro da reserva. Na Mansão Sittaford, uma mulher vinha diariamente, mas esse sujeito, Evans, cozinhava e cuidava do patrão. Há cerca de um mês ele se casou, para grande aborrecimento do capitão. Acredito que essa seja uma das razões pelas quais ele alugou a Mansão

Sittaford para essa senhora sul-africana. Ele não queria nenhuma mulher morando na casa. Evans mora ali na esquina, na rua Fore, com a esposa, e vinha todo dia para cuidar do patrão. Eu o trouxe aqui agora para você falar com ele. A declaração dele é que ele saiu daqui às 14h30 de ontem, quando o capitão não precisava mais dele.

— Sim, vou querer ouvi-lo. Ele pode nos dizer algo... útil.

O Sargento Pollock olhou para o superior com curiosidade. Havia algo muito estranho no tom dele.

— O senhor acha... — começou ele.

— Eu acho — disse o Inspetor Narracott deliberadamente — que há muito mais neste caso do que aparenta.

— De que maneira, senhor?

Mas o inspetor não se deixou levar.

— Você disse que esse homem, Evans, está aqui agora?

— Ele aguarda na sala de jantar.

— Bom. Vou vê-lo agora mesmo. Que tipo de sujeito ele é?

O Sargento Pollock era melhor em relatar fatos do que em descrições precisas.

— Ele é um marinheiro da reserva. Osso duro de roer, devo dizer.

— Ele bebe?

— Não é dos piores, que eu saiba.

— E essa esposa dele? O capitão não tinha uma quedinha por ela ou algo do tipo?

— Ah! Não, senhor, não há nada desse tipo sobre o Capitão Trevelyan. Ele não era desses. Ele era conhecido por detestar mulheres, no mínimo.

— E supõe-se que Evans era dedicado ao patrão?

— Essa é a ideia geral, senhor, e acho que se saberia se não fosse. Exhampton é um lugar pequeno.

O Inspetor Narracott assentiu.

— Bem — disse ele —, não há mais nada para se ver aqui. Vou interrogar Evans e dar uma olhada no resto da casa e depois disso iremos até o Três Coroas e veremos esse Major

Burnaby. A observação dele sobre a hora foi curiosa. Às 17h25, hein? Ele deve saber de algo que não contou, ou então por que iria sugerir a hora do crime com tanta precisão?

Os dois homens se dirigiram para a porta.

— É um negócio estranho — disse o Sargento Pollock, com os olhos vagando pelo chão coberto de papéis. — Toda essa história de roubo, um fingimento!

— Não é isso que me parece estranho — disse Narracott. — Dadas as circunstâncias, provavelmente foi a coisa natural a se fazer. Não, o que me parece estranho é a janela.

— A janela, senhor?

— Sim. Por que o assassino iria até a janela? Supondo que fosse alguém que Trevelyan conhecia e admitiu sem questionar, por que não ir até a porta da frente? Contornar da estrada até esta janela em uma noite como a passada teria sido um processo difícil e desagradável, com a neve tão espessa como estava. No entanto, deve ter havido algum motivo.

— Talvez — sugeriu Pollock —, o homem não quisesse ser visto entrando na casa pela estrada.

— Não haveria muitas pessoas ontem à tarde para vê-lo. Ninguém estaria fora de casa se pudesse evitar. Não, há algum outro motivo. Bem, talvez venha à tona no devido tempo.

Capítulo 5

Evans

Encontraram Evans aguardando na sala de jantar. Ele se levantou respeitosamente assim que entraram.

Era um homem baixo e atarracado. Tinha braços muito longos e o hábito de ficar de pé com os punhos semicerrados. Estava bem barbeado e tinha olhos pequenos como os de um porco, mas uma aparência alegre e eficiente que redimia o aspecto de buldogue.

O Inspetor Narracott organizou na mente as impressões. "Inteligente. Astuto e prático. Parece abalado."

Então falou:

— Você é o Evans, então?

— Sim, senhor.

— E seu nome de batismo?

— Robert Henry.

— Ah! Agora, o que sabe sobre esse negócio?

— Nada, senhor. Me pegou de surpresa. E pensar que o capitão foi assassinado!

— Quando você viu seu patrão pela última vez?

— Creio que foi às catorze horas, senhor. Tirei o almoço e coloquei a mesa aqui como o senhor vê para o jantar. O capitão me disse que eu não precisava voltar.

— O que você faz normalmente?

— Como regra geral, eu volto ali pelas dezenove por algumas horas. Nem sempre, às vezes o capitão dizia que não era preciso.

— Então você não ficou surpreso quando ele disse que ontem você não seria requisitado de novo?

— Não senhor. Também não voltei na noite anterior, por causa do tempo ruim. Um cavalheiro muito atencioso, o capitão, desde que não se fizesse corpo mole. Eu o conhecia muito bem.

— O que ele disse exatamente?

— Bem, ele olhou pela janela e disse: "Hoje acho que Burnaby não vem". Ele disse: "Me pergunto se Sittaford não está totalmente isolada. Não me lembro de um inverno assim desde que eu era menino". Ele estava se referindo ao amigo, o Major Burnaby, em Sittaford. Ele vem toda sexta-feira, vem sim, e ele e o capitão jogam xadrez e fazem acrósticos. E às terças, o capitão ia à casa do Major Burnaby. O capitão era muito constante nos hábitos dele. Então ele me disse: "Você pode ir agora, Evans, e não precisa voltar até amanhã de manhã".

— Tirando a referência ao Major Burnaby, ele não disse se esperava mais alguém naquela tarde?

— Não, senhor, não falou nada.

— Não havia nada incomum ou diferente nos modos dele?

— Não, senhor, não que eu tenha notado.

— Ah! Agora, Evans, eu soube que você se casou há pouco.

— Sim, senhor. A filha de Mrs. Belling, do Três Coroas. Há cerca de dois meses, senhor.

— E o Capitão Trevelyan não gostou muito disso.

Um leve sorriso apareceu por um momento no rosto de Evans.

— Ele ficou bem chateado com isso, o capitão. Minha Rebecca é uma boa garota, senhor, e uma ótima cozinheira. E eu esperava que pudéssemos trabalhar juntos para o capitão, mas ele... ele não quis saber disso. Disse que não teria criadas na casa dele. Na verdade, senhor, as coisas estavam em um impasse quando aquela senhora sul-africana apareceu e quis passar o inverno na Mansão Sittaford. O capitão, ele alugou aquele lugar, eu vinha trabalhar para ele todos os dias, e não me importo de lhe dizer, senhor, que estava esperando que até o final do inverno o capitão tivesse aceitado a ideia e que eu e Rebecca voltaríamos para Sittaford com ele. Ora, ele nem saberia que ela estava na casa. Ela ficaria na cozinha e daria um jeito para que ele nunca a encontrasse na escada.

— Você tem alguma ideia do que estava por trás da antipatia do Capitão Trevelyan pelas mulheres?

— Não tem nenhum motivo, senhor. É só um hábito, senhor, só isso. Já vi muitos cavalheiros como ele antes. Se me perguntarem, não é nada mais nada menos que timidez. Uma ou outra mocinha os esnoba quando são jovens... e eles pegam o hábito.

— O Capitão Trevelyan não era casado?

— Não, de fato, senhor.

— Sabe se ele tinha parentes?

— Acredito que ele tinha uma irmã morando em Exeter, senhor, e acho que o ouvi mencionar um sobrinho ou alguns sobrinhos.

— Nenhum deles vinha vê-lo?

— Não, senhor. Acho que ele brigou com a irmã de Exeter.

— Você sabe o nome dela?

— Gardner, eu acho, senhor, mas não tenho certeza.

— Você não sabe o endereço dela?

— Receio que não, senhor.

— Bem, sem dúvida nos depararemos com isso dando uma olhada nos papéis do Capitão Trevelyan. Agora, Evans, o que você estava fazendo das quatro da tarde em diante ontem à tarde?

— Eu estava em casa, senhor.

— Onde é sua casa?

— É logo dobrando a esquina, senhor, na rua Fore, 85.

— Você não saiu de casa em nenhum momento?

— Sem chance, senhor. Ora, nevava bastante.

— Sim, sim. Tem alguém que possa corroborar sua declaração?

— Como é que é, senhor?

— Tem alguém que confirme que você estava em casa nesse horário?

— Minha esposa, senhor.

— Ela e você estavam sozinhos em casa?

— Sim, senhor.

— Bem, bem, não tenho dúvidas de que está tudo correto. Por enquanto isso é tudo, Evans.

O ex-marinheiro hesitou. Ele passou o peso de uma perna à outra.

— Há algo que eu possa fazer aqui, senhor... para arrumar a casa?

— Não... o lugar todo deve ser deixado exatamente como está por enquanto.

— Entendo.

— É melhor você esperar, porém, até que eu tenha dado uma olhada ao redor — disse Narracott. — Caso tenha algo mais que eu queira lhe perguntar.

— Muito bem, senhor.

O Inspetor Narracott mudou o olhar de Evans para a sala.

O interrogatório havia sido realizado na sala de jantar. Sobre a mesa, o jantar havia sido posto. Um bife de língua frio, pepinos em conserva, um queijo Stilton e biscoitos, e em um fogareiro a gás na lareira, uma panela contendo sopa. Em uma mesinha de serviço havia um decantador, um sifão com soda e duas garrafas de cerveja. Havia também uma enorme coleção de troféus de prata e, com eles, alguns itens um tanto incongruentes — três romances com aparência de novos.

O Inspetor Narracott examinou um ou dois dos troféus e leu as inscrições neles.

— Um grande esportista, o Capitão Trevelyan — observou ele.

— Sim, de fato, senhor — disse Evans. — Foi um atleta a vida toda.

O Inspetor Narracott leu os títulos dos romances. *O amor faz a chave virar, Os alegres homens de Lincoln, O prisioneiro do Amor.*

— Hum... — observou ele. — O gosto literário do capitão me parece um tanto incongruente.

— Ah, isso! — Evans riu. — Não são para leitura, senhor. São os prêmios que ele ganhou naqueles concursos da Railway Pictures. O capitão enviou dez soluções usando nomes diferentes, inclusive o meu, porque ele disse que rua Fore, 85, era um bom endereço para se dar um prêmio! Quanto mais comum o nome e o endereço, mais chances você tem de ganhar um prêmio, na opinião do capitão. E eu ganhei mesmo um prêmio, mas não as 2 mil libras, apenas três novos livros... e o tipo de livro, na minha opinião, que ninguém compraria em uma loja.

Narracott sorriu, então disse outra vez que Evans deveria aguardar, e prosseguiu na inspeção. Havia um grande armário em um canto da sala. Era quase uma pequena sala em si. Ali, guardados de modo desordenado, havia dois pares de esquis, um par de remos pendurados, dez ou doze presas de hipopótamo, varas e linhas e vários equipamentos de pesca incluindo um estojo de iscas, um saco de tacos de golfe, uma raquete de tênis, uma pata de elefante empalhada e uma pele de tigre. Ficou evidente que, quando o Capitão Trevelyan alugou a Mansão Sittaford mobiliada, ele havia removido os bens mais preciosos, desconfiado das tendências femininas.

— Ideia estranha, a de trazer tudo isso com ele — disse o inspetor. — A casa foi alugada por apenas alguns meses, não foi?

— Isso mesmo, senhor.

— Certamente essas coisas poderiam ter sido trancadas na Mansão Sittaford?

Pela segunda vez durante a entrevista, Evans sorriu.

— Esse teria sido o jeito mais fácil de fazer isso — concordou ele. — Não que *haja* muitos armários na Mansão Sittaford. O arquiteto e o capitão a planejaram juntos, e é preciso uma mulher para dar valor a um armário. Ainda assim, como o senhor disse, isso teria sido a coisa mais sensata a se fazer.

Carregar tudo até aqui deu trabalho... um trabalhão, devo dizer! Mas aí está, o capitão não suportava a ideia de alguém mexer nas coisas dele. E não importa como as coisas sejam trancadas, dizia ele, uma mulher sempre dará um jeito de chegar nelas. É a curiosidade, ele disse. "O melhor seria sequer trancá-las, se não quer que uma mulher as encontre", disse ele. "Mas melhor ainda é levá-las junto consigo, assim você pode ter certeza de que ficarão seguras." Então foi o que fizemos, e como eu disse, deu trabalho e saiu caro também. Mas enfim, essas coisas do capitão eram como os filhos dele.

Evans fez uma pausa, sem fôlego.

O Inspetor Narracott assentiu, pensativo. Havia outro ponto sobre o qual queria informações, e pareceu-lhe que aquele era um bom momento, onde o assunto havia surgido naturalmente.

— Essa Mrs. Willett — falou ele, casualmente. — Ela era uma velha amiga ou conhecida do capitão?

— Ah, não, senhor, ela era uma estranha para ele.

— Você tem certeza disso? — perguntou o inspetor com rispidez.

— Bem... — A rispidez surpreendeu o velho marujo. — O capitão nunca disse isso, mas... Ah! Sim, tenho certeza disso.

— Pergunto — explicou o inspetor — porque é uma época do ano muito curiosa para se alugar. Por outro lado, se essa Mrs. Willett conhecesse o Capitão Trevelyan e a casa, ela poderia ter escrito para ele e sugerido ficar com ela.

Evans balançou a cabeça em negativo.

— Foram os corretores... Williamson... que escreveram, dizendo que receberam uma oferta de uma senhora.

O Inspetor Narracott franziu a testa. Ele achava o aluguel da Mansão Sittaford bastante estranho.

— O Capitão Trevelyan e Mrs. Willett se conheceram, suponho? — perguntou ele.

— Ah! sim. Ela veio ver a casa, e ele a recebeu.

— E você tem certeza de que eles já não se conheciam antes?

— Ah! Bastante certeza, senhor.

— Eles... er... — O inspetor fez uma pausa, enquanto tentava formular a pergunta com naturalidade. — Eles se deram bem? Foram cordiais um com o outro?

— A senhora foi. — Um leve sorriso cruzou os lábios de Evans. — Toda derretida para cima dele, como se diz. Admirando a casa e perguntando se ele mesmo havia planejado a construção. De modo geral, dando em cima dele, como se diz.

— E o capitão?

O sorriso se alargou.

— Aquele tipo de senhora expansiva não conseguiria quebrar o gelo com ele. Ele foi educado, mas nada mais. E recusou os convites dela.

— Convites?

— Sim, para considerar a casa como sua e aparecer por lá a qualquer momento, foi assim que ela disse... aparecer. Não se aparece em um lugar quando se está morando a seis milhas de distância.

— Ela parecia ansiosa para... bem... para conhecer melhor o capitão?

Narracott estava levantando questões. Teria sido esse o motivo para a casa ter sido alugada? Teria sido apenas um prelúdio para conhecer o Capitão Trevelyan? Esse era o jogo real? Provavelmente não ocorrera a ela que o capitão iria morar num lugar tão longe quanto Exhampton. Ela poderia ter calculado que ele se mudaria para um dos pequenos bangalôs, talvez dividindo o do Major Burnaby.

A resposta de Evans não foi muito útil.

— Ela é uma senhora muito hospitaleira, segundo todos os relatos. Tem convidados para almoçar ou jantar todos os dias.

Narracott assentiu. Não iria descobrir mais nada ali. Mas decidiu conseguir uma entrevista com essa Mrs. Willett o quanto antes. Sua chegada abrupta precisava ser investigada.

— Vamos, Pollock, vamos subir agora — disse ele.

Eles deixaram Evans na sala de jantar e seguiram para o andar de cima.

— Tudo certo com ele, na sua opinião? — perguntou o sargento em voz baixa, virando a cabeça por cima do ombro na direção da porta fechada da sala de jantar.

— Parece que sim — disse o inspetor. — Mas nunca se sabe. Ele não é tolo, aquele sujeito, seja lá o que for.

— Não, ele é um rapaz inteligente.

— A história dela parece bastante direta — continuou o inspetor. — Perfeitamente clara e honesta. Ainda assim, como eu disse, nunca se sabe.

E com esta declaração, muito típica da mente cuidadosa e desconfiada dele, o inspetor passou a revistar os quartos do primeiro andar.

Havia três quartos e um banheiro. Dois dos quartos estavam vazios e claramente não eram visitados havia algumas semanas. O terceiro, o próprio quarto do Capitão Trevelyan, estava na mais perfeita ordem. O Inspetor Narracott andou por ele, abrindo gavetas e armários. Tudo estava no devido lugar. Era o quarto de um homem quase fanaticamente organizado e asseado nos hábitos. Narracott terminou a inspeção e olhou para o banheiro adjacente. Ali também estava tudo em ordem. Deu uma última olhada na cama, arrumada com cuidado, com o pijama dobrado e disposto.

Então, balançou a cabeça.

— Nada aqui — disse ele.

— Não, tudo parece em perfeita ordem.

— Há também os papéis na escrivaninha do escritório. É melhor dar uma olhada neles, Pollock. Direi a Evans que ele pode ir. Posso ir até a casa dele e falar com ele mais tarde.

— Muito bem, senhor.

— O corpo pode ser removido. A propósito, vou querer ver Warren. Ele mora perto daqui, não é?

— Sim, senhor.

— Para os lados do Três Coroas ou para o outro?
— Para o outro, senhor.
— Então eu vou até o Três Coroas primeiro. Continue, sargento.

Pollock foi até a sala de jantar para dispensar Evans. O inspetor saiu pela porta da frente e caminhou rapidamente em direção ao Três Coroas.

Capítulo 6

No Três Coroas

O Inspetor Narracott não iria conseguir ver o Major Burnaby antes de ter passado por um interminável interrogatório com Mrs. Belling — a proprietária licenciada do Três Coroas. Mrs. Belling era gorda e ingênua, e tão tagarela que não havia nada a se fazer senão escutar pacientemente até que chegasse a hora em que aquela correnteza de conversas secasse.

— Foi uma noite como nunca houve — concluiu ela. — E mal podíamos imaginar o que estava acontecendo com aquele pobre e querido cavalheiro. Esses vagabundos nojentos... não importa quantas vezes eu diga, não suporto esses vagabundos. Matariam qualquer um sem pestanejar. O capitão não tinha nem um cachorro para protegê-lo. Vagabundo não aguenta cachorro, não mesmo. Ah, bem, a gente nunca sabe o que pode acontecer a qualquer hora.

"Sim, Mr. Narracott — continuou ela, em resposta à pergunta —, o major está tomando café da manhã agora. O senhor irá encontrá-lo na sala de café. E que noite ele deve ter passado, sem pijama nem nada, e eu uma viúva sem nada para lhe emprestar. Não consigo imaginar, tenho certeza. Ele disse que não tinha problema, tão esquisito e perturbado que estava, e não é de se admirar, o amigo foi assassinado. Cavalheiros muito bons, os dois, embora o capitão tivesse fama de ser sovina com o dinheiro. Ah, bem, sempre achei perigoso viver lá em Sittaford, a milhas de distância de qualquer lugar, e o capitão aparece morto aqui mesmo em Exhampton. É sempre o que a gente não espera nesta vida que acontece, não é, Mr. Narracott?"

O Inspetor disse que sem dúvida era. Então acrescentou:

— Quem a senhora hospedou aqui ontem, Mrs. Belling? Algum estranho?

— Agora, deixe-me ver. Havia Mr. Moresby e Mr. Jones, comerciantes, os dois, e havia um jovem cavalheiro de Londres. Mais ninguém. Lógico que não haveria nessa época do ano. Aqui é muito tranquilo no inverno. Ah, e havia outro jovem cavalheiro, que chegou no último trem. Um jovenzinho bisbilhoteiro, me pareceu. Ele ainda não acordou.

— O último trem? — disse o inspetor. — Esse chega às dez horas da noite, não é? Acho que não precisamos nos preocupar com ele. E o outro, o de Londres? A senhora conhecia ele?

— Nunca o vi antes na minha vida. Não é um comerciante, ah, não... tinha um ar superior. Não consigo lembrar o nome dele no momento... mas o senhor pode achar no registro. Ele saiu no primeiro trem para Exeter nesta manhã. O das 6h10. Um tanto curioso. O que ele ia querer aqui, eu gostaria de saber.

— Ele não mencionou os negócios dele?

— Não disse uma palavra.

— Ele chegou a sair do hotel?

— Chegou na hora do almoço, saiu perto das 16h30 e voltou perto das 18h20.

— Para onde ele foi quando saiu?

— Não faço a menor ideia, senhor. Pode ter saído só para dar um passeio. Isso foi antes da neve cair, mas não era o que se poderia chamar de um dia agradável para uma caminhada.

— Ele saiu às 16h30 e voltou perto das 18h20 — disse o inspetor, pensativo. — Isso é bastante estranho. Ele não mencionou o Capitão Trevelyan?

Mrs. Belling balançou a cabeça decididamente.

— Não, Mr. Narracott, ele não mencionou ninguém. Manteve-se reservado. Um rapaz bonito, mas preocupado, devo dizer.

O inspetor assentiu com a cabeça e atravessou a sala para inspecionar o registro.

— James Pearson, de Londres — disse o inspetor. — Bem... isso não nos diz muito. Teremos que fazer algumas investigações sobre Mr. James Pearson.

Em seguida, dirigiu-se à sala de café à procura do Major Burnaby.

O major era o único ocupante da sala. Ele estava bebendo um café meio barrento e tinha o *Times* aberto diante de si.

— Major Burnaby?

— Esse é o meu nome.

— Sou o Inspetor Narracott, de Exeter.

— Bom dia, inspetor. Avançaram em alguma coisa?

— Sim senhor. Acho que avançamos um pouco. Creio que posso dizer isso com segurança.

— Fico feliz em ouvir isso — disse o major, secamente. A atitude dele era de uma descrença resignada.

— Agora, há apenas um ou dois pontos sobre os quais gostaria de obter informações, Major Burnaby — disse o inspetor —, e acho que provavelmente o senhor poderá me dizer o que quero saber.

— Farei o que puder — disse Burnaby.

— O Capitão Trevelyan tinha algum inimigo que o senhor soubesse?

— Nenhum inimigo no mundo. — Burnaby foi enfático.

— Este homem, Evans... o senhor o considera confiável?

— Não teria por que não considerar. Trevelyan confiava nele, pelo que sei.

— Não havia ressentimentos quanto ao casamento dele?

— Não, ressentimentos não. Trevelyan ficou aborrecido, não gostava de ter a rotina perturbada. Velho solteiro, você sabe.

— Falando em solteiros, esse é outro ponto. O Capitão Trevelyan era solteiro... o senhor sabe se ele fez um testamento? E no caso de não haver testamento, o senhor tem alguma ideia de quem herdaria a propriedade dele?

— Trevelyan deixou um testamento — disse Burnaby prontamente.

— Ah, o senhor tem certeza disso?

— Sim. Ele me deixou como executor. Foi o que me disse.

— O senhor sabe como ele deixou o dinheiro distribuído?

— Isso não sei dizer.

— Entendo que ele estava numa posição confortável?

— Trevelyan era um homem rico — respondeu Burnaby. — Posso dizer que ele estava muito melhor de vida do que qualquer um por aqui suspeitava.

— Que parentes ele tinha, o senhor sabe?

— Ele tinha uma irmã e alguns sobrinhos e sobrinhas, creio. Nunca vi muito nenhum deles, mas não houve briga.

— Sobre este testamento, o senhor sabe onde ele o guardou?

— Está na Walters & Kirkwood, os advogados aqui de Exhampton. Eles redigiram para ele.

— Talvez então, Major Burnaby, como o senhor é o executor, gostaria de saber se poderia ir à Walters & Kirkwood comigo agora. Gostaria de ter uma ideia do conteúdo desse testamento o mais rápido possível.

Burnaby ergueu os olhos, alerta.

— O que está farejando? — disse ele. — O que o testamento tem a ver com isso?

O Inspetor Narracott não estava disposto a mostrar as cartas cedo demais.

— O caso não é tão fácil quanto pensávamos — disse ele. — A propósito, há outra pergunta que quero lhe fazer. Entendo, Major Burnaby, que o senhor perguntou ao Dr. Warren se a morte ocorreu às 17h25.

— Sim — disse o major, asperamente.

— O que o fez escolher aquela hora exata, major?

— Por que não poderia? — disse Burnaby.

— Bem, algo deve ter colocado isso em sua cabeça.

Houve uma grande hesitação antes que o Major Burnaby respondesse.

O interesse do Inspetor Narracott foi atiçado. O major tinha algo que obviamente desejava esconder. Vê-lo fazer isso era quase ridículo.

— Por que eu não poderia dizer 17h25? — perguntou ele, de modo truculento. — Ou 17h35, ou 16h20, por acaso?

— Exatamente, senhor — disse o Inspetor Narracott com calma.

Ele não queria antagonizar o major naquele momento. Prometeu a si mesmo que chegaria ao fundo da questão antes do fim do dia.

— Há uma coisa que me parece curiosa, senhor — continuou ele.

— Sim?

— Esse negócio de alugar a mansão Sittaford. Não sei o que o senhor pensa quanto a isso, mas me parece curioso que isso tenha acontecido.

— Se quer saber o que eu acho — disse Burnaby —, é muito estranho.

— Essa é a sua opinião?

— É a opinião de todos.

— Em Sittaford?

— Em Sittaford e em Exhampton também. A mulher deve ser louca.

— Bem, suponho que gostos não se discutam — disse o inspetor.

— Gostos bastante estranhos para uma mulher desse tipo.

— O senhor conhece essa senhora?

— Eu a conheço. Ora, eu estava na casa dela quando...

— Quando o quê? — perguntou Narracott, quando o major parou de forma abrupta.

— Nada — disse Burnaby.

50 · AGATHA CHRISTIE ·

O Inspetor Narracott olhou para ele com atenção. Havia algo ali que ele gostaria de entender. A óbvia confusão e embaraço do major não lhe passaram despercebidos. Ele estivera a ponto de dizer... "o quê?"

"Tudo a seu tempo", disse Narracott para si mesmo. "Agora não é o momento de irritá-lo do modo errado."

Em voz alta, ele falou de modo inocente:

— O senhor disse que esteve na Mansão Sittaford, senhor. Essa senhora está lá há quanto tempo?

— Uns dois meses.

O major estava ansioso para escapar do resultado das palavras imprudentes. Isso o deixou mais loquaz do que o normal.

— Uma senhora viúva com sua filha?

— É isso.

— Ela deu algum motivo para a escolha em ir morar lá?

— Bem... — O major esfregou o nariz em dúvida. — Ela fala bastante, é desse tipo de mulher... queria estar perto da natureza, longe da realidade... esse tipo de coisa. Mas...

Ele fez uma pausa um tanto desamparado. O Inspetor Narracott veio ao socorro dele.

— Não lhe pareceu uma escolha natural da parte dela?

— Bem, é mais ou menos assim. Ela é uma mulher de bom gosto. Veste-se de acordo com a moda... a filha é uma menina bonita e esperta. O natural para elas seria ficar no Ritz ou no Claridge's, ou algum outro grande hotel em algum lugar. O senhor conhece o tipo.

Narracott assentiu.

— Elas não são muito reservadas, são? — perguntou ele. — O senhor não acha que elas estejam... bem, se escondendo?

O Major Burnaby negou enfático com a cabeça.

— Ah, não, nada desse tipo. Eles são muito sociáveis, um pouco sociáveis demais. Quero dizer, em um lugar pequeno como Sittaford, não há muito para se fazer, e quando chovem convites sobre você, é um pouco constrangedor. Elas são pessoas extremamente gentis e hospitaleiras, mas um pouco hospitaleiras demais para os padrões ingleses.

— O toque colonial — disse o inspetor.

— Sim, acho que sim.

— O senhor não tem motivos para crer que elas já conheciam o Capitão Trevelyan?

— Claro que não.

— O senhor tem certeza?

— Joe teria me contado.

— E o senhor não acha que o motivo delas poderia ter sido... bem... conhecer o capitão?

Esta era claramente uma ideia nova para o major. Ele ponderou a respeito disso por alguns minutos.

— Bem, nunca pensei a respeito disso. Elas ficavam muito entusiasmadas com ele, isso é certo. Não que elas tenham conseguido algo em retorno. Mas não, acho que foi apenas a maneira habitual delas. Muito amigáveis, o senhor sabe, como o pessoal das colônias são — acrescentou o soldado, com o temperamento insular.

— Compreendo. Agora, quanto à casa em si. Entendo que o Capitão Trevelyan a construiu?

— Sim.

— E ninguém mais morou lá? Quero dizer, não foi alugada antes?

— Nunca.

— Então não me parece que poderia haver qualquer coisa na casa em si que fosse atraente. É um quebra-cabeça. Aposto que não tem nada a ver com o caso, mas me pareceu uma estranha coincidência. Esta casa que o Capitão Trevelyan ocupou, Hazelmoor, de quem era essa propriedade?

— De Miss Larpent. Uma mulher de meia-idade, ela foi passar o inverno em uma pensão em Cheltenham. Faz isso todos os anos. Ela costuma fechar a casa, mas a aluga se puder, o que não é frequente.

Não parecia haver nada de promissor ali. O inspetor balançou a cabeça de modo desanimado.

— A agência foi a Williamson, pelo que entendi? — disse ele.
— Sim.
— O escritório deles fica em Exhampton?
— Ao lado da Walters & Kirkwood.
— Ah! Então, talvez, se o senhor não se importar, major, podemos passar lá no caminho.
— De modo nenhum. De qualquer maneira, o senhor não encontrará Kirkwood no escritório antes das dez. Sabe como são os advogados.
— Então, vamos?

O major, que havia terminado de tomar o café da manhã havia algum tempo, assentiu com a cabeça e se levantou.

Capítulo 7

O testamento

Um rapaz de aparência alerta levantou-se para recebê-los no escritório dos Williamson.

— Bom dia, Major Burnaby.

— Bom dia.

— Uma coisa horrível essa — disse o jovem, tagarelando. — Há anos não acontecia algo assim em Exhampton.

Ele falava com entusiasmo, e o major estremeceu.

— Esse é o Inspetor Narracott — disse ele.

— Ah! Sim — disse o jovem, agradavelmente empolgado.

— Quero algumas informações que acho que você pode me dar — disse o inspetor. — Entendo que os senhores trataram de alugar a Mansão Sittaford.

— Para Mrs. Willett? Sim, alugamos.

— O senhor pode me dar detalhes completos, por favor, de como isso aconteceu? A senhora fez a solicitação pessoalmente ou por carta?

— Por carta. Ela escreveu, deixe-me ver... — Ele abriu uma gaveta e abriu um arquivo. — Sim, do Hotel Carlton, em Londres.

— Ela mencionou a Mansão Sittaford pelo nome?

— Não, ela apenas disse que queria alugar uma casa para o inverno, que devia ser em Dartmoor e ter pelo menos oito quartos. Estar perto de uma estação ferroviária ou cidade não era importante.

— A Mansão Sittaford estava nos seus livros?

— Não, não estava. Mas, na realidade, era a única casa na vizinhança que preenchia os requisitos. A senhora mencionou na carta que estaria disposta a pagar até doze guinéus e, nessas circunstâncias, achei que valia a pena escrever ao Capitão Trevelyan e perguntar se ele consideraria a possibilidade de alugar. Ele respondeu concordando, e acertamos tudo.

— Sem Mrs. Willett ver a casa?

— Ela concordou em alugar sem ver e assinou o contrato. Então ela veio aqui um dia, dirigiu até Sittaford, encontrou o Capitão Trevelyan, combinou com ele sobre pratos e toalhas etc., e conheceu a casa.

— Ela ficou bastante satisfeita?

— Ela voltou e disse que estava encantada.

— E o que o senhor achou disso? — perguntou o Inspetor Narracott, olhando-o atentamente.

O jovem encolheu os ombros.

— A gente aprende a nunca se surpreender com nada no negócio imobiliário — disse ele.

Com esta observação filosófica eles partiram, e o inspetor agradeceu ao jovem pela ajuda.

— De modo algum, foi um prazer.

Ele os acompanhou educadamente até a porta.

Os escritórios de Mr. Walters e Mr. Kirkwood eram, como dissera o Major Burnaby, ao lado dos agentes imobiliários.

Ao chegarem lá, foram informados de que Mr. Kirkwood também havia acabado de chegar e foram conduzidos à sala dela.

Mr. Kirkwood era um homem idoso com uma expressão benevolente. Era natural de Exhampton e havia sucedido o pai e o avô na empresa.

Levantou-se, fez uma expressão de pesar e apertou a mão do major.

— Bom dia, Major Burnaby — disse ele. — Este é um caso muito chocante. De novo muito chocante. Pobre Trevelyan.

Ele olhou de modo inquisitivo para Narracott, e o Major Burnaby explicou a presença dele em poucas palavras sucintas.

— O senhor está encarregado do caso, Inspetor Narracott?

— Sim, Mr. Kirkwood. No prosseguimento de minhas investigações, vim pedir ao senhor algumas informações.

— Ficarei feliz em lhe dar qualquer informação, desde que esteja ao meu alcance — disse o advogado.

— Trata-se do testamento do falecido Capitão Trevelyan — disse Narracott. — Entendo que o testamento está aqui em seu escritório.

— É isso mesmo.

— Faz muito tempo que foi feito?

— Cinco ou seis anos. Não posso ter certeza da data exata no momento.

— Ah! Estou ansioso, Mr. Kirkwood, para saber o conteúdo desse testamento o mais rápido possível. Pode ter uma influência importante no caso.

— É mesmo? — disse o advogado. — De fato! Eu não deveria ter pensado nisso, mas naturalmente o senhor conhece melhor o seu próprio negócio, inspetor. Bem... — Ele olhou para o outro homem. — O Major Burnaby e eu somos executores conjuntos do testamento. Se ele não fizer objeções...

— Nenhuma.

— Então não vejo motivo para não atender ao seu pedido, inspetor.

Tomou o telefone que estava sobre a mesa e falou algumas poucas palavras nele. Em alguns minutos, um funcionário entrou na sala e deixou um envelope selado diante do advogado. O funcionário saiu da sala, e Mr. Kirkwood pegou o envelope, o abriu com um punhal abre-cartas e retirou dele um documento grande e de aspecto importante, limpando a garganta e começando a ler:

"Eu, Joseph Arthur Trevelyan, da Mansão Sittaford, em Sittaford, no Condado de Devon, declaro esta como sendo a minha última vontade e testamento, que faço neste dia, 13 de agosto de 1926.

(1) Eu nomeio John Edward Burnaby, residente no Chalé Sittaford número 1, e Frederick Kirkwood de Exhampton, para serem os executores e curadores deste meu testamento.

(2) Dou a Robert Henry Evans, que me serviu fielmente por muito tempo, a soma de £100 (cem libras), livres de impostos, legadas para o próprio e absoluto benefício, contanto que esteja ele a meu serviço no momento da minha morte e não sob aviso prévio para sair, dado ou recebido.

(3) Dou ao dito John Edward Burnaby, como símbolo de nossa amizade e de minha afeição e consideração por ele, todos os meus troféus esportivos, incluindo minha coleção de peles e cabeças de grandes animais de caça, bem como quaisquer taças e prêmios concedidos a mim em qualquer departamento esportivo e quaisquer despojos da caça em minha posse.

(4) Dou todos os meus bens móveis e pessoas, não dispostos de outra forma por este testamento, ou qualquer adendo a este, para meus fideicomissários sob a confiança de que estes venderão, resgatarão e converterão os mesmos em dinheiro.

(5) Meus fideicomissários devem, com o dinheiro resultante dessas vendas, resgates e conversões, pagar quaisquer despesas e dívidas testamentárias e funerárias, e os legados deixados por estas, meu testamento ou qualquer adendo a este e todos os impostos e taxas de morte e outros valores.

(6) Meus fideicomissários devem guardar o saldo residual dessas somas ou investimentos pelo tempo devido, para que, disposto como um Fundo, dividam o mesmo em quatro partes iguais.

(7) Após tal divisão, conforme mencionado acima, meus fideicomissários devem reter uma parte sobre o Fundo

para pagar o mesmo a minha irmã Jennifer Gardner, para uso próprio de acordo com a vontade dela.

E meus fideicomissários manterão as três partes restantes no Fundo para pagar uma parte a cada um dos três filhos de minha falecida irmã, Mary Pearson, para o uso e benefício exclusivo de cada filho.

Em vista destas disposições eu, o dito Joseph Arthur Trevelyan, apus minha firma neste documento no dia e ano acima indicados.

Assinado pelo testamenteiro acima mencionado como meu último testamento na presença de nós dois, ao mesmo tempo, que em minha presença e a meu pedido e na presença um do outro subscreve nossos nomes como testemunhas."

Mr. Kirkwood entregou o documento ao inspetor.

— Testemunhado por dois dos meus funcionários neste escritório.

O inspetor passou os olhos pelo testamento, pensativo.

— "Minha falecida irmã, Mary Pearson" — disse ele. — O senhor sabe me dizer alguma coisa sobre Mrs. Pearson, Mr. Kirkwood?

— Muito pouco. Ela morreu há cerca de dez anos, creio eu. O marido, um corretor da bolsa, havia falecido antes dela. Pelo que sei, ela nunca visitou o Capitão Trevelyan aqui.

— Pearson — disse o inspetor novamente. Depois acrescentou: — Mais uma coisa. O valor da propriedade do Capitão Trevelyan não é mencionado. A que quantia o senhor acha que vai chegar?

— É difícil dizer com exatidão — disse Mr. Kirkwood, que como todos os advogados, gostava de tornar difícil a resposta para uma pergunta simples. — É uma questão de bens imóveis ou pessoais. Além da Mansão Sittaford, o Capitão Trevelyan possui algumas propriedades no bairro de Plymouth e vários investimentos que ele fez de tempos em tempos flutuaram em valor.

— Só quero uma ideia aproximada — disse o inspetor Narracott.

— Eu não gostaria de me comprometer...

— Apenas a estimativa mais aproximada como um guia. Por exemplo, 20 mil libras estariam próximas do alvo?

— Vinte mil libras. Meu bom senhor! A propriedade do Capitão Trevelyan valerá pelo menos quatro vezes mais. Oitenta ou mesmo 90 mil libras estarão muito mais perto do alvo.

— Eu disse ao senhor que Trevelyan era um homem rico — disse Burnaby.

O Inspetor Narracott levantou-se.

— Muito obrigado, Mr. Kirkwood — disse ele —, pelas informações que me deu.

— O senhor crê que isso será útil, então?

O advogado estava visivelmente cheio de curiosidade, mas o Inspetor Narracott não estava disposto a satisfazê-la no momento.

— Num caso como este, temos que levar tudo em conta — disse ele, sem se comprometer. — A propósito, o senhor tem os nomes e endereços dessa Jennifer Gardner e da família Pearson?

— Não sei nada sobre a família Pearson. O endereço de Mrs. Gardner é em Laurels, Waldon Road, em Exeter.

O inspetor anotou isso na caderneta.

— Isso é o bastante para continuar — disse ele. — O senhor não sabe quantos filhos a falecida Mrs. Pearson deixou?

— Três, acredito. Duas moças e um rapaz... ou talvez dois rapazes e uma moça... não consigo lembrar.

O inspetor assentiu com a cabeça e guardou a caderneta, agradeceu mais uma vez ao advogado e partiu.

Quando chegaram à rua, ele se virou de repente e encarou o companheiro.

— E agora, senhor — disse ele —, saberemos a verdade sobre o negócio das 17h25.

O rosto do Major Burnaby ficou vermelho de irritação.

— Eu já lhe disse...

— Isso não vai me convencer. O senhor está omitindo informações, é isso o que está fazendo, Major Burnaby. O senhor deve ter tido algum propósito ao mencionar aquele horário específico para o Dr. Warren, e acho que tenho uma boa ideia do que seja.

— Bem, se o senhor sabe, por que me pergunta? — rosnou o major.

— Acho que o senhor sabia que certa pessoa tinha um encontro marcado com o Capitão Trevelyan em algum lugar naquele horário. Não foi isso?

O Major Burnaby olhou para ele surpreso.

— Não foi nada disso — rosnou ele — nada disso.

— Cuidado, Major Burnaby. E quanto a Mr. James Pearson?

— James Pearson? James Pearson, quem é ele? O senhor está se referindo a um dos sobrinhos de Trevelyan?

— Presumo que seja um sobrinho. Ele tinha um sobrinho chamado James, não tinha?

— Não faço a menor ideia. Trevelyan tinha sobrinhos, isso eu sei. Mas quais eram os nomes deles, não faço a menor ideia.

— O jovem em questão estava no Três Coroas na noite passada. O senhor provavelmente o reconheceu lá.

— Não reconheci ninguém — rosnou o major. — De qualquer forma, nem poderia... nunca vi qualquer um dos sobrinhos de Trevelyan em minha vida.

— Mas o senhor sabia que o Capitão Trevelyan estava esperando que um sobrinho o visitasse ontem à tarde?

— Não sabia — rugiu o major.

Várias pessoas na rua se viraram para olhar para ele.

— Maldição, o senhor não vai aceitar a pura verdade! Eu não sabia nada sobre qualquer compromisso. Os sobrinhos de Trevelyan poderiam estar em Timbuktu, pelo que se sabe deles.

O inspetor Narracott ficou um pouco surpreso. A negação veemente do major trazia, de forma muito clara, a marca da verdade para que ele fosse enganado.

— Então, por que esse negócio de 17h25?

— Ah! Bem... suponho que seja melhor eu lhe contar. — O major tossiu, constrangido. — Mas veja bem, a coisa toda é uma maldita tolice! Uma bobagem, senhor. Como qualquer homem pensante poderia acreditar em tal absurdo?

O Inspetor Narracott parecia cada vez mais surpreso. O Major Burnaby parecia cada vez mais desconfortável e envergonhado de si mesmo.

— O senhor sabe como é, inspetor. A gente tem que participar dessas coisas para agradar a uma dama. Claro, nunca pensei que houvesse algo naquilo.

— Naquilo o quê, Major Burnaby?

— Mesa girante.

— Mesa girante?

O que quer que Narracott esperasse, ele não esperava isso. O major passou a se explicar. Hesitante, e com muitas negações da própria crença na coisa, ele descreveu os acontecimentos da tarde anterior e a mensagem que supostamente chegara para ele.

— Quer dizer, Major Burnaby, que a mesa soletrou o nome de Trevelyan e informou que ele estava morto... assassinado?

O Major Burnaby enxugou a testa.

— Sim, foi isso que aconteceu. Não acreditei... naturalmente, não acreditei. — Ele parecia envergonhado. — Bem, era sexta-feira e pensei, afinal de contas, em ir ver se estava tudo bem.

O inspetor refletiu sobre as dificuldades daquela caminhada de seis milhas, com os montes de neve acumulados e a perspectiva de uma forte nevasca, e ele percebeu que, não importa o quanto o negasse, o Major Burnaby deve ter ficado profundamente impressionado com a mensagem recebida dos espíritos. Narracott revirou isso na mente. Uma coisa estranha de acontecer... uma coisa muito estranha. O tipo de coisa que não se poderia explicar de maneira satisfatória. Afinal, pode ser que haja verdade nesse negócio de espíritos. Era o primeiro caso bem autenticado que ele encontrava.

Um assunto estranho, mas, até onde ele podia ver, embora explicasse a atitude do Major Burnaby, não tinha nenhuma influência prática no caso no que dizia respeito a ele. Ele tinha que lidar com o mundo físico e não com o psíquico.

Era o trabalho dele rastrear o assassino.

E para fazer isso ele não precisava de orientação do mundo espiritual.

Capítulo 8

Mr. Charles Enderby

Olhando para o relógio, o inspetor percebeu que poderia pegar o trem para Exeter se se apressasse. Estava ansioso para interrogar a irmã do falecido Capitão Trevelyan o mais rápido possível e obter dela os endereços dos outros membros da família. Então, com uma palavra rápida de despedida ao Major Burnaby, ele correu para a estação. O major refez os passos até o Três Coroas. Mal havia colocado um pé na soleira da porta quando foi abordado por um jovem enérgico, com uma cabeça muito brilhante e um rosto redondo de menino.

— Major Burnaby? — perguntou o jovem.

— Sim.

— Do Chalé Sittaford, número 1?

— Sim — disse o Major Burnaby.

— Eu represento o *Daily Wire* — disse o jovem — e eu...

Ele não foi mais longe. Ao verdadeiro estilo militar da velha guarda, o major explodiu.

— Nem mais uma palavra — rugiu ele. — Conheço você e sua espécie. Sem decência. Sem reticências. Agrupando-se em torno de um assassinato feito abutres em volta de uma carcaça, mas posso lhe dizer, meu jovem, você não obterá nenhuma informação de mim. Nenhuma palavra. Nenhuma história para o seu maldito jornal. Se quiser saber alguma coisa, vá perguntar à polícia e tenha a decência de deixar os amigos do morto em paz.

O rapaz não pareceu ficar nem um pouco surpreso. Ele sorriu, de modo mais encorajador do que nunca.

— Devo dizer, senhor, que o senhor entendeu mal. Não sei nada quanto a esse negócio de assassinato.

Isso não era verdade, estritamente falando. Ninguém em Exhampton poderia fingir ignorância quanto ao evento que havia abalado a pacata cidade interiorana até a alma.

— Estou encarregado, em nome do *Daily Wire* — continuou o jovem —, de lhe entregar este cheque de 5 mil libras e parabenizá-lo por enviar a única solução correta para a nossa competição de futebol.

O Major Burnaby ficou completamente surpreso.

— Não tenho dúvidas — continuou o jovem —, de que o senhor já recebeu nossa carta ontem de manhã informando-o das boas novas.

— Carta? — disse o Major Burnaby. — Você percebe, meu jovem, que Sittaford está com cerca de três metros de profundidade de neve? Que chance você acha que tivemos nos últimos dias de uma entrega regular de cartas?

— Mas, sem dúvida o senhor viu seu nome anunciado como vencedor no *Daily Wire* esta manhã?

— Não — disse o Major Burnaby. — Eu não li o jornal esta manhã.

— Ah! Claro que não — disse o jovem. — Este triste negócio. O homem assassinado era um amigo seu, pelo que entendi.

— Meu melhor amigo — disse o major.

— É duro — disse o jovem desviando os olhos com muito tato. Então tirou do bolso um pequeno pedaço de papel lilás dobrado e o entregou ao Major Burnaby com uma reverência. — Com os cumprimentos do *Daily Wire* — disse ele.

O Major Burnaby pegou e disse a única coisa possível naquelas circunstâncias.

— Tome uma bebida, senhor...?

— Enderby, Charles Enderby, é o meu nome. Cheguei ontem à noite — explicou. — Perguntei como chegar a Sittaford.

Fazemos questão de entregar os cheques aos vencedores em pessoa. Sempre publicamos uma pequena entrevista. Isso interessa aos nossos leitores. Bem, todos me disseram que estava fora de cogitação, a neve estava caindo e simplesmente não teria como ser feito, e então, na maior sorte, descobri que o senhor na realidade estava aqui, hospedado no Três Coroas. — Ele sorriu. — E não houve dificuldade em identificá-lo. Todo mundo parece conhecer todo mundo por aqui.

— O que vai querer? — perguntou o major.

— Para mim, uma cerveja — disse Enderby.

O major pediu duas cervejas.

— Esse lugar todo parece estar fora dos eixos com esse assassinato — comentou Enderby. — Um negócio bastante misterioso, segundo todos os relatos.

O major grunhiu. Ele estava em um dilema. Os sentimentos dele em relação aos jornalistas permaneciam inalterados, mas um homem que acabou de lhe entregar um cheque de 5 mil libras está em uma posição privilegiada. Você não pode apenas dizer-lhe para ir para o inferno.

— Ele não tinha inimigos? — perguntou o jovem.

— Não — disse o major.

— Mas ouvi dizer que a polícia não acha que seja roubo — continuou Enderby.

— Como sabe disso? — perguntou o major.

Mr. Enderby, no entanto, não revelou a fonte das informações.

— Ouvi dizer que foi o senhor quem de fato descobriu o corpo, senhor — disse o jovem.

— Sim.

— Deve ter sido um choque terrível.

A conversa continuou. O Major Burnaby ainda estava determinado a não dar nenhuma informação, mas não era páreo para a destreza de Mr. Enderby. Este fazia declarações com as quais o major era obrigado a concordar ou discordar, fornecendo assim a informação que o jovem desejava. Tão agradáveis eram os modos dele, porém, que o processo não foi nada doloroso e o major viu-se gostando bastante do jovem ingênuo.

Pouco depois, Mr. Enderby levantou-se e disse que precisava ir ao correio.

— Se o senhor puder apenas me dar um recibo desse cheque, senhor.

O major foi até a escrivaninha, escreveu um recibo e entregou a ele.

— Esplêndido — disse o jovem e enfiou-o no bolso.

— Suponho — disse o Major Burnaby — que você voltará a Londres hoje?

— Ah! Não — disse o jovem. — Quero tirar algumas fotos, sabe, de sua casa em Sittaford, e do senhor alimentando os porcos, ou capinando os dentes-de-leão, ou fazendo qualquer coisa característica que o senhor goste. O senhor não faz ideia de como nossos leitores apreciam esse tipo de coisa. Então, gostaria de ter algumas palavras suas sobre "O que pretendo fazer com as 5 mil libras". Algo espirituoso. O senhor não tem ideia de como nossos leitores ficariam desapontados se não recebessem esse tipo de coisa.

— Sim, mas olhe só... é impossível chegar a Sittaford com este tempo. A neve que caiu foi excepcionalmente forte. Nenhum veículo consegue pegar a estrada há três dias, e pode levar mais três até que o degelo comece de forma adequada.

— Eu sei — disse o jovem —, é *mesmo* desconfortável. Bem, bem, o jeito será me conformar em ficar batendo perna aqui em Exhampton. Eles tratam a gente muito bem no Três Coroas. Adeus, senhor, até mais tarde.

Ele saiu para a rua principal de Exhampton, dirigiu-se ao correio e telegrafou ao jornal que, graças à muita boa sorte, seria capaz de fornecer informações saborosas e exclusivas sobre o caso do assassinato de Exhampton.

Refletiu sobre o próximo curso de ação e decidiu entrevistar o criado do falecido Capitão Trevelyan, Evans, cujo nome o Major Burnaby havia deixado escapar durante a conversa.

Algumas perguntas o levaram ao número 85 da rua Fore. O criado do homem assassinado era uma pessoa importante agora. Todos estavam dispostos e ansiosos para apontar onde ele morava.

Enderby tamborilou com os nós dos dedos na porta. Foi aberta por um homem com uma aparência de marinheiro tão típica que Enderby não teve dúvidas da identidade dele.

— Evans, não é? — disse Enderby, com alegria. — Acabei de falar com Major Burnaby.

— Ah... — Evans hesitou por um momento. — Pode entrar, senhor.

Enderby aceitou o convite. Uma jovem rechonchuda de cabelos escuros e bochechas vermelhas espiou dos fundos. Enderby julgou que fosse a recém-casada Mrs. Evans.

— Lamentável essa coisa com seu falecido patrão — disse Enderby.

— É chocante, senhor, é isso mesmo.

— Quem você acha que fez isso? — perguntou Enderby com um ar ingênuo de quem busca informações.

— Um daqueles vagabundos vulgares, suponho — disse Evans.

— Ah! Não, meu caro. Essa teoria é totalmente descabida.

— É?

— Isso foi tudo armação. A polícia percebeu isso na mesma hora.

— Quem lhe disse isso, senhor?

O verdadeiro informante de Enderby foi a empregada doméstica do Três Coroas, cuja irmã era a esposa legal do oficial Graves, mas ele respondeu:

— Recebi uma dica do quartel-general. Sim, a ideia do roubo foi tudo armação.

— Quem eles acham que fez isso, então? — perguntou Mrs. Evans, avançando. Os olhos pareciam assustados e ansiosos. — Ora, Rebecca, não fique aflita — disse o marido.

— Os policiais são estúpidos e cruéis — disse Mrs. Evans. — Não se importam com quem pegam, desde que consigam alguém. — Ela lançou um rápido olhar para Enderby.

— Você está ligado à polícia, senhor?

— Eu? Ah! Não. Sou de um jornal, o *Daily Wire*. Vim para ver o Major Burnaby. Ele acabou de ganhar 5 mil libras no nosso concurso sobre futebol.

— O quê? — exclamou Evans. — Diabos, então essas coisas são honestas, afinal.

— Achou que não fossem? — perguntou Enderby.

— Bem, é um mundo perverso, senhor. — Evans estava um pouco confuso, sentindo que no modo de falar dele estava faltando tato. — Ouvi dizer que há muita trapaça envolvida. O falecido capitão costumava dizer que um prêmio nunca ia para um bom endereço. Foi por isso que ele usou o meu várias vezes.

Com certa ingenuidade, ele descreveu a conquista de três novos romances pelo capitão.

Enderby o encorajou a falar. Viu que Evans renderia uma história muito boa. O criado fiel, o velho toque de lobo do mar. Ele se perguntou um pouco por que Mrs. Evans parecia tão nervosa; ele atribuiu isso à ignorância desconfiada de sua classe.

— O senhor tem que encontrar o pilantra que fez isso — disse Evans. — Os jornais podem fazer muito, dizem eles, na caça aos criminosos.

— Foi um ladrão — disse Mrs. Evans. — Foi isso.

— É claro que foi um ladrão — disse Evans. — Ora, não havia ninguém em Exhampton que quisesse prejudicar o capitão.

Enderby levantou-se.

— Bem — disse ele. — Preciso ir. Vou passar aqui de vez em quando e bater um papo, se puder. Se o capitão ganhou três novos romances em uma competição do *Daily Wire*, o *Daily Wire* deveria tornar um assunto pessoal caçar o assassino dele.

— Não se poderia dizer algo mais justo do que isso, senhor. Não, não se poderia dizer nada mais justo do que isso.

Desejando-lhes um alegre bom-dia, Charles Enderby se despediu.

— Eu me pergunto, quem de fato matou o sujeito? — murmurou para si mesmo. — Não acho que tenha sido nosso amigo Evans. Talvez tenha sido mesmo um ladrão! Será muito frustrante se for assim. Não parece haver nenhuma mulher no caso, o que é uma pena. Precisamos ter alguma reviravolta sensacional em breve ou o caso desaparecerá na insignificância. Azar o meu, se for assim. É a primeira vez que estou no local de um assunto desse tipo. Preciso me sair bem. Charles, meu garoto, sua chance na vida chegou. Aproveite ao máximo. Nosso amigo militar, pelo que vejo, logo estará comendo na minha mão se eu me lembrar de ser suficientemente respeitoso e chamá-lo de "senhor" com bastante frequência. Gostaria de saber se ele estava no motim indiano. Não, claro que não, não tem idade para isso. A Guerra da África do Sul, é isso. Pergunte a ele sobre a Guerra da África do Sul, isso irá amansá-lo.

E ponderando essas boas resoluções na mente, Mr. Enderby caminhou de volta para o Três Coroas.

Capítulo 9

Laurels

Levava cerca de meia hora de Exhampton a Exeter de trem. Às cinco para o meio-dia, o Inspetor Narracott tocou a campainha da porta da frente em Laurels.

Laurels era uma casa um tanto dilapidada, precisando com urgência de uma nova demão de tinta. O jardim ao redor estava descuidado e cheio de ervas daninhas, e o portão pendia torto nas dobradiças.

"Não há muito dinheiro por aqui", pensou o Inspetor Narracott para si mesmo. "É evidente que vão mal."

Ele era um homem bastante imparcial, mas as investigações pareciam indicar que havia muito pouca possibilidade de o capitão ter sido morto por um inimigo. Por outro lado, quatro pessoas, pelo que pôde perceber, ganhariam uma quantia considerável com a morte do velho. Os movimentos de cada uma dessas quatro pessoas teriam que ser investigados. A anotação no registro do hotel era sugestiva, mas, afinal, Pearson era um nome bastante comum. O Inspetor Narracott estava ansioso quanto a não tomar nenhuma decisão precipitada e a manter uma mente perfeitamente aberta enquanto examinava o terreno à frente o mais rápido possível.

Uma empregada de aparência um tanto desleixada atendeu à campainha.

— Boa tarde — disse o Inspetor Narracott. — Gostaria de ver Mrs. Gardner, por favor. É sobre a morte do irmão dela, o Capitão Trevelyan, em Exhampton.

Ele não entregou o cartão oficial dele para a empregada de propósito. O simples fato de ser um policial, como ele sabia por experiência, a deixaria desajeitada e com a língua presa.

— Ela soube da morte do irmão? — perguntou o inspetor casualmente enquanto a criada se afastava para deixá-lo entrar no corredor.

— Sim, ela recebeu um telegrama. Do advogado, Mr. Kirkwood.

— Ótimo — disse o Inspetor Narracott.

A criada o conduziu até a sala de estar, uma sala que, assim como a parte externa da casa, precisava que um pouco de dinheiro fosse gasto nela, mas ainda tinha, apesar de tudo, um ar charmoso que o inspetor sentiu sem perceber ou ser capaz de definir.

— Deve ter sido um choque para sua patroa — observou ele.

A garota parecia um pouco vaga sobre isso, ele percebeu.

— Ela não o via muito. — Foi a resposta.

— Feche a porta e venha até aqui — disse o Inspetor Narracott.

Ele estava ansioso para experimentar o efeito de um ataque surpresa.

— O telegrama dizia que foi assassinato? — perguntou.

— Assassinato!

Os olhos da garota se arregalaram, uma mistura de horror e prazer intenso neles.

— Ele foi assassinado?

— Ah! — disse o Inspetor Narracott. — Achei que você não estaria sabendo disso. Mr. Kirkwood não queria dar a notícia de forma muito abrupta para sua patroa, mas veja só, minha querida... aliás, qual é o seu nome?

— Beatrice, senhor.

— Bem, veja só, Beatrice, vai sair nos jornais da noite, ainda hoje.

— Bem, eu nunca imaginei — disse Beatrice. — Assassinado, que coisa horrível, não é? Bateram na cabeça dele ou atiraram nele ou o quê?

O inspetor satisfez a paixão dela pelos detalhes e acrescentou casualmente:

— Creio que se falou que sua patroa iria para Exhampton ontem à tarde. Mas acho que o tempo estava muito ruim para ela.

— Não ouvi nada quanto a isso, senhor — disse Beatrice. — Acho que o senhor deve ter se enganado. A patroa saiu ontem à tarde para fazer compras e depois foi ao cinema.

— A que horas ela chegou?

— Por volta das dezoito horas.

Então isso liberava Mrs. Gardner.

— Não sei muito sobre a família — continuou ele com voz casual. — Mrs. Gardner é viúva?

— Ah, não, senhor, tem o patrão também.

— O que ele faz?

— Ele não faz nada — disse Beatrice, olhando fixamente. — Ele não pode. Ele é debilitado.

— É mesmo? Ah, me desculpe. Eu não sabia.

— Ele não consegue andar. Fica na cama o dia todo. Tem sempre que haver uma enfermeira na casa. Não é toda garota que fica como uma enfermeira de hospital em casa o tempo todo. Sempre querendo que as bandejas sejam carregadas e os bules de chá preparados.

— Deve ser muito difícil — disse o inspetor calmamente. — Agora, por favor, vá dizer à sua patroa que vim da parte de Mr. Kirkwood, de Exhampton.

Beatrice retirou-se e, alguns minutos depois, a porta se abriu e uma mulher alta e de ar bastante autoritário entrou na sala. Tinha um rosto de aparência incomum, sobrancelhas largas e cabelo preto com um toque de cinza nas têmporas, que usava penteado para trás na testa. Ela olhou de modo inquisitivo para o inspetor.

— O senhor veio da parte de Mr. Kirkwood, de Exhampton?

— Não exatamente, Mrs. Gardner. Coloquei a situação dessa forma para sua empregada. Seu irmão, o Capitão Trevelyan, foi assassinado ontem à tarde, e eu sou o Inspetor Divisional Narracott, o encarregado do caso.

O que quer que Mrs. Gardner fosse, ela com certeza era uma mulher de nervos de aço. Os olhos se estreitaram e ela respirou fundo. Em seguida, indicando uma cadeira para o inspetor e sentando-se, ela disse:

— Assassinado! Que coisa singular! Quem no mundo iria querer matar Joe?

— É isso que estou ansioso para descobrir, Mrs. Gardner.

— Claro. Espero poder ajudá-lo de alguma forma, mas duvido. Meu irmão e eu nos vimos muito pouco nos últimos dez anos. Não sei nada sobre os amigos ou sobre quaisquer laços que ele tenha formado.

— Perdão, Mrs. Gardner, mas a senhora e seu irmão brigaram?

— Não... não brigamos. Acho que afastamento seria uma palavra melhor para descrever o que houve entre nós. Não quero entrar em detalhes da família, mas meu irmão se ressentia do meu casamento. Irmãos, eu acho, raramente aprovam a escolha de irmãs, mas imagino que em geral eles escondam isso melhor do que meu irmão foi capaz de fazer. Meu irmão, como talvez o senhor saiba, recebeu uma grande fortuna deixada por uma tia. Minha irmã e eu nos casamos com homens pobres. Quando meu marido foi afastado do Exército por invalidez após a guerra devido a um trauma, uma pequena ajuda financeira teria sido um alívio maravilhoso... teria me permitido dar a ele um tratamento caro que, de outra forma, lhe foi negado. Pedi um empréstimo ao meu irmão, mas ele recusou. Isso, claro, ele tinha todo o direito de fazer. Mas desde então passamos a nos ver em intervalos muito raros e quase não nos correspondemos.

Foi uma declaração clara e sucinta.

"Uma personalidade intrigante, esta Mrs. Gardner", pensou o inspetor. De algum modo, ele não conseguia entendê-la. Ela parecia anormalmente calma, anormalmente pronta para relatar os fatos. Ele também notou que, com toda a surpresa dela, ela não pediu detalhes sobre a morte do irmão. Isso lhe pareceu extraordinário.

— Não sei se a senhora quer ouvir com exatidão o que aconteceu em Exhampton — começou ele.

Ela franziu a testa.

— Preciso ouvir? Meu irmão foi morto... sem dor, espero.

— Sem dor nenhuma, imagino.

— Então, por favor, poupe-me de detalhes sórdidos.

"Pouco natural", pensou o inspetor, "decididamente pouco natural."

Como se ela tivesse lido a mente dele, ela usou a palavra que ele havia falado para si mesmo.

— Suponho que o senhor ache isso muito pouco natural, inspetor, mas... já escutei horrores demais. Meu marido me contou coisas quando passou por uma das crises dele... — Ela estremeceu. — Acho que o senhor entenderia se conhecesse melhor minhas circunstâncias.

— Ah! É verdade, é verdade, Mrs. Gardner. O que eu realmente vim fazer foi obter alguns detalhes de sua família.

— Sim?

— A senhora sabe quantos parentes vivos seu irmão tem além da senhora?

— De parentes próximos, apenas os Pearson. Os filhos de minha irmã Mary.

— E como se chamam?

— James, Sylvia e Brian.

— James?

— Ele é o mais velho. Ele trabalha em uma seguradora.

— Que idade ele tem?

— Vinte e oito.

— Ele é casado?

— Não, mas está noivo... de uma moça muito simpática, creio. Ainda não a conheço.

— E o endereço dele?

— Rua Cromwell, 21, S.W.3.

O inspetor anotou.

— Sim, Mrs. Gardner?

— Depois, há Sylvia. Ela é casada com Martin Dering. O senhor deve ter lido os livros dele. Ele é um autor de moderado sucesso.

— Obrigado, e o endereço deles?

— Residência Nook, Surrey Road, Wimbledon.

— Sim?

— E o mais novo é Brian, mas ele está na Austrália. Receio não saber o endereço dele, mas o irmão ou irmã dele saberiam.

— Obrigado, Mrs. Gardner. Só uma questão de formalidade, a senhora se importa que eu pergunte como passou a tarde de ontem?

Ela pareceu surpresa.

— Deixe-me ver. Fiz algumas compras... sim... depois fui ao cinema. Cheguei em casa por volta das dezoito e me deitei na cama até o jantar, pois os filmes me deram muita dor de cabeça.

— Obrigado, Mrs. Gardner.

— Há mais alguma coisa?

— Não, acho que não tenho mais nada a lhe perguntar. Agora vou entrar em contato com seu sobrinho e sobrinha. Não sei se Mr. Kirkwood já a informou sobre o fato, mas a senhora e os três jovens Pearson são os herdeiros conjuntos do dinheiro do Capitão Trevelyan.

A cor surgiu no rosto dela em um rubor lento e intenso.

— Isso vai ser maravilhoso — disse ela com calma. — Tem sido tão difícil, tão terrivelmente difícil, sempre economizando, guardando e só desejando.

Ela se levantou num sobressalto quando a voz um tanto queixosa de um homem flutuou escada abaixo.

— Jennifer, Jennifer, preciso de você.

— Com licença — disse ela.

Ao abrir a porta, o chamado voltou, mais alto e mais imperioso.

— Jennifer, onde você está? Preciso de você, Jennifer.

O inspetor a seguiu até a porta. Ele ficou no corredor olhando para ela enquanto ela subia as escadas.

— Estou indo, querido — gritou ela.

Uma enfermeira hospitalar que descia as escadas se afastou para deixá-la passar.

— Por favor, vá até Mr. Gardner, ele está ficando muito agitado. Você sempre consegue acalmá-lo.

O Inspetor Narracott ficou deliberadamente no caminho da enfermeira quando ela chegou ao pé da escada.

— Posso falar com você por um momento? — disse ele. — Minha conversa com Mrs. Gardner foi interrompida.

A enfermeira entrou com entusiasmo na sala de visitas.

— A notícia do assassinato perturbou meu paciente — explicou ela, ajustando um punho bem engomado. — Aquela garota tola, Beatrice, veio correndo e deixou escapar tudo.

— Sinto muito — disse o inspetor. — Receio que foi minha culpa.

— Ah, é claro que não se poderia esperar que o senhor soubesse — disse a enfermeira com delicadeza.

— Mr. Gardner está bem doente? — perguntou o inspetor.

— É um caso triste — disse a enfermeira. — Claro que, por assim dizer, não há nada de errado com ele. Ele perdeu o uso dos membros inteiramente devido ao choque nervoso. Não há deficiência visível.

— Ele não teve nenhuma tensão ou choque adicional ontem à tarde? — perguntou o inspetor.

— Não que eu saiba. — A enfermeira pareceu um tanto surpresa.

— Você ficou com ele a tarde toda?

— Eu pretendia ficar, mas, bem... na verdade, o Capitão Gardner estava muito ansioso para que eu trocasse dois livros para ele na biblioteca pública. Ele havia se esquecido de pedir à esposa antes de ela sair. Então, para agradá-lo, eu os levei, e ele me pediu para aproveitar e comprar uma ou duas coisinhas para ele... era um presente para a esposa, na verdade. Ele foi muito gentil, disse que eu deveria tomar chá às custas dele na Boots. Ele disse que as enfermeiras nunca gostam de perder a hora do chá. É a piadinha dele, sabe. Só saí depois das dezesseis, e com as lojas tão cheias pouco antes do Natal, e uma coisa aqui e outra ali, só voltei depois das dezoito, mas o pobrezinho estava bastante confortável. Na realidade, ele me disse que dormiu a maior parte do tempo.

— Mrs. Gardner já estava de volta?

— Sim, creio que ela estava deitada.

— Ela é muito dedicada ao marido, não é?

— Ela o adora. Eu de fato acredito que aquela mulher faria qualquer coisa no mundo por ele. É bastante comovente, e bem diferente de alguns casos que já atendi. Ora, só no mês passado...

Mas o Inspetor Narracott evitou o escândalo iminente do mês passado com considerável habilidade. Ele olhou para o relógio e soltou uma exclamação alta.

— Meu Deus — bradou ele. — Vou perder meu trem. A estação não fica longe, não é?

— St. David fica a apenas três minutos a pé, se é St. David que o senhor quer, ou o senhor quis dizer Queen Street?

— Preciso ir — disse o inspetor. — Diga a Mrs. Gardner que lamento não poder vê-la para me despedir. Fico muito feliz por ter tido essa conversinha com você, enfermeira.

A enfermeira estremeceu ligeiramente.

"Um homem bastante bonito", disse ela para si mesma quando a porta da frente se fechou atrás do inspetor. "Muito bonito mesmo. Que modos simpáticos e agradáveis."

E com um leve suspiro, ela subiu para seu paciente.

Capítulo 10

A família Pearson

O passo seguinte do Inspetor Narracott foi se reportar ao superior, o Superintendente Maxwell.

Este último escutou com interesse à narrativa do inspetor.

— Vai ser um caso grande — disse ele, pensativo. — Haverá manchetes nos jornais sobre isso.

— Concordo com o senhor.

— Temos que ter cuidado. Não podemos cometer nenhum erro. Mas acho que você está no caminho certo. Você deve ir atrás desse James Pearson o mais rápido possível, descobrir onde ele estava ontem à tarde. Como você diz, é um nome bastante comum, mas também há o nome de batismo. Claro, ele assinando o próprio nome de forma aberta mostra que não houve nenhuma premeditação. Ele dificilmente teria sido tão tolo se fosse o contrário. Parece-me ter sido uma briga e um golpe súbito. Se ele for o culpado, deve ter ouvido falar da morte do tio naquela noite. E se sim, por que ele fugiu no trem das seis da manhã sem dizer uma palavra a ninguém? Não, não parece bom. Supondo que a coisa toda não seja uma coincidência. Você deve esclarecer isso o mais rápido possível.

— Foi o que pensei, senhor. É melhor eu pegar o trem das 13h45 para a cidade. Cedo ou tarde quero dar uma palavrinha com essa tal Mrs. Willett que alugou a casa do capitão. Tem algo suspeito lá. Mas não posso chegar a Sittaford no momento, as estradas estão intransitáveis com a neve. E de qualquer forma, ela não poderia ter nenhuma ligação direta com o crime. Ela e a filha estavam realmente, bem, jogando mesa girante na hora em que o crime foi cometido. E, a propósito, aconteceu uma coisa muito estranha...

O inspetor narrou a história que ouvira do Major Burnaby.

— Isso é um pouco estranho — exclamou o superintendente. — Acha que esse velho estava dizendo a verdade? Esse é o tipo de história que é inventada depois por aqueles que acreditam em fantasmas e coisas desse tipo.

— Imagino que seja verdade — disse Narracott com um sorriso. — Eu tive muita dificuldade em arrancar isso dele. Ele não é um crente, pelo contrário, é um velho soldado, com aquele jeitão de quem acha tudo uma bobagem.

O superintendente assentiu compreendendo.

— Bem, é estranho, mas não nos leva a lugar nenhum. — Foi a conclusão dele.

— Então vou pegar o trem das 13h45 para Londres.

O outro assentiu.

Ao chegar à cidade, Narracott foi direto para o número 21 da Rua Cromwell. Mr. Pearson, disseram-lhe, estava no escritório. Ele com certeza estaria de volta perto das dezenove horas.

Narracott assentiu de modo desinteressado, como se a informação não tivesse valor para ele.

— Voltarei aqui, se puder — disse ele. — Não é nada importante. — E partiu rapidamente sem deixar nome. Ele decidiu não ir ao escritório de seguros, mas visitar Wimbledon e ter uma conversa com Mrs. Martin Dering, ex-Miss Sylvia Pearson.

Não havia sinais de má conservação na residência Nook.

"Nova e de má qualidade", foi como o Inspetor Narracott a descreveu para si mesmo.

Mrs. Dering estava em casa. Uma empregada de aparência bastante atrevida, vestida de lilás, conduziu-o a uma sala de estar abarrotada. Ele deu a ela o cartão oficial para levar para sua senhora.

Mrs. Dering aproximou-se dele quase no mesmo instante, com o cartão na mão.

— Suponho que o senhor tenha vindo por causa do pobre tio Joseph. — Foi a saudação dela. — É chocante, realmente chocante! Eu mesma tenho tanto medo de ladrões. Coloquei duas travas extras na porta dos fundos na semana passada e novos ferrolhos nas janelas.

Sylvia Dering, o inspetor soube por Mrs. Gardner, tinha apenas 25 anos, mas parecia ter bem mais de trinta. Ela era pequena, pálida e de aparência anêmica, com uma expressão preocupada e atormentada. A voz tinha aquele tom levemente queixoso que é o som mais irritante que uma voz humana pode conter. Ainda sem deixar que o inspetor falasse, ela prosseguiu:

— Se houver algo que eu possa fazer para ajudá-lo de alguma forma, é claro, ficarei muito feliz em fazê-lo, mas quase nunca via o tio Joseph. Ele não era um homem muito simpático... tenho certeza de que não era. Não é o tipo de pessoa a quem se poderia recorrer em caso de problemas, estava sempre reclamando e criticando. Não era o tipo de homem que sabia o que significava literatura. Sucesso... o verdadeiro sucesso nem sempre é medido em termos de dinheiro, inspetor.

Por fim, ela fez uma pausa, e o inspetor, para quem aquelas observações abriram certos campos de conjecturas, teve a vez de falar.

— A senhora ouviu ouviu sobre a tragédia muito rapidamente, Mrs. Dering.

— Tia Jennifer me telegrafou.

— Compreendo.

— Mas suponho que sairá nos jornais vespertinos. É terrível, não é?

— Suponho que a senhora não tem visto seu tio nos últimos anos.

— Só o vi duas vezes desde o meu casamento. Na segunda ocasião, ele foi realmente muito rude com Martin. É claro que ele era um filisteu comum em todos os sentidos... dedicado ao esporte. Nenhum apreço, como acabei de dizer, pela literatura.

"O marido pediu um empréstimo a ele e foi recusado", foi o comentário particular do Inspetor Narracott sobre a situação.

— Apenas por uma questão de formalidade, Mrs. Dering, você poderia me dizer qual foi sua movimentação ontem à tarde?

— Minha movimentação? Que maneira tão esquisita de dizer isso, inspetor. Joguei bridge a maior parte da tarde e uma amiga veio e passou a noite comigo, pois meu marido estava fora.

— Ele estava fora? Longe de casa?

— Um jantar literário — explicou Mrs. Dering com importância. — Ele almoçou com um editor americano e tinha esse jantar à noite.

— Compreendo.

Isso parecia bastante correto e honesto. Ele continuou.

— Creio que seu irmão mais novo esteja na Austrália, Mrs. Dering?

— Sim.

— A senhora tem o endereço dele?

— Ah, sim, posso encontrá-lo para você, se desejar... um nome bastante peculiar... esqueci por um minuto. Em algum lugar em Nova Gales do Sul.

— E agora, Mrs. Dering, quanto a seu irmão mais velho?

— Jim?

— Sim. Vou querer entrar em contato com ele.

Mrs. Dering apressou-se em fornecer o endereço, o mesmo que Mrs. Gardner já havia lhe dado.

Então, sentindo que não havia mais nada a ser dito de nenhum dos lados, ele encurtou a entrevista.

Olhando para o relógio, notou que quando voltasse para a cidade seriam dezenove horas. Uma hora possível, esperava, de encontrar Mr. James Pearson em casa.

A mesma mulher de meia-idade e ares de superioridade abriu a porta do número 21. Sim, Mr. Pearson estava em casa agora. No segundo andar, se o senhor pudesse ir até ele. Ela o precedeu, bateu em uma porta e com uma voz murmurada e cerimoniosa disse:

— O cavalheiro deseja vê-lo, senhor.

Então, recuando, permitiu que o inspetor entrasse.

Um rapaz em traje de jantar estava parado no meio da sala. Ele era bonito, muito bonito de fato, se você não levasse em conta a boca um tanto fraca e a inclinação irresoluta dos olhos. Tinha um olhar abatido e preocupado, e um ar de não ter dormido muito ultimamente.

Olhou, interrogativo, para o inspetor enquanto este avançava.

— Sou o Detetive Inspetor Narracott... — começou ele, mas não continuou.

Com um grito rouco, o jovem deixou-se cair numa cadeira, estendeu os braços à frente sobre a mesa, inclinou a cabeça sobre eles e murmurou:

— Ah! Meu Deus! Chegou a hora.

Depois de um ou dois minutos, ele levantou a cabeça e disse:

— Então, homem, por que você não continua?

O Inspetor Narracott mostrou-se extremamente apático e simplório.

— Estou investigando a morte de seu tio, o Capitão Joseph Trevelyan. Posso perguntar, senhor, se tem algo a dizer?

O jovem levantou-se devagar e falou numa voz baixa e tensa:

— Você está me prendendo?

— Não, senhor, não estou. Se eu estivesse prendendo o senhor, teria lhe dado os avisos de costume. Estou apenas pedindo que o senhor preste contas de seus movimentos ontem à tarde. O senhor pode responder às minhas perguntas ou não, como achar melhor.

— E se eu não responder, isso vai pesar contra mim. Ah, sim, eu conheço seus pequenos truques. Você descobriu então que eu estive lá ontem?

— Você assinou seu nome no registro do hotel, Mr. Pearson.

— Ah, acho que não adianta negar. Eu estava lá... por que não poderia estar?

— Por que mesmo? — disse o inspetor suavemente.

— Fui lá para ver meu tio.

— Com hora marcada?

— O que quer dizer com hora marcada?

— Seu tio sabia que você iria?

— Eu... não... ele não sabia. Foi... foi um impulso repentino.

— Sem nenhum motivo para isso?

— Eu... motivo? Não... não, por que haveria? Eu... eu só queria ver meu tio.

— Perfeitamente, senhor. E o senhor o viu?

Houve uma pausa — uma pausa muito longa. A indecisão estava escrita em cada traço do rosto do rapaz. O Inspetor Narracott sentiu uma espécie de pena ao observá-lo. O garoto não conseguia ver que a visível indecisão era o mesmo que uma admissão do fato?

Por fim, Jim Pearson respirou fundo.

— Eu... suponho que seja melhor contar tudo. Sim, eu o vi. Perguntei na estação como poderia chegar a Sittaford. Disseram-me que estava fora de questão. As estradas estavam intransitáveis para qualquer veículo. Eu disse que era urgente.

— Urgente? — murmurou o inspetor.

— Eu... eu queria muito ver meu tio.

— É o que parece, senhor.

— O porteiro continuou a balançar a cabeça dizendo que era impossível. Mencionei o nome do meu tio e no mesmo momento o rosto dele se iluminou, e ele me disse que meu tio estava em Exhampton e me deu instruções completas sobre como encontrar a casa que ele havia alugado.

— Isso foi a que horas, senhor?

— Por volta das treze, acho. Fui para a pousada, Três Coroas, reservei um quarto e almocei lá. Depois disso eu... eu saí para ver meu tio.

— Imediatamente depois?

— Não, não imediatamente.

— Que horas eram?

— Bem, eu não saberia dizer com certeza.

— Seria 15h30? Quatro horas da tarde? Quatro e meia?

— Eu... eu... — Ele gaguejou mais do que nunca. — Não acho que estava tarde assim.

— Mrs. Belling, a proprietária, disse que o senhor saiu às 16h30.

— Eu saí? Eu... eu acho que ela está errada. Não podia ser tão tarde.

— O que aconteceu depois?

— Encontrei a casa do meu tio, conversei com ele e voltei para a pousada.

— Como você entrou na casa do seu tio?

— Toquei a campainha e ele mesmo abriu a porta para mim.

— Ele não ficou surpreso em ver o senhor?

— Sim... sim... ele ficou bastante surpreso.

— Quanto tempo o senhor ficou com ele, Sr. Pearson?

— Uns quinze minutos... talvez vinte. Mas olhe aqui, ele estava perfeitamente bem quando eu o deixei. Perfeitamente bem. Eu juro.

— E a *que horas* o senhor o deixou?

O jovem baixou os olhos. Mais uma vez, a hesitação era palpável em seu tom.

— Não sei com exatidão.

— Acho que sabe sim, Mr. Pearson.

O tom seguro surtiu efeito. O rapaz respondeu em voz baixa.

— Eram 17h15.

— O senhor voltou para o Três Coroas às 17h45. Levaria no máximo apenas sete ou oito minutos para caminhar desde a casa de seu tio.

— Eu não voltei direto. Eu andei pela cidade.

— Com aquele tempo gelado... e na neve!

— Não estava realmente nevando na hora. Depois nevou.

— Eu vejo. E qual foi a natureza de sua conversa com seu tio?

— Ah! Nada em particular. Eu... eu só queria falar com o velho, procurá-lo, esse tipo de coisa, sabe.

"Ele é um péssimo mentiroso", pensou consigo mesmo o Inspetor Narracott. "Ora, eu mesmo poderia me sair melhor."

Em voz alta ele disse:

— Muito bem, senhor. Agora, posso perguntar por que, ao saber do assassinato de seu tio, o senhor deixou Exhampton sem revelar seu relacionamento com o homem assassinado?

— Eu estava com medo — disse o jovem, com sinceridade. — Ouvi dizer que ele foi assassinado na hora em que o deixei. Agora, caramba, isso é o suficiente para assustar qualquer um, não é? Acordei e deixei o local no primeiro trem disponível. Ah, ouso dizer que fui um tolo por fazer qualquer coisa desse tipo. Mas o senhor sabe como é quando se está abalado. E qualquer um poderia ter ficado abalado nessas circunstâncias.

— E isso é tudo o que o senhor tem a dizer?

— Sim, sim, claro.

— Então, talvez não tenha nenhuma objeção, senhor, em vir comigo e ter esta declaração anotada por escrito, e, após isso, lida de volta para o senhor para que a assine.

— É... isso é tudo?

— Acho possível, Mr. Pearson, que seja necessário detê-lo até depois do inquérito.

— Ah! Meu Deus — disse Jim Pearson. — Ninguém pode me ajudar?

Nesse momento a porta se abriu e uma jovem entrou na sala.

Ela era, como de imediato notou o atento Inspetor Narracott, um tipo excepcional de jovem. Ela não era muito bonita, mas tinha um rosto cativante e incomum, um rosto que uma vez visto você não poderia esquecer. Havia nela uma atmosfera de bom senso, de *savoir faire*, determinação invencível e um fascínio tentador.

— Ah! Jim — exclamou ela. — O que aconteceu?

— Está tudo acabado, Emily — disse o jovem. — Eles acham que eu matei meu tio.

— Quem pensa isso? — perguntou Emily.

O jovem indicou o visitante com um gesto.

— Este é o Inspetor Narracott — disse ele, e acrescentou, com uma tentativa desanimada de apresentação: — Miss Emily Trefusis.

— Ah! — disse Emily Trefusis.

Ela estudou o Inspetor Narracott com penetrantes olhos castanhos.

— Jim é um idiota terrível — disse ela. — Mas ele não mata pessoas.

O inspetor não disse nada.

— Acho — disse Emily, virando-se para Jim — que você anda dizendo coisas terrivelmente imprudentes. Se lesse os jornais com mais atenção, Jim, saberia que nunca deve falar com policiais, a menos que tenha um bom advogado sentado ao seu lado fazendo objeções a cada palavra. O que aconteceu? Você o está prendendo, Inspetor Narracott?

O Inspetor Narracott explicou de modo técnico e claro exatamente o que estava fazendo.

— Emily — exclamou o jovem —, você não vai acreditar que eu fiz isso? Você nunca vai acreditar, vai?

— Não, querido — disse Emily com gentileza. — É claro que não. — E ela acrescentou em um tom gentil e meditativo: — Você não tem a coragem.

— Sinto como se não tivesse um amigo no mundo — gemeu Jim.

— Sim, você tem — disse Emily. — Você tem a mim. Anime-se, Jim, olhe para estes diamantes piscando no dedo anular da minha mão esquerda. Aqui está a sua noiva fiel. Vá com o inspetor e deixe tudo comigo.

Jim Pearson levantou-se, ainda com uma expressão confusa no rosto. O sobretudo dele estava sobre uma cadeira, e ele o vestiu. O Inspetor Narracott entregou-lhe um chapéu que estava sobre uma escrivaninha próxima. Dirigiram-se para a porta e o inspetor disse educadamente:

— Boa noite, Miss Trefusis.

— *Au revoir*, inspetor — disse Emily com doçura.

E se conhecesse melhor Miss Emily Trefusis, saberia que nessas três palavras havia um desafio.

Capítulo 11

Emily entra em ação

O inquérito sobre o corpo do Capitão Trevelyan foi realizado na manhã de segunda-feira. De um ponto de vista sensacionalista, foi um assunto inócuo, pois foi quase imediatamente adiado por uma semana, decepcionando assim um grande número de pessoas. Entre sábado e segunda-feira, Exhampton ganhou fama. A informação de que o sobrinho do falecido havia sido detido em conexão com o assassinato fez com que todo o caso saltasse de um mero parágrafo nas últimas páginas dos jornais para manchetes gigantescas. Na segunda-feira, repórteres chegaram a Exhampton em grande número. Mr. Charles Enderby mais uma vez teve motivos para se felicitar pela posição privilegiada que ganhou pelo mero acaso fortuito de um prêmio de competição de futebol.

Era intenção do jornalista colar-se ao Major Burnaby feito uma sanguessuga e, a pretexto de fotografar seu chalé, obter informações exclusivas sobre os habitantes de Sittaford e as relações deles com o falecido.

Não passou despercebido a Mr. Enderby que, na hora do almoço, uma mesinha perto da porta estava ocupada por uma moça muito atraente. Mr. Enderby se perguntou o que ela estava fazendo em Exhampton. Ela estava bem-vestida em um estilo recatado e provocativo, e não parecia ser parente do falecido, e menos ainda poderia ser rotulada como uma das curiosas ociosas.

"Me pergunto quanto tempo ela vai ficar", pensou Mr. Enderby. "É uma pena que eu tenha que ir para Sittaford esta tarde. Que azar. Bem, não se pode ter tudo, suponho."

Mas logo após o almoço, Mr. Enderby recebeu uma agradável surpresa. Ele estava parado nos degraus do Três Coroas, observando a neve que derretia com rapidez e desfrutando dos lentos raios do sol invernal, quando percebeu uma voz, uma voz extremamente encantadora, dirigindo-se a ele.

— Desculpe-me, mas saberia me dizer se há algo para se ver em Exhampton?

Charles Enderby levantou-se de pronto para a ocasião.

— Existe um castelo, creio eu — disse ele. — Não é muito, mas é o que há. Talvez a senhorita me permita mostrar o caminho até ele.

— Isso seria tremendamente gentil da sua parte — disse a garota. — Se o senhor não estiver muito ocupado...

Charles Enderby rejeitou na mesma hora a ideia de estar ocupado.

Eles partiram juntos.

— O senhor é Mr. Enderby, não é? — disse a garota.

— Sim. Como você sabia?

— Mrs. Belling me apontou o senhor.

— Ah, compreendo.

— Meu nome é Emily Trefusis. Mr. Enderby, quero que o senhor me ajude.

— Ajudá-la? — disse Enderby. — Ora, com certeza... mas...

— Veja bem, estou noiva de Jim Pearson.

— Ah! — disse Mr. Enderby, com possibilidades jornalísticas surgindo na mente.

— E a polícia vai prendê-lo. Sei que vai. Mr. Enderby, eu sei que Jim não fez isso. Estou aqui para provar que não fez. Mas preciso de alguém para me ajudar. Ninguém consegue fazer nada sem um homem. Os homens sabem muito e são capazes de obter informações de tantas maneiras que são simplesmente impossíveis para as mulheres.

— Bem... eu... sim, imagino que seja verdade — disse Mr. Enderby complacente.

— Eu estava olhando para todos esses jornalistas esta manhã — disse Emily. — E achei que a maioria deles tinha rostos muito estúpidos. Achei o senhor o único realmente inteligente entre eles.

— Ah! Bem, não acho que isso seja verdade, você sabe — disse Mr. Enderby ainda mais complacente.

— O que quero propor — disse Emily Trefusis — é uma espécie de parceria. Haveria, penso eu, vantagens de ambos os lados. Há certas coisas que quero investigar, descobrir. É aí que o senhor, como jornalista, pode me ajudar. Eu quero...

Emily fez uma pausa. O que ela de fato queria era empregar Mr. Enderby como uma espécie de detetive particular. Para ir aonde ela mandasse, fazer as perguntas que ela queria e, em geral, ser uma espécie de escravo. Mas ela estava ciente da necessidade de expressar essas propostas em termos ao mesmo tempo lisonjeiros e agradáveis. A questão toda era que ela seria a chefe, mas o assunto precisava ser administrado com tato.

— Eu quero — disse Emily — sentir que posso *contar* com você.

Ela tinha uma voz adorável, líquida e sedutora. Quando pronunciou a última frase, um sentimento cresceu no peito de Mr. Enderby de que aquela adorável garota indefesa poderia depender dele até o último momento.

— Deve ser horrível — disse Mr. Enderby, e pegando a mão dela, apertou-a com fervor. — Mas você sabe — continuou ele, com uma reação jornalística —, meu tempo não é inteiramente meu. Quer dizer, tenho que ir para onde me enviarem e tudo mais.

— Sim — disse Emily. — Eu pensei nisso, e é aí que eu entro. Com certeza sou o que você chamaria de "furo", não é? Você pode fazer uma entrevista comigo todos os dias, pode me fazer dizer qualquer coisa que acha que seus leitores vão gostar. "A noiva de Jim Pearson." "Garota que acredita apaixonadamente na inocência dele." "Reminiscências da infância dele fornecidas por ela." Eu de fato não sei nada sobre a infância dele, sabe — acrescentou ela —, mas isso não importa.

— Eu acho — disse Mr. Enderby — que você é maravilhosa. Você é realmente maravilhosa.

— E ainda por cima — disse Emily, aproveitando a vantagem dela — eu tenho acesso aos parentes de Jim. Posso apresentá-lo como um amigo meu, onde muito possivelmente o senhor receberia uma porta fechada na cara de qualquer outra maneira.

— Eu que o diga — disse Mr. Enderby, sentido, lembrando-se de várias rejeições do passado.

Uma perspectiva gloriosa se abriu diante dele. Tivera sorte com esse caso o tempo todo. Primeiro a sorte da competição de futebol, e agora isso.

— Trato feito — disse ele com fervor.

— Ótimo — disse Emily, tornando-se enérgica e profissional. — Agora, qual é o primeiro passo?

— Estou indo para Sittaford esta tarde.

Ele explicou a feliz circunstância que o colocara em uma posição tão vantajosa em relação ao Major Burnaby.

— Porque, veja bem, ele é o tipo de velho que odeia os jornalistas como se fossem veneno. Mas você não pode exatamente bater à porta na cara de um sujeito que acabou de lhe dar 5 mil libras, pode?

— Seria estranho — disse Emily. — Bem, se está indo para Sittaford, vou com você.

— Esplêndido — disse Mr. Enderby. — Mas não sei se há algum lugar para ficar por lá. Até onde sei, há apenas a Mansão Sittaford e algumas casas aleatórias pertencentes a pessoas como Burnaby.

— Vamos encontrar alguma coisa — disse Emily. — Eu sempre encontro alguma coisa.

Mr. Enderby podia muito bem acreditar nisso. Emily tinha o tipo de personalidade que sobrevoa triunfante sobre todos os obstáculos.

Eles já haviam chegado ao castelo em ruínas, mas sem dar atenção a isso, sentaram-se em um pedaço de parede sob o que se podia chamar de luz do sol, e Emily começou a desenvolver as ideias.

— Estou olhando para isso, Mr. Enderby, de um modo absolutamente não sentimental e profissional. Para começar, o senhor precisa acreditar em mim, quando digo que Jim não cometeu o assassinato. Não estou dizendo isso apenas porque estou apaixonada por ele, ou porque acredito em seu belo caráter ou algo assim. É apenas, bem... conhecimento. Veja, tenho me virado muito bem estando sozinha desde os 16 anos. Nunca tive contato com muitas mulheres e sei muito pouco sobre elas, mas sei muito sobre os homens. E a menos que uma garota possa avaliar um homem com bastante precisão e saber com o que ela tem que lidar, ela nunca se dará bem. Eu tenho me saído bem. Trabalho como manequim na Lucie's, e lhe digo uma coisa, Mr. Enderby, que chegar até lá é uma façanha.

— Você acha que alguém está tentando de forma deliberada atribuir o crime a ele? — perguntou Charles Enderby no melhor estilo jornalístico.

— Acho que não. Veja só, ninguém sabia sobre Jim ter ido visitar o tio. Claro, não se pode ter certeza, mas devo considerar isso como apenas uma coincidência e azar. O que temos que encontrar é outra pessoa com um motivo para matar o Capitão Trevelyan. A polícia tem certeza de que isso não é o que eles chamam de "trabalho externo", quero dizer, não era um ladrão. A janela aberta quebrada foi forjada.

— A polícia lhe contou tudo isso?

— Praticamente — disse Emily.

— O que você quer dizer com praticamente?

— A camareira me contou, e a irmã dela é casada com o policial Graves, então, é claro, ela sabe tudo o que a polícia pensa.

— Muito bem — disse Mr. Enderby —, não foi um trabalho externo. Foi interno.

— Exatamente — disse Emily. — A polícia, ou seja, o Inspetor Narracott, que, a propósito, acho que é um homem de extrema sensatez, começou a investigar para descobrir quem se beneficia com a morte do Capitão Trevelyan, e com Jim se destacando, por assim dizer, eles não vão se preocupar muito em prosseguir com as investigações. Bem, esse deve ser o nosso trabalho.

— Que furo de reportagem seria — disse Mr. Enderby — se você e eu descobríssemos o verdadeiro assassino. O especialista em crimes do *Daily Wire*... é assim que eu deveria ser descrito. Mas é bom demais para ser verdade — acrescentou, desanimado. — Esse tipo de coisa só acontece nos livros.

— Bobagem — disse Emily. — Acontece comigo.

— Você é simplesmente maravilhosa — disse Enderby de novo.

Emily buscou um caderninho.

— Agora vamos anotar as coisas de forma metódica. O próprio Jim, o irmão e a irmã e a tia Jennifer se beneficiam igualmente com a morte do Capitão Trevelyan. É claro que Sylvia, essa é a irmã de Jim, não faria mal a uma mosca, mas eu não duvidaria do marido dela, ele é um bruto nojento. Você sabe, o tipo artístico desagradável, tem casos com mulheres, todo esse tipo de coisa. É muito provável que esteja no buraco, financeiramente. O dinheiro que eles ganharam seria na verdade de Sylvia, mas isso não importaria para ele. Ele logo conseguiria tirar tudo das mãos dela.

— Ele parece ser uma pessoa muito desagradável — disse Mr. Enderby.

— Ah, sim! Bonito de uma forma marcante. As mulheres falam sobre sexo com ele pelos cantos. Os homens de verdade o odeiam.

— Bem, esse é o suspeito número 1 — disse Mr. Enderby, também escrevendo em um pequeno livro. — Investigar seus movimentos na sexta-feira, fácil de se fazer sob o disfarce de entrevista com o famoso romancista ligado ao crime. Tudo bem?

— Esplêndido — disse Emily. — Depois, há Brian, o irmão mais novo de Jim. Ele deveria estar na Austrália, mas pode facilmente ter voltado. Quero dizer, às vezes as pessoas voltam sem dizer nada.

— Podemos enviar um telegrama para ele.

— Podemos. Suponho que a tia Jennifer esteja fora disso. Por tudo que ouvi, ela é uma pessoa maravilhosa. Ela tem caráter. Ainda assim, afinal, ela não estava muito longe, estava apenas em Exeter. Ela *poderia* ter vindo ver o irmão, e ele *poderia* ter dito algo desagradável sobre o marido que ela adora, e ela *poderia* ter enlouquecido, apanhado um saco de areia e batido nele.

— Você realmente acha isso? — disse Mr. Enderby descrente.

— Não, na verdade não. Mas nunca *se sabe*. Então, claro, há também o criado. Ele só recebe 100 libras no testamento e parece boa gente. Mas, de novo, nunca se sabe. A esposa é sobrinha de Mrs. Belling. O senhor conhece Mrs. Belling, que mantém o Três Coroas. Acho que vou chorar no ombro dela quando voltar. Ela parece uma alma maternal e romântica. Acho que ela ficaria terrivelmente triste por mim com meu noivo indo provavelmente para a prisão, e ela poderia deixar escapar algo útil. E então, é claro, há a Mansão Sittaford. Você sabe o que me pareceu esquisito?

— Não, o quê?

— Essas pessoas, as Willett. As que alugaram a casa mobiliada do Capitão Trevelyan no meio do inverno. É uma coisa muito esquisita de se fazer.

— Sim, é estranho — concordou Mr. Enderby. — Pode haver algo por trás disso... algo a ver com o passado do Capitão Trevelyan.

— Esse negócio de sessão espírita também foi esquisito — acrescentou. — Estou pensando em escrever a respeito para o jornal. Obter opiniões de Sir Oliver Lodge e Sir Arthur Conan Doyle e algumas atrizes e pessoas sobre isso.

— Que negócio de sessão espírita?

Mr. Enderby contou com entusiasmo. Não havia nada relacionado com o assassinato que ele não tivesse conseguido ouvir de uma forma ou de outra.

— Meio estranho, não é? — concluiu. — Quero dizer, isso deixa a gente pensando, e tudo mais. Pode ter algo aí. É a primeira vez que encontro algo autêntico.

Emily estremeceu ligeiramente.

— Odeio coisas sobrenaturais — disse ela. — Pela primeira vez, como você disse, parece que há algo real nisso. Mas que... que coisa horrível!

— Esse negócio de sessão espírita nunca parece muito prático, não é? Se o velho conseguiu se comunicar e dizer que estava morto, por que não poderia dizer quem o assassinou? Podia ser tudo tão simples.

— Acho que pode haver uma pista em Sittaford — disse Emily pensativa.

— Sim, acho que devemos investigar o local minuciosamente — disse Enderby. — Alugarei um carro e partirei daqui a meia hora. É melhor você vir comigo.

— Irei — disse Emily. — E o Major Burnaby?

— Ele vai a pé — disse Enderby. — Partiu logo em seguida ao inquérito. Se quer saber, acho que ele queria evitar a minha companhia no caminho para lá. Ninguém pode gostar de caminhar até lá em meio a toda essa lama.

— O carro vai conseguir ir bem até lá?

— Ah, sim! Mas hoje foi o primeiro dia em que um carro conseguiu passar.

— Bem — disse Emily, levantando-se. — Já é hora de voltarmos para o Três Coroas, e vou arrumar minha mala e chorar um pouco no ombro de Mrs. Belling.

— Não fique preocupada — disse Mr. Enderby, de um modo um pouco tolo. — Deixe tudo comigo.

— É exatamente isso que pretendo fazer — disse Emily com total falta de verdade. — É tão maravilhoso ter alguém em quem se pode confiar de verdade.

Emily Trefusis era realmente uma jovem muito talentosa.

Capítulo 12

A prisão

Ao retornar ao Três Coroas, Emily teve a boa sorte de dar de cara com Mrs. Belling, que estava parada no corredor.

— Ah! Mrs. Belling — disse ela. — Estou de partida hoje à tarde.

— Claro, senhorita. No trem das 16h10 para Exeter, senhorita?

— Não, estou indo para Sittaford.

— Para Sittaford?

A expressão de Mrs. Belling demonstrava a mais vívida curiosidade.

— Sim, e quero perguntar à senhora se sabe de algum lugar por lá onde eu possa ficar.

— Você quer ficar lá? — A curiosidade estava crescendo.

— Sim, é isso... ah! Mrs. Belling, há algum lugar onde eu possa falar com a senhora em privado por um momento?

Com algo parecido com espontaneidade, Mrs. Belling guiou o caminho até o santuário particular dela. Era uma pequena sala confortável com uma grande lareira acesa.

— A senhora não vai contar a ninguém, vai? — começou Emily, sabendo muito bem que, de todas as introduções do mundo, essa era certamente a que mais provocaria interesse e solidariedade.

— Não, senhorita, não vou fazer isso — disse Mrs. Belling, com os olhos escuros brilhando de interesse.

— Veja bem que Mr. Pearson, a senhora sabe...

— O jovem senhor que ficou aqui na sexta-feira? E que a polícia prendeu?

— Prendeu? Quer dizer preso de verdade?

— Sim, senhorita. Não meia hora atrás.

Emily estava muito pálida.

— A senhora... tem certeza disso?

— Ah, sim, senhorita! Nossa Amy soube pelo sargento.

— É horrível demais! — disse Emily. Ela já esperava por isso, mas mesmo assim não facilitava em nada. — Veja bem, Mrs. Belling, eu... estou noiva dele. E ele não é culpado, e, ah, que coisa horrível!

E ali Emily começou a chorar. Ela tinha, no início do dia, anunciado a Charles Enderby a intenção de fazê-lo, mas o que a deixou tão chocada foi a facilidade com que as lágrimas vieram. Chorar à vontade não é uma vitória fácil. Havia algo muito real naquelas lágrimas. Isso a assustou. Ela não deveria desabar de verdade. Desabar não teria a menor utilidade para Jim. Ser resoluta, lógica e perspicaz — essas eram as qualidades que contariam nesse jogo. Chorar de modo desleixado nunca ajudou ninguém, ainda.

Mas foi um alívio, mesmo assim, deixar-se levar. Afinal, ela pretendia chorar. O choro seria um passaporte inegável para a simpatia e ajuda de Mrs. Belling. Então, por que não chorar de verdade? Uma verdadeira orgia de choro em que todos os problemas, dúvidas e medos não reconhecidos dela poderiam desaparecer e ser varridos.

— Ora, minha querida, não fique assim — disse Mrs. Belling.

Ela colocou um grande braço maternal em volta dos ombros de Emily e deu-lhe tapinhas consoladores.

— Falei desde o início que não foi ele. Um jovem cavalheiro normal e simpático. A polícia é um bando de idiotas, e eu já disse isso antes. Algum ladrão vagabundo seria muito mais provável. Agora, não se preocupe, minha querida, vai dar tudo certo, você vai ver se não vai dar.

— Eu gosto tanto dele — lamentou Emily.

Querido Jim, querido, doce, infantil, indefeso e pouco prático Jim. Tão totalmente capaz de fazer a coisa errada no momento errado. Que chance ele teria contra aquele firme e resoluto Inspetor Narracott?

— Nós *precisamos* salvá-lo — lamentou ela.

— Claro que vamos. Claro que sim. — Mrs. Belling a consolou.

Emily enxugou os olhos com vigor, deu uma última fungada e engoliu em seco, e erguendo a cabeça exigiu com ferocidade:

— Onde posso ficar em Sittaford?

— Lá em Sittaford? Você está decidida a ir para lá, minha querida?

— Sim — Emily assentiu vigorosamente.

— Bem, então. — Mrs. Belling cogitou o assunto. — Só há um lugar para se ficar. Não há muita coisa em Sittaford. Há a casa grande, a Mansão Sittaford, que o Capitão Trevelyan construiu, e que agora está alugada para uma senhora sul-africana. E há os seis chalés que ele construiu, e no número 5 deles vive Curtis, o que costumava ser jardineiro na Mansão Sittaford, e Mrs. Curtis. Ela aluga quartos no verão, o capitão permitia que ela o fizesse. Não há outro lugar onde você possa ficar e isso é um fato. Tem o ferreiro e o correio, mas Mary Hibbert tem seis filhos e a cunhada morando com ela, e a mulher do ferreiro, ela está esperando o oitavo, então não vai sobrar nem um cantinho lá. Mas como vai chegar a Sittaford, senhorita? Alugou um carro?

— Vou dividir o de Mr. Enderby.

— Ah, e onde ele vai ficar, eu me pergunto?

— Suponho que ele também terá de ficar na casa de Mrs. Curtis. Ela terá espaço para nós dois?

— Não sei se isso vai ficar bem para uma jovem como você — disse Mrs. Belling.

— Ele é meu primo — disse Emily.

De modo algum, ela sentia, o senso de decoro deveria intervir para trabalhar contra ela na mente de Mrs. Belling.

A expressão da senhoria aliviou.

— Bem, pode ser que esteja tudo bem então — admitiu a contragosto. — E provavelmente, se você não se sentir confortável com Mrs. Curtis, eles a hospedariam na casa principal.

— Me desculpe parecer tão boba — disse Emily, enxugando os olhos outra vez.

— É natural, minha querida. E você se sente melhor.

— Eu me sinto — disse Emily com sinceridade. — Eu me sinto muito melhor.

— Um bom choro e uma xícara de chá, não há nada melhor, e uma boa xícara de chá você tomará agora mesmo, minha querida, antes de começar aquela viagem fria.

— Ah, obrigada, mas não acho que eu realmente quero...

— Não importa o que você quer, é o que vai ter — disse Mrs. Belling, levantando-se com determinação e dirigindo-se para a porta. — E fale com Amelia Curtis em meu nome que ela deve cuidar de você e garantir que você coma bem e não se preocupe.

— A senhora é *tão* gentil — disse Emily.

— E mais, manterei meus olhos e ouvidos bem abertos por aqui — disse Mrs. Belling, entrando com prazer no papel dela no romance. — Há muitas coisinhas que ouço que nunca chegam na polícia. E qualquer coisa que eu ouvir, passarei para você, senhorita.

— Vai mesmo?

— Vou sim. Não se preocupe, minha querida, vamos livrar seu jovem cavalheiro dos problemas em pouco tempo.

— Preciso ir fazer as malas — disse Emily, levantando-se.

— Vou mandar o chá para você — disse Mrs. Belling.

Emily subiu, guardou os poucos pertences na mala, enxugou os olhos com água fria e aplicou uma quantidade generosa de pó.

— Você caprichou mesmo no espetáculo. — Ela se observou no espelho. Adicionou mais pó e um toque de rouge. — É curioso como me sinto muito melhor — disse Emily. — Vale a pena os olhos inchados.

Ela tocou a campainha. A camareira (a simpática cunhada do policial Graves) veio prontamente. Emily a presenteou com uma nota de uma libra e implorou-lhe sinceramente que lhe passasse qualquer informação que conseguisse obter por meios indiretos nos círculos policiais. A garota concordou de imediato.

— Na casa de Mrs. Curtis em Sittaford? Vou fazer isso, senhorita. Vou fazer de tudo, prometo. Nós todas sentimos por você, senhorita, mais do que consigo expressar. Fico dizendo para mim mesma o tempo todo, "imagine se fosse você e o Fred", vivo dizendo. Eu ficaria perturbada, ficaria sim. Qualquer coisa que eu escutar, avisarei você, senhorita.

— Você é um anjo — disse Emily.

— É igual a um livro de bolso que comprei na Woolworth outro dia. *Os crimes das liláses*. E sabe o que os levou a encontrar o verdadeiro assassino, senhorita? Um pouquinho de cera de lacre de cartas. O seu cavalheiro *é bonitão*, não é, senhorita? Bem diferente das fotos nos jornais. Tenho certeza de que vou fazer tudo o que puder, senhorita, por você e por ele.

Tornando-se assim o centro das atenções românticas, Emily deixou o Três Coroas, tendo devidamente engolido a xícara de chá prescrita por Mrs. Belling.

— A propósito — disse ela a Enderby enquanto o velho Ford avançava —, você é meu primo, não se esqueça.

— Por quê?

— Eles são muito puritanos no interior — disse Emily. — Achei que seria melhor.

— Esplêndido. Nesse caso — disse Mr. Enderby, aproveitando as oportunidades —, é melhor eu chamá-la de Emily.

— Tudo bem, primo, e qual é o seu nome?

— Charles.

— Tudo bem, Charles.

O carro subiu pela estrada de Sittaford.

Capítulo 13

Sittaford

Emily ficou bastante fascinada com a primeira visão que teve de Sittaford.

Saindo da estrada principal a cerca de duas milhas de Exhampton, eles subiram por uma estrada irregular até chegarem a uma aldeia situada bem na beira da charneca. Consistia em uma forja e uma combinação de correio e loja de doces. Dali seguiram por uma viela e chegaram a uma fileira de pequenos chalés de granito recém-construídos. No segundo deles, o carro parou e o motorista deu a informação de que aquele era o chalé de Mrs. Curtis.

Mrs. Curtis era uma mulher pequena, magra, de cabelos grisalhos, enérgica e de temperamento rabugento. Ela estava toda ansiosa com a notícia do assassinato, que só havia chegado a Sittaford naquela manhã.

— Sim, claro que posso acolher você, senhorita, e seu primo também, se ele puder esperar até eu trocar algumas coisas de lugar. A senhorita não se importaria de fazer suas refeições conosco, não é? Bem, quem poderia acreditar! O Capitão Trevelyan assassinado e um inquérito e tudo! Estamos isolados do mundo desde a manhã de sexta-feira, e nessa manhã, quando a notícia chegou, poderiam me derrubar com um sopro. "O capitão está morto", eu disse a Curtis, "isso mostra a maldade que existe no mundo hoje em dia." Mas estou segurando a senhorita aqui, falando. Entre, e o cavalheiro também. Coloquei a chaleira no fogo e a senhorita precisa tomar uma xícara de chá agora mesmo, pois deve ter quase morrido no caminho, embora, é claro, esteja mais quente hoje do que estava antes. A neve chegou a oito pés e dez polegadas por aqui.

Afogados nesse mar de conversa, Emily e Charles Enderby foram apresentados aos novos aposentos. Emily recebeu um pequeno quarto quadrado, escrupulosamente limpo, com vista para a encosta do farol de Sittaford. O quarto de Charles era uma pequena fenda voltada para a frente da casa e para a rua, contendo uma cama, uma cômoda microscópica e um lavatório.

— O melhor de tudo — observou ele, depois que o motorista do carro colocou a mala sobre a cama e foi devidamente pago e agradecido — é que estamos aqui. Se na próxima meia hora, não soubermos tudo o que há para saber sobre todos os que vivem em Sittaford, eu desisto.

Dez minutos depois, eles estavam sentados no andar de baixo na confortável cozinha, sendo apresentados a Curtis, um velho de cabelos grisalhos e aparência rude, e sendo regalados com chá forte, pão com manteiga, creme de leite batido e ovos cozidos. Enquanto comiam e bebiam, eles escutavam. Em meia hora já sabiam tudo o que havia para saber sobre os habitantes daquela pequena comunidade.

A primeira foi Miss Percehouse, que morava no chalé número 4, uma solteirona de idade e temperamento incertos que fora para lá para morrer, segundo Mrs. Curtis, seis anos antes.

— Mas acredite ou não, senhorita, o ar de Sittaford é tão saudável que ela rejuvenesceu desde o dia em que chegou. É um ar maravilhosamente puro para os pulmões. Miss Percehouse tem um sobrinho que de vez em quando vem visitá-la e de fato ele está morando com ela no momento. Cuidando para que o dinheiro não saia da família, é isso o que ele está fazendo. Muito enfadonho para um jovem cavalheiro nesta época do ano. Mas há mais maneiras de se divertir, e sua vinda foi uma providência para a jovem na Mansão Sittaford. Pobre garota, a ideia de trazê-la no inverno para aquela grande casa que mais parece um quartel. Egoístas, é isso o que algumas mães são. Uma jovem muito bonita também. Mr. Ronald Garfield está lá sempre que pode, sem negligenciar Miss Percehouse.

Charles Enderby e Emily trocaram olhares. Charles lembrou que Ronald Garfield havia sido mencionado como um dos presentes na mesa girante.

— O chalé deste meu lado, o número 6 — continuou Mrs. Curtis — acabou de ser ocupado. Um cavalheiro de nome Duke. Digo, se é que se pode chamá-lo de cavalheiro. Claro, ele pode ou não ser um. Não há como saber, as pessoas não são tão específicas hoje em dia como costumavam ser. Ele se fez à vontade no lugar de modo muito enfático. É uma espécie de cavalheiro tímido... talvez seja militar, ao que parece, mas de alguma forma ele não tem modos. Não como o Major Burnaby, que você reconheceria como um militar cavalheiresco na primeira vez que pusesse os olhos nele.

"Já o número 3, esse é Mr. Rycroft, um senhorzinho idoso. Dizem que ele costumava ir atrás de pássaros em lugares estranhos a pedido do Museu Britânico. É o que chamam de naturalista. Está sempre fora e vagando pela charneca quando o tempo permite. E ele tem uma biblioteca muito boa. A casa dele é quase toda estante de livros.

"O número 2 é de um senhor inválido, um certo Capitão Wyatt, com um criado indiano. E, coitado, ele sofre com o frio, sofre mesmo. O criado, digo, não o capitão. Vindo de partes estranhas e quentes, não é de se admirar. O calor que eles mantêm dentro da casa assustaria você. É como entrar em um forno.

"Já o número 1 é a casa de campo do Major Burnaby. Ele mora sozinho, e eu cuido da casa para ele de manhã cedo. Ele é um cavalheiro muito caprichoso, é sim, e muito distinto. Ele e o Capitão Trevelyan eram unha e carne. Amigos de toda a vida, é o que eles eram. E ambos possuem os mesmos tipos de cabeças bizarras espetadas nas paredes.

"Quanto à Mrs. Willett e a filha, isso é o que ninguém consegue entender. Tem muito dinheiro ali. Elas compram com Amos Parker em Exhampton, e ele me disse que a conta semanal chega a mais de oito ou nove libras. Você não acreditaria em quantos ovos vão para aquela casa! Trouxeram a criadagem de Exeter com elas, sim, mas eles não gostaram e querem ir embora, e certamente não os culpo. Mrs. Willett os manda para Exeter duas vezes por semana no carro dela, e com isso e com a vida estando tão boa, eles concordaram em ficar, mas se me perguntarem é um negócio esquisito, enterrar-se no campo assim, uma senhora elegante como ela. Ora, ora, bem, acho que é melhor eu tirar a mesa."

Ela respirou fundo, assim como Charles e Emily. O fluxo de informações liberado com tão pouca dificuldade quase os sobrecarregou.

Charles se aventurou a fazer uma pergunta.

— O Major Burnaby já voltou? — perguntou.

Mrs. Curtis parou no mesmo instante, com a bandeja na mão.

— Sim, de fato, senhor, veio vagando exatamente como sempre, cerca de meia hora antes do senhor chegar. "Mas, senhor,", ralhei para ele, "o senhor continua vindo a pé desde lá de Exhampton?" E ele disse daquele jeito severo: "Por que não viria? Se um homem tem duas pernas, não precisa de quatro rodas. De qualquer modo, faço isso uma vez por semana, como você sabe, Mrs. Curtis". "Oh, sim, senhor, mas isso é diferente. Com o choque, o assassinato e o inquérito, é maravilhoso que o senhor tenha forças para fazer isso." Mas ele apenas resmungou e continuou andando. Ele parece estar mal, porém. É um milagre que ele tenha sobrevivido à noite de sexta-feira. Na idade dele, considero isso corajoso. Caminhando assim por três milhas em uma tempestade de neve. Podem dizer o que quiser, mas hoje em dia os jovens cavalheiros são um remendo do que eram os velhos. Mr. Ronald

Garfield nunca teria feito isso, é a minha opinião, e é a opinião de Mrs. Hibbert no correio e é a opinião de Mr. Pound, o ferreiro, que Mr. Garfield nunca deveria tê-lo deixado ir sozinho do jeito que deixou. Ele deveria ter ido com ele. Se o Major Burnaby tivesse se perdido em um monte de neve, todos teriam culpado Mr. Garfield. Isso é fato.

Ela desapareceu triunfantemente na copa em meio a um barulho de apetrechos para o chá.

Mr. Curtis removeu com cuidado um velho cachimbo do lado direito da boca para o lado esquerdo.

— As mulheres — disse ele — falam muito.

Ele fez uma pausa e depois murmurou:

— E metade do tempo elas não sabem a verdade sobre o que estão falando.

Emily e Charles receberam este anúncio em silêncio. Vendo que não viria mais nada, porém, Charles murmurou com aprovação:

— Isso é verdade, sim, verdade.

— Ah! — disse Mr. Curtis, e voltou a cair num silêncio agradável e contemplativo.

Charles se levantou.

— Acho que vou dar uma volta e ver o velho Burnaby — disse ele —, dizer a ele que a sessão de fotos será amanhã de manhã.

— Vou com você — disse Emily. — Quero saber o que ele realmente pensa sobre Jim e quais ideias ele tem sobre o crime em geral.

— Você tem botas de borracha ou algo assim? Está bastante lamacento.

— Comprei um par de galochas em Exhampton — disse Emily.

— Que garota prática você é. Você pensa em tudo.

— Infelizmente isso não ajuda muito a descobrir quem cometeu um assassinato — disse Emily. — Mas pode ajudar alguém a cometer um assassinato — acrescentou ela, pensativa.

— Bem, não me mate — disse Mr. Enderby.

Eles saíram juntos. Mrs. Curtis voltou logo em seguida.

— Eles foram para a casa do major — disse Mr. Curtis.

— Ah! — disse Mrs. Curtis. — Agora, o que você acha? Eles estão namorando ou não? Muitos males acontecem quando primos se casam, é o que dizem. Surdos, mudos, doentes e muitos outros males. Ele é doce com ela, isso você pode ver facilmente. Quanto a ela, é profunda como minha a filha de minha tia-avó Sarah, a Belinda, é sim. Sabe como lidar com os homens. Eu me pergunto o que ela está procurando. Sabe o que acho, Curtis?

Mr. Curtis grunhiu.

— Este jovem cavalheiro que a polícia está detendo por causa do assassinato, acredito que seja ele quem ela está perseguindo. E ela veio aqui para bisbilhotar e ver o que pode descobrir. E marque minhas palavras — disse Mrs. Curtis, chacoalhando a porcelana —, se houver algo para descobrir, ela vai encontrar!

Capítulo 14

As Willett

No mesmo instante em que Charles e Emily saíram para visitar o Major Burnaby, o Inspetor Narracott estava sentado na sala de visitas da Mansão Sittaford, tentando formular uma impressão de Mrs. Willett.

Ele não havia conseguido entrevistá-la antes porque as estradas estavam intransitáveis até aquela manhã. Ele não fazia ideia do que iria encontrar, mas com certeza não era o que havia encontrado. Foi Mrs. Willett quem se encarregou da situação, e não ele.

Ela havia entrado correndo na sala, completamente profissional e eficiente. Ele viu uma mulher alta, de rosto fino e olhos penetrantes. Ela estava usando um elaborado macacão de seda que beirava o inadequado para o estilo do interior. As meias eram de seda muito cara, os sapatos de salto alto de couro envernizado. Ela usava vários anéis valiosos e uma grande quantidade de imitações de pérolas muito boas e caras.

— Inspetor Narracott? — disse Mrs. Willett. — É natural que o senhor quisesse vir até a casa. Que tragédia chocante! Eu mal pude acreditar. Nós só ouvimos sobre isso esta manhã, sabe? Ficamos terrivelmente chocadas. Sente-se, por favor, inspetor. Esta é minha filha, Violet.

Ele mal havia notado a garota que a havia seguido, mas ela era uma jovem muito bonita, alta e clara com grandes olhos azuis.

A própria Mrs. Willett sentou-se.

— Existe algum modo em que eu possa ajudá-lo, inspetor? Eu sabia muito pouco sobre o pobre Capitão Trevelyan, mas se houver algo em que o senhor puder pensar...

O inspetor disse devagar:

— Obrigado, senhora. Claro, nunca se sabe o que pode ser útil ou não.

— Entendo perfeitamente. Pode haver algo na casa que possa esclarecer esse triste caso, mas eu duvido. O Capitão Trevelyan removeu todos os pertences pessoais. Ele até temeu que eu mexesse nas varas de pescar dele, pobre homem.

Ela riu um pouco.

— A senhora não o conhecia?

— Antes de eu alugar a casa, o senhor quer dizer? Ah, não! Eu o chamei aqui várias vezes desde então, mas ele nunca veio. Terrivelmente tímido, pobrezinho. Esse era o problema com ele. Conheço dezenas de homens assim. Eles são chamados de misóginos e todo tipo de coisas bobas, e na realidade é apenas timidez. Se eu tivesse conseguido chegar até ele — disse Mrs. Willett com determinação —, eu logo teria superado toda essa bobagem. Esse tipo de homem só quer ser resgatado.

O Inspetor Narracott começou a entender a atitude fortemente defensiva do Capitão Trevelyan em relação aos inquilinos dele.

— Nós duas o convidamos — continuou Mrs. Willett. — Não foi, Violet?

— Ah, sim, mãe!

— No fundo, era um marinheiro muito simples — disse Mrs. Willett. — Toda mulher adora um marinheiro, Inspetor Narracott.

Naquele momento ocorreu ao Inspetor Narracott que a conversa até então havia sido conduzida por inteiro por Mrs. Willett. Ele estava convencido de que ela era uma mulher de extrema inteligência. Ela poderia ser tão inocente quanto parecia. Por outro lado, poderia não ser.

— O ponto sobre o qual estou ansioso para obter informações é este — disse ele e fez uma pausa.

— Sim, inspetor?

— O Major Burnaby, como a senhora sem dúvida sabe, encontrou o corpo. Ele foi levado a fazer isso por um acidente ocorrido nesta casa.

— O senhor se refere a...?

— Me refiro à mesa girante. Com seu perdão... — Ele se virou bruscamente.

Um som fraco veio da garota.

— Pobre Violet — disse a mãe. — Ela ficou terrivelmente aflita. Na verdade, todos nós ficamos! Foi muito inexplicável. Não sou supersticiosa, mas foi mesmo uma coisa muito inexplicável.

— Então aconteceu?

Mrs. Willett arregalou os olhos.

— Se aconteceu? É claro que aconteceu. Na hora, pensei que fosse uma piada. Uma piada muito insensível e de muito mau gosto. Suspeitei do jovem Ronald Garfield...

— Ah, não, mamãe! Tenho certeza de que ele não fez isso. Ele jurou de pés juntos que não.

— Estou dizendo o que pensei na ocasião, Violet. O que alguém poderia pensar, senão que era uma piada?

— Foi curioso — disse o inspetor, devagar. — A senhora ficou muito perturbada, Mrs. Willett?

— Todos nós ficamos. Até então tinha sido, ah, apenas uma brincadeira despretensiosa. O senhor conhece esse tipo de coisa. Boa diversão em uma noite de inverno. E então, de repente... isso! Eu fiquei com muita raiva.

— Raiva?

— Ora, naturalmente. Achei que alguém estava fazendo isso de maneira deliberada, de brincadeira, como falei.

— E agora?

— Agora?

— Sim, o que a senhora acha agora?

Mrs. Willett estendeu as mãos de modo expressivo.
— Não sei o que pensar. É... é estranho.
— E você, Miss Willett?
— Eu?
A garota ficou alarmada.
— Eu... eu não sei. Nunca vou esquecer isso. Eu sonho com isso. Nunca mais ousarei entrar numa mesa girante.
— Mr. Rycroft diria que é genuíno, suponho — disse a mãe. — Ele acredita em todo esse tipo de coisa. Realmente, estou inclinada a acreditar. Que outra explicação existe, exceto que foi uma mensagem genuína de um espírito?

O inspetor balançou a cabeça. A mesa girante tinha sido sua pista falsa. A observação seguinte soou mais casual.
— Não acha muito frio aqui no inverno, Mrs. Willett?
— Ah, nós adoramos. Essa mudança. Somos sul-africanas, como o senhor sabe.
O tom dela era vivo e comum.
— É mesmo? Que parte da África do Sul?
— Ah! Da Cidade do Cabo. Violet nunca esteve na Inglaterra antes. Ela está encantada... acha a neve muito romântica. Esta casa é mesmo muito confortável.
— O que a levou a vir para esta parte do mundo?
Havia apenas uma leve curiosidade na voz dele.
— Lemos tantos livros sobre Devonshire, especialmente sobre Dartmoor. Estávamos lendo um no barco... tudo sobre Widdecombe Fair. Sempre tive vontade de ver Dartmoor.
— O que fez a senhora se fixar em Exhampton? Não é uma cidadezinha muito conhecida.
— Bem, nós estávamos lendo esses livros, como disse ao senhor, e havia um garoto a bordo que falou sobre Exhampton, ele parecia tão entusiasmado.
— Qual era o nome dele? — perguntou o inspetor. — Ele veio dessa parte do mundo?
— Agora, qual era o nome dele? Cullen, eu acho. Não, era Smythe. Que bobo da minha parte. Eu realmente não consi-

go me lembrar. O senhor sabe como é a bordo de um navio, inspetor, a gente conhece as pessoas tão bem e planeja se encontrar de novo, e uma semana depois de desembarcar, a gente não consegue nem ter certeza dos nomes delas!

Ela riu.

— Mas ele era um garoto tão gentil... não era bonito, pois tinha cabelo ruivo, mas tinha um sorriso encantador.

— E com base nisso a senhora decidiu alugar uma casa por aqui? — perguntou o inspetor, sorrindo.

— Sim, não foi loucura da nossa parte?

Inteligente, pensou Narracott. Distintamente inteligente. Ele começou a perceber os métodos de Mrs. Willett. Sempre levando o combate para o território do inimigo.

— Então a senhora escreveu para os agentes imobiliários e perguntou sobre uma casa?

— Sim... e eles nos enviaram detalhes de Sittaford. Parecia exatamente o que queríamos.

— Não seria do meu agrado nesta época do ano — disse o inspetor com uma risada.

— Acho que não seria do nosso, se vivêssemos na Inglaterra — disse Mrs. Willett com alegria.

O inspetor levantou-se.

— Como a senhora sabia o nome de um agente imobiliário para o qual escrever em Exhampton? — perguntou ele. — Isso deve ter apresentado certa dificuldade.

Houve uma pausa. A primeira pausa na conversa. Ele pensou ter visto um vislumbre de irritação, e mais ainda, de raiva no olhar de Mrs. Willett. Ele havia descoberto algo para o qual ela não havia pensado na resposta. Ela se virou para a filha.

— Como foi, Violet? Não consigo me lembrar.

Havia um olhar diferente nos olhos da garota. Ela parecia assustada.

— Ora, mas é claro — disse Mrs. Willett. — Foi na Delfridge's. No departamento de informações. É por demais maravilhoso.

Sempre vou lá e pergunto sobre tudo. Perguntei a eles o nome do melhor agente aqui, e eles me disseram.

"Rápida", pensou o inspetor. "Muito rápida. Mas não rápida o suficiente. Peguei você, minha senhora."

Ele fez um exame superficial da casa. Não havia nada lá. Sem papéis, sem gavetas ou armários trancados.

Mrs. Willett o acompanhou conversando alegremente. Ele se despediu, agradecendo com educação.

Ao sair, ele vislumbrou o rosto da garota por cima do ombro dele. Não havia como confundir a expressão no rosto.

Foi medo o que ele viu em seu semblante. O medo estava escrito com clareza ali naquele momento em que ela pensou que não estava sendo observada.

Mrs. Willett ainda estava falando.

— Infelizmente, estamos em uma grave desvantagem aqui. Um problema doméstico, inspetor. As criadas não suportam lugares assim no campo. Todas as minhas vêm ameaçando nos deixar há algum tempo, e a notícia do assassinato parece tê-las perturbado por completo. Não sei o que fazer. Talvez criados homens resolvessem a situação. Isso foi o que o Cartório de Registro em Exeter nos aconselhou.

O inspetor respondeu de modo mecânico. Ele não estava ouvindo a conversa dela. Estava pensando na expressão que havia pego de surpresa no rosto da garota.

Mrs. Willett fora esperta, mas não o bastante. Ele foi embora pensando no problema.

Se as Willett não tiveram nada a ver com a morte do Capitão Trevelyan, por que Violet Willett estava com medo?

Ele disparou o último tiro. Com o pé já sobre a soleira da porta da frente, ele se virou.

— A propósito — disse ele —, a senhora conhece o jovem Pearson, não é?

Não havia dúvida sobre a pausa desta vez. Um silêncio mortal de cerca de um segundo. Então Mrs. Willett falou:

— Pearson? — disse ela. — Acho que não...

Ela foi interrompida. Uma estranha respiração suspirante veio da sala atrás dela e então o som de uma queda. O inspetor ultrapassou a soleira da porta e entrou na sala num piscar de olhos.

Violet Willett havia desmaiado.

— Pobre criança! — gritou Mrs. Willett. — Toda essa tensão e choque. Aquele negócio horrível de mesa girante e ainda por cima o assassinato. Ela não é forte. Muito obrigada, inspetor. Sim, coloque-a no sofá, por favor. Se o senhor puder tocar a campainha. Não, acho que não há mais nada que o senhor possa fazer. Muito obrigada.

O inspetor desceu o caminho com os lábios cerrados em uma linha sombria.

Jim Pearson estava noivo, ele sabia, daquela garota extremamente charmosa que ele tinha visto em Londres.

Por que, então, Violet Willett iria desmaiar com a menção do nome dele? Qual era a conexão entre Jim Pearson e as Willett?

Ele fez uma pausa indecisa quando passou pelo portão da frente. Então tirou do bolso um pequeno caderno. Nela constava uma lista dos habitantes dos seis chalés construídos pelo Capitão Trevelyan, com algumas breves observações sobre cada nome. O dedo indicador atarracado do Inspetor Narracott parou no registro do chalé número 6.

— Sim — disse para si mesmo. — É melhor eu vê-lo em seguida.

Ele caminhou com rapidez pela viela e bateu com firmeza na aldrava de número 6 — o chalé habitado por Mr. Duke.

Capítulo 15

Visita ao Major Burnaby

Seguindo pelo caminho até a porta da frente do major, Mr. Enderby bateu de forma alegre. A porta foi escancarada quase de imediato, e o Major Burnaby, com o rosto vermelho, apareceu na soleira.

— É você, não é? — observou ele sem muito entusiasmo na voz, e estava prestes a continuar no mesmo tom quando viu Emily, e a expressão dele mudou.

— Esta é Miss Trefusis — disse Charles, com o ar de quem mostra o ás de trunfo. — Ela estava muito ansiosa para ver o senhor.

— Posso entrar? — disse Emily, com o sorriso mais doce.

— Ah, sim! Certamente. Claro... Ah, sim, claro.

Gaguejando, o major recuou para a sala de estar de seu chalé e começou a puxar as cadeiras para a frente e afastar as mesas.

Emily, como era de costume, foi direto ao ponto.

— Veja bem, Major Burnaby, estou noiva de Jim... Jim Pearson, o senhor sabe. E, como é natural, estou terrivelmente preocupada por ele.

No ato de empurrar uma mesa, o major parou de boca aberta.

— Ah, querida — disse ele —, isso é muito ruim. Minha jovem querida, lamento mais do que consigo dizer.

— Major Burnaby, fale-me com sinceridade. O senhor acredita mesmo que ele é culpado? Ah, o senhor não precisa se importar em dizer que sim. Eu preferiria cem vezes que as pessoas não mentissem para mim.

— Não, eu *não* acho que ele seja culpado — disse o major em voz alta e assertiva. Ele bateu com vigor em uma almofada uma ou duas vezes e depois se sentou de frente para Emily. — O sujeito é um jovem simpático. Veja bem, ele pode ser um pouco fraco. Não se ofenda se eu disser que ele é o tipo de jovem que pode facilmente fazer algo errado se a tentação aparecer no caminho. Mas assassinato... não. E veja bem, eu sei do que estou falando... muitos subalternos passaram por minhas mãos no meu tempo. Está na moda zombar dos oficiais aposentados do Exército hoje em dia, mas ainda assim sabemos uma ou duas coisinhas, Miss Trefusis.

— Tenho certeza de que sim — disse Emily. — Sou muito grata ao senhor por ter dito o que disse.

— Gostaria... gostaria de um uísque com soda? — disse o major. — Receio que não haja mais nada — acrescentou, desculpando-se.

— Não, obrigada, Major Burnaby.

— Soda pura, então?

— Não, obrigada — disse Emily.

— Eu talvez seja capaz de conseguir algum chá — disse o major, com um toque de melancolia.

— Já tomamos — disse Charles. — Na casa de Mrs. Curtis — acrescentou.

— Major Burnaby — disse Emily —, quem o senhor acha que fez isso? O senhor tem alguma ideia?

— Não. Que o diabo me carregue se... digo... raios me partam se eu soubesse — disse o major. — Eu dava como certo que tinha sido algum sujeito que invadiu, mas agora a polícia diz que não poderia ter sido assim. Bem, é o trabalho deles e suponho que eles saibam mais do que eu. Eles dizem que ninguém invadiu, então suponho que seja verdade. Mas, mesmo assim, isso me surpreende, Miss Trefusis. Trevelyan não tinha um inimigo no mundo, até onde sei.

— E se alguém soubesse, seria o *senhor*... — disse Emily.

— Sim, suponho que eu conhecesse Trevelyan mais do que muitos dos parentes dele.

— E o senhor não consegue pensar em nada... em nada que possa ajudar, de alguma forma? — perguntou Emily.

O major arrumou o bigode curto.

— Sei o que você está pensando. Como nos livros, deveria haver algum pequeno incidente que eu deveria lembrar e que seria uma pista. Bem, sinto muito, mas não existe tal coisa. Trevelyan apenas levava uma vida normal. Recebia pouquíssimas cartas e escrevia menos ainda. Não houve complicações femininas na vida dele, tenho certeza disso. Não, não sei, Miss Trefusis.

Os três ficaram em silêncio.

— E aquele criado dele? — perguntou Charles.

— Está com ele há anos. É absolutamente fiel.

— Ele se casou há pouco tempo — disse Charles.

— Casou-se com uma garota perfeitamente decente e respeitável.

— Major Burnaby — disse Emily —, perdoe-me por colocar as coisas desse modo, mas não foi o senhor que se preocupou com ele na mesma hora, aquele dia?

O major esfregou o nariz com o ar constrangido que sempre tomava conta dele quando se falava na mesa girante.

— Sim, não há como negar, eu me preocupei. Eu sabia que a coisa toda era bobagem e ainda assim...

— O senhor sentiu que de alguma forma não era — disse Emily, prestativa.

O major assentiu.

— É por isso que me pergunto... — disse Emily.

Os dois homens olharam para ela.

— Não consigo colocar o que quero dizer da maneira certa — disse Emily. — O que quero dizer é o seguinte: o senhor diz que não acredita em todo esse negócio de mesa girante... e, no entanto, apesar do clima horrível e do que deve ter lhe parecido o absurdo da coisa toda... o senhor se sentiu tão inquieto que precisou partir, não importando as condições do tempo, e ver por si mesmo se o Capitão Trevelyan estava bem. Ora, o senhor não acha que pode ter sido porque... porque havia algo no ar?

"Quero dizer — continuou ela, desesperada ao não ver nenhum traço de compreensão no rosto do major — que havia algo na mente de outra pessoa, assim como na sua. E que de uma forma ou de outra o senhor sentiu isso."

— Bem, não sei — disse o major. Ele esfregou o nariz novamente. — Claro — acrescentou, esperançoso —, as mulheres levam essas coisas a sério.

— Mulheres! — disse Emily. — Sim — murmurou baixinho para si mesma —, creio que seja assim mesmo de um jeito ou de outro.

Ela virou-se abruptamente para o Major Burnaby.

— Como elas são, essas Willett?

— Ah, bem — refletiu o Major Burnaby. Ele com certeza não era bom em descrições pessoais. — Bem, elas são muito gentis, você sabe, muito prestativas e tudo mais.

— Por que elas quiseram uma casa como a Mansão Sittaford nesta época do ano?

— Não consigo imaginar — disse o major. E acrescentou: — Ninguém sabe.

— O senhor não acha muito esquisito? — insistiu Emily.

— Claro, é esquisito. No entanto, gosto não se discute. Foi o que o inspetor disse.

— Isso é um absurdo — disse Emily. — As pessoas não fazem as coisas sem um motivo.

— Bem, não sei — disse o Major Burnaby, com cautela. — Algumas pessoas não. Você não faria isso, Miss Trefusis. Mas algumas pessoas... — Ele suspirou e balançou a cabeça.

— Tem certeza de que elas não conheciam o Capitão Trevelyan de antes?

O major avaliou a ideia. Trevelyan teria dito algo a ele. Não, ele ficou tão surpreso como qualquer um poderia ficar.

— Então *ele mesmo* achou estranho?

— Claro, acabei de dizer que todos nós achamos.

— Qual foi a atitude de Mrs. Willett em relação ao Capitão Trevelyan? — perguntou Emily. — Ela tentou evitá-lo?

Uma risada fraca veio do major.

— Não, na realidade ela não o fez. O importunava até o limite... sempre pedindo para que ele viesse vê-las.

— Ah! — disse Emily pensativa. Ela fez uma pausa e por fim falou: — Então talvez, apenas talvez, ela pode ter escolhido a Mansão Sittaford de propósito justamente para se familiarizar com o Capitão Trevelyan.

— Bem... — O major pareceu revirar a ideia na mente. — Sim, suponho que ela pode ter feito isso. Uma maneira bastante cara de fazer as coisas.

— Não sei — disse Emily. — O Capitão Trevelyan não seria uma pessoa fácil de conhecer de outra forma.

— Não, ele não seria — concordou o amigo do falecido Capitão Trevelyan.

— Só imagino... — disse Emily.

— O inspetor também pensou nisso — disse Burnaby. Emily sentiu uma irritação repentina contra o Inspetor Narracott.

Tudo o que ela pensava parecia já ter sido pensado pelo inspetor. Era irritante para uma jovem que se orgulhava de ser mais perspicaz do que as outras pessoas.

Ela se levantou e estendeu a mão.

— Muito obrigada — disse apenas.

— Gostaria de poder ajudar mais — disse o major. — Eu sou bastante simplório, sempre fui. Se eu fosse um sujeito inteligente, talvez conseguisse encontrar algo que pudesse ser uma pista. De qualquer forma, conte comigo para o que quiser.

— Obrigada — disse Emily. — Irei contar.

— Adeus, senhor — disse Enderby. — Estarei aqui de manhã com minha câmera, o senhor sabe.

Burnaby grunhiu.

Emily e Charles refizeram os passos até a casa de Mrs. Curtis.

— Entre no meu quarto, quero falar com você — disse Emily. Ela se sentou em uma cadeira e Charles se sentou na cama. Emily tirou o chapéu e o atirou girando em um canto da sala.

— Agora, escute — disse ela. — Acho que tenho uma espécie de ponto de partida. Posso estar errada e posso estar certa, de qualquer forma é uma ideia. Acho que muita coisa depende desse negócio da mesa girante. Você já fez mesa girante, não é?

— Ah, sim, vez ou outra. Não é de verdade, você sabe.

— Não, claro que não. É o tipo de coisa que se faz em uma tarde chuvosa, e todo mundo acusa todo mundo de balançar a mesa. Bem, se você já jogou, então sabe o que acontece. A mesa começa a soletrar, por assim dizer, um nome, e bem, é um nome que alguém conhece. Com frequência, reconhecem o nome de imediato, torcem para que não seja de fato o que estão pensando, e o tempo todo ficam balançando a mesa de modo inconsciente. Digo, meio que reconhecer as coisas faz com que a pessoa dê um solavanco involuntário quando a próxima letra chega. E quanto menos você quer fazer isso, às vezes, mais acontece.

— Sim, é verdade — concordou Mr. Enderby.

— Eu não acredito nem por um momento em espíritos ou qualquer coisa assim. Mas supondo que uma das pessoas que estavam jogando soubesse que o Capitão Trevelyan estava sendo assassinado naquele minuto...

— Ah, digo... — protestou Charles — isso seria forçar a barra tremendamente.

— Bem, não precisa ser assim tão simples. Sim, acho que pode ser assim. Estamos apenas levantando uma hipótese, isso é tudo. Estamos afirmando que alguém sabia que o Capitão

Trevelyan estava morto e absolutamente não podia esconder esse conhecimento. A mesa os traiu.

— É muito engenhoso — disse Charles, — mas não acredito nem por um minuto que seja verdade.

— Vamos presumir que seja verdade — disse Emily com firmeza. — Tenho certeza de que na detecção de crimes você não deve ter medo de assumir as coisas.

— Ah, concordo — disse Mr. Enderby. — Vamos assumir que seja verdade, qualquer coisa que você queira.

— Então o que temos que fazer — disse Emily — é considerar com muito cuidado as pessoas que estavam jogando. Para começar, há o Major Burnaby e Mr. Rycroft. Bem, parece muito improvável que qualquer um deles tenha um cúmplice que foi o assassino. Depois, há este Mr. Duke. Bem, no momento não sabemos nada sobre ele. Ele acabou de chegar aqui faz pouco tempo e, claro, pode ser um estranho sinistro, parte de uma gangue ou algo assim. Colocaremos X no nome dele. E agora chegamos às Willett. Charles, há algo terrivelmente misterioso sobre as Willett.

— O que diabos eles têm a ganhar com a morte do Capitão Trevelyan?

— Bem, ao que parece, nada. Mas se minha teoria estiver correta, deve haver uma conexão em algum lugar. Temos que descobrir qual é.

— Certo — disse Mr. Enderby. — E supondo que seja tudo uma pista falsa?

— Bem, teremos que começar tudo de novo — disse Emily.

— Escute! — berrou Charles de repente.

Ele levantou a mão. Então foi até a janela e a abriu, e Emily também ouviu o som que despertou a atenção dele. Era o estrondo distante de um grande sino.

Enquanto escutavam, a voz de Mrs. Curtis chamou agitadamente lá de baixo:

— Está ouvindo o sino, senhorita... está ouvindo?

Emily abriu a porta.

— Você ouviu? Em alto e bom som, não é? Ora, bem, quem diria!

— O que foi? — perguntou Emily.

— É o sino de Princetown, senhorita, a cerca de doze milhas de distância. Significa que um presidiário escapou. George, George, onde está aquele homem? Você ouviu a campainha? Há um presidiário a solta.

A voz dela desapareceu quando ela passou pela cozinha. Charles fechou a janela e voltou a sentar-se na cama.

— É uma pena que as coisas aconteçam de maneira totalmente desordenada — disse ele, desapaixonado. — Se ao menos esse condenado tivesse escapado na sexta-feira, ora, nosso assassino estaria bem contabilizado. Não haveria mais onde procurar. Faminto, criminoso desesperado invade casa. Trevelyan defende o castelo inglês dele, e um criminoso desesperado lhe dá uma bifa. Seria tudo tão simples.

— Seria — disse Emily com um suspiro.

— Em vez disso — disse Charles —, ele escapa três dias depois. É... é irremediavelmente inartístico.

Ele balançou a cabeça com tristeza.

Capítulo 16

Mr. Rycroft

Emily acordou cedo na manhã seguinte. Sendo uma jovem sensata, percebeu que havia pouca chance de receber ajuda de Mr. Enderby até que a manhã estivesse bem avançada. Então, sentindo-se inquieta, partiu para uma caminhada rápida ao longo da estrada, na direção oposta de onde eles vieram na noite anterior.

Ela passou pelos portões da Mansão Sittaford à direita, e em seguida a pista fez uma curva fechada para a direita, subiu uma colina íngreme e saiu na charneca aberta, onde se degenerou em uma trilha de grama e logo se esgotou por completo. A manhã estava linda, fria e fresca, e a vista era adorável. Emily subiu até o topo do outeiro de Sittaford, uma pilha de rocha cinza com uma forma fantástica. Daquela altura, ela olhou para baixo, para um trecho de charneca, contínuo até onde podia ver, sem nenhuma habitação ou estrada. Abaixo dela, no lado oposto do outeiro, havia massas cinzentas de pedras e rochas de granito. Depois de apreciar a paisagem por alguns minutos, ela se virou para ver a paisagem ao norte de onde havia vindo. Logo abaixo dela estava Sittaford, agrupando-se no flanco da colina, a bolha quadrada e cinza da Mansão Sittaford e as casas pontilhadas além dela. No vale abaixo ela podia ver Exhampton.

"Uma pessoa deveria poder enxergar as coisas com mais clareza assim do alto", pensou Emily, um pouco confusa. "Como levantar o topo de uma casa de boneca e olhar dentro."

Ela desejou de todo o coração que tivesse encontrado o falecido, mesmo que apenas uma vez. Era tão difícil ter uma ideia de pessoas que a gente nunca viu. Você tem que confiar no julgamento de outras pessoas, e Emily nunca reconhecera o julgamento de qualquer outra pessoa como sendo superior ao dela. As impressões de outras pessoas não são boas para a gente. Elas podem ser tão verdadeiras quanto as nossas, mas não se pode agir com base nelas. Você não poderia, por assim dizer, usar o ângulo de abordagem de outra pessoa.

Meditando aborrecida sobre essas questões, Emily suspirou impaciente e mudou de posição.

Estava tão perdida nos próprios pensamentos que ficou alheia ao que a rodeava. Foi com um choque de surpresa que percebeu que um pequeno senhor idoso estava parado a poucos metros dela, segurando o chapéu com a mão com cortesia, enquanto ele respirava bastante rápido.

— Desculpe-me — disse ele. — Miss Trefusis, creio?

— Sim — disse Emily.

— Meu nome é Rycroft. Me perdoe por falar com você, mas nesta nossa pequena comunidade o menor detalhe é conhecido, e sua chegada aqui ontem naturalmente correu à boca de todos. Posso assegurar-lhe que todos se solidarizam com a sua situação, Miss Trefusis. Estamos todos, cada um de nós, ansiosos para ajudá-la da maneira que pudermos.

— Isso é muito gentil da sua parte — disse Emily.

— De modo algum, de modo algum — disse Mr. Rycroft. — Mas, falando sério, minha querida, conte comigo se houver alguma maneira em que eu possa ajudá-la. Linda vista daqui de cima, não é?

— Maravilhosa — concordou Emily. — A charneca é um lugar maravilhoso.

— Soube que um prisioneiro pode ter escapado ontem à noite de Princetown?

— Sim. Ele foi recapturado?

— Ainda não, creio eu. Ah, bem, coitado, sem dúvida ele será recapturado em breve. Acredito que estou certo ao dizer que ninguém escapou com sucesso de Princetown nos últimos vinte anos.

— Em que direção fica Princetown?

Mr. Rycroft esticou o braço e apontou para o sul além da charneca.

— Fica lá, a cerca de doze milhas em linha reta sobre uma charneca ininterrupta. São dezesseis milhas pela estrada.

Emily teve um leve calafrio. A ideia do homem perseguido desesperado a impressionou com força. Mr. Rycroft estava olhando para ela e fez um pequeno meneio com a cabeça.

— Sim — disse ela. — Também sinto o mesmo. É curioso como os instintos de alguém se rebelam ao pensar em um homem sendo caçado, e ainda assim esses homens em Princetown são todos criminosos violentos e perigosos, o tipo de homem que provavelmente a senhorita e eu faríamos de tudo para colocar lá.

Ele deu uma risadinha de desculpas.

— Perdoe-me, Miss Trefusis, estou profundamente interessado no estudo do crime. Um estudo fascinante. Ornitologia e criminologia são minhas duas disciplinas. — Ele fez uma pausa e continuou: — Essa é a razão pela qual, se me permitir, gostaria de me associar à senhorita neste assunto. Estudar um crime em primeira mão há muito é um sonho meu não realizado. Poderia confiar em mim, Miss Trefusis, e permitir que eu coloque minha experiência à sua disposição? Eu li e estudei bastante este assunto.

Emily ficou em silêncio por um minuto. Ela se congratulou pelo modo em que os eventos estavam acontecendo a favor dela. Aqui estava um conhecimento em primeira mão sobre a vida vivida em Sittaford sendo oferecido a ela.

"Ângulo de abordagem", Emily repetiu a frase que havia surgido na mente dela tão pouco tempo antes. Ela tinha o ângulo do Major Burnaby: pragmático, simples e direto. Tomando conhecimento dos fatos e alheio por completo às sutilezas. Agora, estava sendo oferecido a ela outro ângulo que ela suspeitava que poderia abrir um campo de visão muito diferente. Este cavalheiro pequeno, enrugado e seco havia lido e estudado profundamente, era bem versado na natureza humana, tinha aquela curiosidade devoradora e interessada na vida que costumava ser exibida pelo homem de reflexão em oposição ao homem de ação.

— Por favor, me ajude — disse ela, apenas. — Estou muito preocupada e infeliz.

— A senhorita só poderia estar assim, minha querida, só poderia estar. Agora, pelo que entendi, o sobrinho mais velho de Trevelyan foi preso ou detido. As evidências contra ele são de natureza um tanto simples e óbvia. Eu, claro, tenho uma mente aberta. Permita-me isso.

— Claro — disse Emily. — Por que você deveria acreditar na inocência dele quando não sabe nada sobre ele?

— É muito razoável — disse Mr. Rycroft. — Realmente, Miss Trefusis, você mesma é um estudo muito interessante. A propósito, seu sobrenome é da Cornualha, como nosso pobre amigo Trevelyan?

— Sim — disse Emily. — Meu pai era da Cornualha, minha mãe era escocesa.

— Ah! — disse Mr. Rycroft — muito interessante. Agora vamos abordar nosso pequeno problema. Por um lado, presumamos que o jovem Jim... o nome é Jim, não é? Suponhamos que o jovem Jim tinha uma necessidade urgente de dinheiro, que desceu para ver o tio, que pediu dinheiro, que o tio recusou, que em um momento de paixão ele pegou um saco de areia que estava na porta e que bateu com ele na cabeça do tio. O crime não foi premeditado. Foi de fato um caso tolo e irracional conduzido da maneira mais deplorável. Agora, tudo isso pode ser verdade, por outro lado ele pode ter se afastado do tio com raiva e alguma outra pessoa pode ter intervindo logo depois e cometido o crime. É nisso que você acredita. E, para ser um pouco diferente, é isso que eu espero. Não quero que seu noivo tenha cometido o crime, pois do meu ponto de vista é muito desinteressante que ele o tenha feito. Estou, portanto, apostando no outro cavalo. O crime foi cometido por outra pessoa. Vamos assumir isso e ir imediatamente para um ponto muito importante. Essa outra pessoa estava ciente da briga que acabara de acontecer? Essa briga, de fato, precipitou o assassinato? Vê o meu ponto? Alguém está pensando em acabar com o Capitão Trevelyan e aproveitou esta oportunidade, percebendo que a suspeita recairia sobre o jovem Jim.

Emily considerou o assunto daquele ângulo.

— Nesse caso... — disse ela devagar.

Mr. Rycroft tirou as palavras da boca dela.

— Nesse caso — disse ele energicamente —, o assassino teria que ser uma pessoa em estreita associação com o Capitão Trevelyan. Teria que estar morando em Exhampton. Com toda a probabilidade, teria que estar na casa, durante ou depois da briga. E como não estamos em um tribunal e podemos discutir nomes com liberdade, o nome do criado, Evans, vem à nossa mente como uma pessoa que poderia satisfazer nossas condições. Um homem que possivelmente poderia estar na casa, ouviu a briga e aproveitou a oportunidade. Nosso próximo ponto é descobrir se Evans se beneficia de alguma forma com a morte do patrão.

— Acho que ele recebe uma pequena quantia — disse Emily.

— Isso pode ou não constituir um motivo suficiente. Teremos que descobrir se Evans tinha ou não uma necessidade premente de dinheiro. Também devemos considerar Mrs. Evans... há uma Mrs. Evans de condição recente, pelo que sei. Se tivesse estudado criminologia, Miss Trefusis, perceberia o curioso efeito causado pela consanguinidade, especialmente nos distritos do interior. Há pelo menos quatro jovens mulheres em Broadmoor, com modos agradáveis, mas com aquele estranho desvio de temperamento que faz com que a vida humana tenha pouca ou nenhuma importância para elas. Não, não devemos deixar Mrs. Evans fora de consideração.

— O que você acha desse negócio da mesa girante, Mr. Rycroft?

— Agora, isso é muito estranho. Muito estranho. Confesso, Miss Trefusis, que estou profundamente impressionado com isso. Eu sou, como talvez já deve ter ouvido, um crente em coisas psíquicas. Até certo ponto, acredito no espiritismo. Já escrevi um relato completo e o enviei para a Sociedade de Pesquisas Psíquicas. É um caso bem autenticado e incrível. Cinco pessoas presentes, nenhuma das quais poderia ter a menor ideia ou suspeita de que o Capitão Trevelyan foi assassinado.

— Você não acha...

Emily parou. Não foi tão fácil sugerir a própria ideia a Mr. Rycroft de que uma das cinco pessoas poderia ter conhecimento prévio do culpado, já que ele próprio teria sido uma delas. Não que ela suspeitasse nem por um momento que houvesse algo que ligasse Mr. Rycroft à tragédia. Ainda assim, ela sentiu que a sugestão poderia não ser totalmente diplomática. Ela perseguiu seu objetivo de uma maneira mais indireta.

— Tudo isso me interessou muito, Mr. Rycroft. É, como o senhor diz, uma ocorrência incrível. O senhor não acha que nenhuma das pessoas presentes, com exceção do senhor, é claro, era psíquica?

— Minha querida jovem, eu mesmo não sou vidente. Não tenho poderes nesse sentido. Sou apenas um observador profundamente interessado.

— E esse Mr. Garfield?

— Um bom rapaz — disse Mr. Rycroft, — mas sem nada de notável em si.

— Bem-sucedido, imagino — disse Emily.

— Quebrado por completo, creio — disse Mr. Rycroft. — Espero estar usando essa expressão de forma correta. Ele veio até aqui para encenar preocupações por uma tia, de quem tem o que chamo de "expectativas". Miss Percehouse é uma senhora muito perspicaz e acho que ela sabe o que valem essas atenções. Mas como ela tem uma forma de humor sardônica, ela o mantém encenando.

— Gostaria de conhecê-la — disse Emily.

— Sim, você com certeza precisa conhecê-la. Sem dúvida, ela vai insistir em conhecê-la. Ah, a curiosidade... minha querida Miss Trefusis, a curiosidade...

— Conte-me sobre as Willett — pediu Emily.

— Encantadoras — disse Mr. Rycroft —, muito encantadoras. De um modo colonial, claro. Sem muita elegância, se é que me entende. Um pouco generosas demais na hospitalidade. Muito interessadas nas aparências das coisas. Miss Violet é uma garota encantadora.

— Um lugar curioso para passar o inverno — disse Emily.

— Sim, muito estranho, não é? Mas no fim de tudo é apenas lógico. Nós mesmos que vivemos neste país ansiamos pelo sol, climas quentes, palmeiras ondulantes. As pessoas que moram na Austrália ou na África do Sul ficam encantadas com a ideia de um Natal à moda antiga, com neve e gelo.

"Eu me pergunto qual delas", disse Emily para si mesma, "disse isso a ele."

Ocorreu a ela que não era necessário meter-se numa aldeia na charneca para se ter um Natal à moda antiga com neve e gelo. Claramente, Mr. Rycroft não via nada de suspeito na escolha de hospedagem de inverno pelas Willett. Mas isso, ela refletiu, talvez fosse natural para quem era ornitólogo e criminologista. Sittaford parecia, de forma clara, uma residência ideal para Mr. Rycroft, e ele não poderia concebê-la como um ambiente inadequado para outra pessoa.

Eles haviam descido lentamente a encosta da colina e agora seguiam pelo caminho.

— Quem mora naquele chalé? — perguntou Emily de maneira abrupta.

— O Capitão Wyatt. Ele é debilitado. Um tanto antissocial, receio.

— Ele era amigo do Capitão Trevelyan?

— Não era de modo algum um amigo íntimo. Trevelyan apenas fazia uma visita formal a ele de vez em quando. Na verdade, Wyatt não encoraja visitas. É um homem grosseiro.

Emily ficou em silêncio. Ela estava revendo a possibilidade de como ela mesma poderia se tornar uma visitante. Ela não tinha intenção de permitir que qualquer ângulo de abordagem permanecesse inexplorado.

De repente, ela se lembrou do membro da sessão espírita até então não mencionado.

— E Mr. Duke? — perguntou ela com alegria.

— O que tem ele?

— Bem, quem é ele?

— Bem... — disse o Sr. Rycroft devagar — isso é algo que ninguém sabe.

— Que extraordinário — disse Emily.

— Na verdade, não — disse Mr. Rycroft. — Veja só, Duke é um indivíduo bem pouco misterioso. Creio que o único mistério sobre ele seja a origem social. Não muito... não muito, se é que me entende. Mas um sujeito muito confiável e bom — apressou-se em acrescentar.

Emily ficou em silêncio.

— Esta é minha casa — disse Mr. Rycroft fazendo uma pausa. — Talvez a senhorita me dê a honra de entrar e inspecioná-la.

— Eu adoraria — disse Emily.

Eles subiram a pequena trilha e entraram no chalé.

O interior era encantador. Estantes cobriam as paredes.

Emily foi de um para o outro, olhando com curiosidade para os títulos dos livros. Uma seção lidava com fenômenos ocultos, outra com ficção policial moderna, mas de longe a maior parte da estante era dedicada à criminologia e aos famosos julgamentos do mundo. Livros sobre ornitologia ocupavam um espaço comparativamente pequeno.

— Acho isso tudo delicioso — disse Emily. — Preciso voltar agora. Espero que Mr. Enderby já esteja de pé e esperando por mim. Aliás, ainda não tomei o café da manhã. Dissemos à Mrs. Curtis 9h30, e vejo que já são dez horas. Vou me atrasar terrivelmente... é que o senhor foi tão interessante... e muito prestativo.

— Qualquer coisa que eu puder fazer — balbuciou Mr. Rycroft enquanto Emily lançava um olhar encantador para ele. — Pode contar comigo. Somos colaboradores.

Emily deu-lhe a mão e apertou-lhe calorosamente.

— É tão maravilhoso — disse ela, usando a frase que no curso da curta vida dela, ela achou tão eficaz — sentir que há alguém em quem podemos de fato confiar.

Capítulo 17

Mrs. Percehouse

Emily voltou para encontrar ovos com bacon e Charles esperando por ela.

Mrs. Curtis ainda estava agitada de animação pela fuga do condenado.

— Faz dois anos que o último escapou — disse ela — e três dias se passaram antes que o encontrassem. Ele estava perto de Moretonhampstead.

— A senhora acha que ele virá para esses lados? — perguntou Charles.

A sabedoria local rejeitou essa sugestão.

— Eles nunca vêm por aqui, é uma charneca aberta e com apenas pequenas cidades quando se sai da charneca. Ele irá para Plymouth, isso é o mais provável. Mas vão pegá-lo muito antes disso.

— Pode-se encontrar um bom esconderijo entre essas rochas do outro lado do outeiro — disse Emily.

— Você está certa, senhorita, e há um esconderijo lá, a Caverna dos Duendes, como chamam. Uma passagem tão estreita entre duas rochas quanto se poderia imaginar, mas ela se alarga por dentro. Dizem que um dos homens do rei Carlos uma vez se escondeu lá por quinze dias, com uma criada de uma fazenda que trazia comida para ele.

— Preciso dar uma olhada nessa Caverna dos Duendes — disse Charles.

— O senhor ficará surpreso com a dificuldade de encontrá-la. No verão muitos grupos de piqueniques já procuraram por ela a tarde toda e não a encontraram, mas se o senhor a encontrar, certifique-se de deixar um alfinete dentro dela para dar sorte.

— Me pergunto — disse Charles, quando o café da manhã acabou e ele e Emily saíram para o pequeno jardim — se eu deveria ir para Princetown. É incrível como as coisas se encaixam quando a gente tem um pouco de sorte. Aqui estou eu. Comecei com um simples prêmio de competição de futebol e, antes de saber onde estou, encontrei um condenado fugitivo e um assassino. Maravilhoso!

— E aquela fotografia do chalé do Major Burnaby?

Charles olhou para o céu.

— Hum — disse ele. — Acho que posso dizer que o tempo está ruim. Preciso me apegar ao meu motivo para estar em Sittaford o máximo possível, e está nebuloso. Er... espero que não se importe, que acabei de publicar uma entrevista com você?

— Ah! Está tudo bem — disse Emily mecanicamente. — O que você me fez dizer?

— Ah, o tipo de coisa que as pessoas gostam de ouvir — disse Mr. Enderby. — Nosso representante especial registra uma entrevista com a Miss Emily Trefusis, a noiva de Mr. James Pearson, que foi preso pela polícia acusado do assassinato do Capitão Trevelyan... Então, minha impressão de você como uma garota bonita e animada.

— Obrigada — disse Emily.

— E teimosa — continuou Charles.

— O que você quer dizer com teimosa?

— Você é — disse Charles.

— Bem, claro que sou — disse Emily. — Mas por que mencionar isso?

— As leitoras sempre gostam de saber — disse Charles Enderby. — Foi uma entrevista esplêndida. Você não faz ideia das coisas delicadas e tocantes que você disse sobre ficar ao lado do seu homem, não importa se o mundo inteiro estiver contra ele.

— Eu realmente disse isso? — perguntou Emily, estremecendo.

— Você se importa? — disse Mr. Enderby, ansioso.

— Ah, não! — disse Emily. — Divirta-se, bebê.

Mr. Enderby pareceu um pouco surpreso.

— Está tudo bem — disse Emily. — É uma citação. Estava bordada no meu babador quando eu era pequena, meu babador de domingo. O dos dias da semana tinha "não seja gulosa".

— Ah! Entendi. Eu falei um pouco sobre a carreira marítima do Capitão Trevelyan e fiz uma leve menção quanto a ídolos estrangeiros saqueados e a possibilidade de vingança de um padre estranho... apenas uma menção, você sabe.

— Bem, você parece ter feito a boa ação do seu dia — disse Emily.

— O que você tem feito? Você acordou bastante cedo, Deus sabe que horas.

Emily descreveu o encontro com Mr. Rycroft.

Ela parou de repente, e Enderby, olhando por cima do ombro e seguindo a direção de seus olhos, percebeu um jovem rosado e de aparência saudável inclinado sobre o portão e fazendo vários ruídos de licença para atrair sua atenção.

— Com licença... — falou o jovem — lamento muito me intrometer e tudo mais. Digo, é meio esquisito, mas minha tia mandou eu vir.

Emily e Charles disseram "ahn?", num tom inquisitivo, não entendendo muito bem a explicação.

— Sim — disse o jovem. — Para dizer a verdade, minha tia é meio despótica. Se ela manda, a gente obedece, se é que me entendem. Claro, acho que é terrivelmente ruim aparecer em um momento como este, mas se conhecesse minha tia... e se fizer o que ela pede, irão conhecê-la em alguns minutos...

— Sua tia é Miss Percehouse? — interrompeu Emily.

— Isso mesmo — disse o jovem, muito aliviado. — Então você a conhece? A velha Curtis tem falado, suponho. Ela sabe soltar a língua, não é? Não que ela seja má pessoa, veja bem. O fato é que minha tia disse que queria ver você, e eu deveria vir aqui e lhe dizer isso. Com os cumprimentos dela, e tudo o mais, e se não for muito incômodo... ela é debilitada e não consegue sair, e seria uma grande gentileza... bem, vocês entendem. Não preciso dizer tudo. É só curiosidade mesmo, claro, e se você disser que está com dor de cabeça ou que tem cartas para escrever, tudo bem e não precisa se preocupar.

— Ah, mas eu gosto de um incômodo — disse Emily. — Vou com você agora mesmo. Mr. Enderby precisa ir ver o Major Burnaby.

— Preciso? — disse Enderby em voz baixa.

— Você precisa — disse Emily com firmeza.

Ela o dispensou com um breve aceno de cabeça e se juntou ao novo amigo na estrada.

— Suponho que você seja Mr. Garfield — disse ela.

— Isso mesmo. Eu deveria ter dito a você.

— Ah, tudo bem — disse Emily —, não foi muito difícil de adivinhar.

— Que ótimo você vir... assim — disse Mr. Garfield. — Muitas garotas teriam ficado terrivelmente ofendidas. Mas você sabe como são as velhinhas.

— Você não mora aqui, mora, Mr. Garfield?

— Pode apostar que não — disse Ronnie Garfield com fervor. — Já viu algum lugar tão esquecido por Deus? Não tem sequer um cinema. É de se admirar que alguém não cometa um assassinato para...

Ele fez uma pausa, horrorizado com o que havia dito.

— Puxa, sinto muito. Sou o pobre-diabo mais azarado que já existiu. Sempre dizendo a coisa errada. Eu nunca, nem por um momento, quis dizer isso.

— Tenho certeza de que não — disse Emily com calma.

— Aqui estamos nós — disse Mr. Garfield. Ele empurrou um portão, e Emily passou por ele subindo o caminho que levava a uma pequena cabana idêntica às demais. Na sala de estar que dava para o jardim havia um sofá, e nele estava deitada uma senhora idosa com um rosto magro e enrugado e com um dos narizes mais aguçados e interrogativos que Emily já tinha visto. Ela ergueu-se em um cotovelo com um pouco de dificuldade.

— Então você a trouxe — disse ela. — Muito gentil da sua parte, minha querida, vir visitar uma velha. Mas sabe como é quando se está inválida. A gente precisa meter o dedo em cada torta que sai, e se não se pode ir até a torta, então a torta tem que vir até a gente. E não precisa pensar que é tudo por curiosidade. É mais do que isso. Ronnie, saia e vá pintar os móveis do jardim. No galpão, no final do jardim, há duas cadeiras de vime e um banco. Você encontrará a tinta pronta.

— Certo, tia Caroline.

O sobrinho obediente desapareceu.

— Sente-se — disse Miss Percehouse.

Emily sentou-se na cadeira indicada. Embora fosse estranho, ela de imediato sentiu um afeto e simpatia por aquela pessoa inválida de meia-idade e língua afiada. Ela sentia de fato uma espécie de afinidade com ela. "Aqui está alguém", pensou Emily, "que vai direto ao ponto e quer as coisas do jeito dela e manda em quem puder. Assim como eu, só que sou bastante bonita, e ela tem que fazer tudo pela força do caráter."

— Soube que você é a moça que está noiva do sobrinho de Trevelyan — disse Miss Percehouse. — Eu ouvi tudo sobre você e agora que a vi eu entendo exatamente o que está fazendo. E desejo-lhe boa sorte.

— Obrigada — disse Emily.

— Odeio mulher que chora — disse Miss Percehouse. — Gosto de quem se levanta e faz as coisas.

Ela olhou para Emily, severa.

— Suponho que tenha pena de mim. Deitada aqui, sem conseguir me levantar e andar por aí?

— Não — disse Emily, pensativa. — Não sei o que eu faria. Suponho que, tendo a determinação, podemos sempre conseguir algo da vida. Se a gente não consegue de uma forma, consegue de outra.

— Muito bem — disse Miss Percehouse. — Você tem que ver a vida de um ângulo diferente, só isso.

— Ângulo de abordagem — murmurou Emily.

— O que você disse?

Com a maior clareza possível, Emily delineou a teoria de que havia evoluído naquela manhã e a aplicação que fizera ao assunto em questão.

— Nada mal — disse Miss Percehouse, acenando com a cabeça. — Agora, minha querida, vamos começar a trabalhar. Não sou idiota, suponho que tenha vindo a esta aldeia para descobrir o que puder sobre as pessoas daqui e para ver se o que descobriu tem alguma relação com o assassinato. Bem, se houver algo que queira saber sobre as pessoas aqui, posso contar a você.

Emily não perdeu tempo. Concisa e profissional, ela foi direto ao ponto.

— O Major Burnaby? — perguntou ela.

— Típico oficial aposentado do Exército, de mente estreita e visão limitada, temperamento ciumento. Ingênuo em questões de dinheiro. O tipo de homem que investe em alguma bolha especulativa nos mares do sul porque não consegue ver um metro diante do próprio nariz. Gosta de pagar as dívidas prontamente e não gosta de gente que não limpa os pés no capacho.

— Mr. Rycroft? — disse Emily.

— Homenzinho esquisito, muito egoísta. Rabugento. Gosta de se imaginar um sujeito maravilhoso. Suponho que ele tenha se oferecido para ajudá-la a resolver o caso devido ao maravilhoso conhecimento de criminologia dele.

Emily admitiu que era esse o caso.

— Mr. Duke? — perguntou ele.

— Não sei nada sobre o homem... e eu deveria saber. Um tipo dos mais comuns. Eu deveria saber, contudo, não sei. É estranho. É como um nome na ponta da língua e, mesmo assim, você não consegue se lembrar.

— As Willett? — perguntou Emily.

— Ah! As Willett! — Miss Percehouse ergueu-se em um cotovelo de novo com alguma excitação. — De fato, e quanto às Willett? Agora, vou lhe contar algo sobre elas, minha querida. Pode ser útil para você, ou não. Vá até minha escrivaninha ali e abra a pequena gaveta de cima. A da esquerda. Isso mesmo. Traga-me o envelope em branco que está aí.

Emily levou o envelope conforme as instruções.

— Não digo que seja importante... provavelmente não é — disse Miss Percehouse. — Todo mundo conta mentiras de um jeito ou de outro, e Mrs. Willett tem todo o direito de fazer o mesmo que todos.

Ela pegou o envelope e enfiou a mão dentro.

— Eu vou te contar tudo a respeito disso. Quando as Willett chegaram aqui, com as roupas elegantes, criadas e as malas cheias de modas, ela e Violet chegaram no carro de Forder e as empregadas e as malas da moda vieram no ônibus da estação. E naturalmente, sendo a coisa toda um evento, como se diz, eu estava olhando quando elas passaram e vi uma etiqueta colorida soltar-se de uma das malas e ser soprada para um dos meus canteiros. Agora, se há uma coisa que odeio mais do que qualquer outra é lixo na rua ou bagunça de qualquer tipo, então mandei Ronnie buscá-la, e eu ia jogá-la fora quando percebi que era uma coisinha bonita e brilhante, e poderia muito bem guardá-la para os álbuns de recortes que faço para o hospital infantil. Bem, eu não teria pensado nisso de novo, exceto por Mrs. Willett ter mencionado deliberadamente em duas ou três ocasiões que Violet nunca havia saído da África do Sul e que ela mesma só tinha estado na África do Sul, na Inglaterra e na Riviera.

— Sim? — disse Emily.

— Exatamente. Agora, olhe para isso.

Miss Percehouse enfiou uma etiqueta de bagagem na mão de Emily.

Tinha a inscrição "Mendle's Hotel, Melbourne".

— Austrália — disse Miss Percehouse — não é a África do Sul. Ou não era, na minha juventude. Ouso dizer que não é importante, mas aí está. E vou lhe contar outra coisa. Ouvi Mrs. Willett chamando a filha, e ela a chamava por "coo-ee", e, de novo, isso é mais típico da Austrália que da África do Sul. E o que estou dizendo é que é esquisito. Por que você não iria querer admitir que vem da Austrália, se veio?

— É certamente curioso — disse Emily.

— E é curioso que elas venham morar aqui no inverno, como vieram.

— Isso salta aos olhos — disse Miss Percehouse.

— Você já as conheceu?

— Não. Pensei em ir lá esta manhã. Só que... não sei bem o que dizer.

— Vou lhe dar uma desculpa — disse Miss Percehouse com rapidez. — Traga-me minha caneta-tinteiro, algumas folhas de papel e um envelope. Isso mesmo. Agora, deixe-me ver. — Ela fez uma pausa deliberada, então, sem o menor aviso, levantou a voz em um grito hediondo. — Ronnie, Ronnie, Ronnie! O menino é surdo? Por que ele não pode vir quando é chamado? Ronnie! Ronnie!

Ronnie chegou em um trote rápido, de pincel na mão.

— Há algum problema, tia Caroline?

— Que problema? Eu estava chamando você, só isso. Você comeu algum bolo especial no chá ontem, quando esteve na casa das Willett?

— Bolo?

— Bolo, sanduíches, qualquer coisa. Como você é lento, garoto. O que você comeu no chá?

— Havia bolo de café — disse Ronnie, muito intrigado — e alguns sanduíches de patê...

— Bolo de café. Isso serve — disse Miss Percehouse. Ela começou a escrever rapidamente. — Pode voltar para a sua pintura, Ronnie. Não espere e não fique aí de boca aberta. Você extraiu suas adenoides quando tinha 8 anos, então não há desculpa para isso.

Ela continuou a escrever:

Cara Mrs. Willett, ouvi dizer que ontem à tarde a senhora serviu o mais delicioso bolo de café. A senhora faria a gentileza de me dar a receita? Sei que não vai se importar se eu perguntar isso — uma inválida tem tão pouca variedade fora de sua dieta. Miss Trefusis gentilmente prometeu levar este bilhete para mim, pois Ronnie está ocupado esta manhã. Essa notícia sobre o condenado não é por demais terrível?
Atenciosamente, Caroline Percehouse.

Ela colocou o bilhete em um envelope, selou e endereçou.

— Aí está, minha jovem. É provável que você encontre a porta cheia de repórteres. Muitos deles passaram pela rua no carroção de Forder. Eu vi. Mas pergunte por Mrs. Willett dizendo que tem um bilhete meu, e ela vai te deixar entrar. Não preciso lhe dizer para manter os olhos abertos e aproveitar ao máximo sua visita. Você vai fazer isso de qualquer maneira.

— A senhora é gentil — disse Emily. — A senhora realmente é.

— Eu ajudo aqueles que podem ajudar a si mesmos — disse Miss Percehouse. — A propósito, você ainda não me perguntou o que acho de Ronnie. Presumo que ele esteja na sua lista da aldeia. Ele é um bom rapaz ao modo dele, mas é uma pena dizer que ele é fraco. Lamento dizer que ele faria quase qualquer coisa por dinheiro. Olhe o que ele aguenta de mim! E ele não tem cérebro para perceber que eu gostaria dele dez vezes mais se ele me enfrentasse de vez em quando e me mandasse ir para o inferno. A única outra pessoa na aldeia é o Capitão Wyatt. Ele fuma ópio, creio eu. E ele é facilmente o homem mais mal-humorado da Inglaterra. Mais alguma coisa que você queira saber?

— Acho que não — disse Emily. — O que você me disse parece bastante abrangente.

Capítulo 18

Emily visita a Mansão Sittaford

Enquanto Emily caminhava rápido pela estrada, ela notou mais uma vez como o caráter da manhã estava mudando. A névoa estava se fechando e a cercando.

— Que lugar horrível para se viver na Inglaterra — pensou Emily. — Se não está nevando, chovendo ou ventando, está nublado. E se o sol brilha, é tão frio que não se consegue sentir os dedos das mãos ou dos pés.

Ela foi interrompida nessas reflexões por uma voz um tanto rouca falando bem perto do ouvido direito dela.

— Com licença — disse —, mas por acaso você viu um bull terrier?

Emily se assustou e se virou. Debruçado sobre um portão estava um homem alto e magro, de tez muito morena, olhos injetados e cabelos grisalhos. Ele se apoiava de um lado com uma muleta e olhava para Emily com enorme interesse. Ela não teve dificuldade em identificá-lo como o Capitão Wyatt, o proprietário inválido do chalé número 2.

— Não, não vi — disse Emily.

— Ela escapou — disse o Capitão Wyatt. — Uma criatura afetuosa, mas completamente tola. Com esses carros todos e tudo o mais...

— Acho que não passam muitos carros por este caminho — disse Emily.

— Os carroções fazem isso no verão — disse o Capitão Wyatt com severidade. — É a viagem matinal de 3 xelins e 6 pence de Exhampton. Subindo o Farol Sittaford com uma parada no meio do caminho em Exhampton para um lanche leve.

— Sim, mas não é verão — disse Emily.

— Mesmo assim, um carroção apareceu agora há pouco. Repórteres, suponho, indo dar uma olhada na Mansão Sittaford.

— O senhor conhecia bem o Capitão Trevelyan? — perguntou Emily.

Ela era de opinião que o incidente do bull terrier havia sido um mero subterfúgio da parte do Capitão Wyatt, ditado por uma curiosidade muito natural. Ela era, bem sabia, o principal objeto de atenção em Sittaford no momento, e era natural que o capitão Wyatt desejasse dar uma olhada nela, assim como em todos os outros.

— Não muito — disse o Capitão Wyatt. — Ele me vendeu esta casa de campo.

— Sim — disse Emily encorajadoramente.

— Um mesquinho, era isso que ele era — disse o Capitão Wyatt. — O acordo era que ele deveria construir o lugar de acordo com o gosto do comprador, e só porque eu quis as janelas cor de chocolate com caixilhos cor de limão, ele queria que eu pagasse metade da pintura. Disse que o acerto era para uma cor uniforme.

— O senhor não gostava dele — disse Emily.

— Eu vivia brigando com ele — disse o Capitão Wyatt. — Mas sempre brigo com todo mundo — acrescentou como uma reflexão tardia. — Em um lugar como este a gente tem que ensinar as pessoas a deixar um homem em paz. Estão sempre batendo à porta e entrando e tagarelando. Não me importo de ver as pessoas quando estou de bom humor, mas tem que ser o meu humor, não o deles. Não adianta Trevelyan me dar ares de Senhor da Mansão e aparecer quando bem quiser. Não há uma alma no lugar que se aproxime de mim agora — acrescentou com satisfação.

— Ah! — disse Emily.

— Essa é a melhor parte de se ter um nativo como criado — disse o capitão Wyatt. — Eles entendem as ordens. Abdul!

Um indiano alto de turbante saiu da cabana e esperou com atenção.

— Entre e coma alguma coisa — disse o Capitão Wyatt. — E veja minha casinha.

— Sinto muito — disse Emily —, mas preciso me apressar.

— Ah, não, você não precisa — disse o Capitão Wyatt.

— Sim, preciso — disse Emily. — Tenho um compromisso.

— Ninguém entende a arte de viver hoje em dia — afirmou o Capitão Wyatt. — Pegar trens, marcar encontros, definir horários para tudo, é uma bobagem. Levante-se com o sol, eu digo, faça suas refeições quando quiser e nunca se prenda a um horário ou data. Eu poderia ensinar as pessoas a viver se elas me ouvissem.

Os resultados daquela elevada ideia de vida não eram muito propícios, refletiu Emily. Ela nunca havia visto um homem mais destroçado do que o Capitão Wyatt. No entanto, sentindo que a curiosidade quanto a ele estava suficientemente satisfeita por hora, ela insistiu mais uma vez no compromisso e seguiu caminho.

A Mansão Sittaford tinha uma porta frontal de carvalho maciço, um belo puxador de campainha, um imenso capacho de arame e uma caixa de correio de latão brilhando de polimento. Representava, como Emily não podia deixar de ver, conforto e decoro. Uma arrumadeira aprumada e muito formal atendeu a campainha.

Emily deduziu que a mal do jornalismo já havia chegado antes quando a copeira disse de imediato em um tom distante:

— Mrs. Willett não está recebendo ninguém esta manhã.

— Trouxe um bilhete de Miss Percehouse — disse Emily.

Isso claramente alterou as coisas. O rosto da copeira expressou indecisão, então ela mudou de postura.

— Queira entrar, por favor.

Emily foi conduzida para o que os agentes imobiliários descreveriam como "um salão bem equipado", e de lá para uma grande sala de estar. Uma lareira acesa brilhava com intensidade e havia vestígios de ocupação feminina na sala. Espalhavam-se algumas tulipas de vidro, uma elaborada bolsa de costura, um chapéu de menina e um boneco Pierrot com pernas muito longas. Não havia, ela notou, nenhuma fotografia.

Tendo absorvido tudo o que havia para ver, Emily estava aquecendo as mãos na frente do fogo quando a porta se abriu e uma garota da idade dela entrou. Ocorreu-lhe que era uma moça muito bonita, e que também nunca havia visto garota em maior estado de apreensão. Não que isso fosse evidente em sua aparência, no entanto. Miss Willett fazia uma galante encenação de estar totalmente à vontade.

— Bom dia — disse ela, avançando e apertando as mãos. — Sinto muito, mamãe não desceu ainda, ela está passando a manhã na cama.

— Ah, desculpe, infelizmente vim em um momento infeliz.

— Não, claro que não. A cozinheira está escrevendo a receita desse bolo agora mesmo. Ficamos felizes de passá-la para Miss Percehouse. Você está hospedada com ela?

Emily refletiu com um sorriso interior que essa era talvez a única casa em Sittaford cujos membros não sabiam com exatidão quem ela era e por que estava ali. Havia uma rígida separação entre empregados e patrões na Mansão Sittaford. Os empregados talvez soubessem sobre ela — as patroas, com certeza não.

— Não exatamente — disse Emily. — Na verdade, estou na casa de Mrs. Curtis.

— É claro, o chalé é terrivelmente pequeno, e ela está com o sobrinho Ronnie, não é? Suponho que não haveria espaço para você também. Ela é uma pessoa maravilhosa, não é? Tanto caráter, sempre penso, mas na verdade tenho muito medo dela.

— Ela é uma valentona, não é? — concordou Emily com alegria. — Mas é sempre tentador ser uma valentona, ainda mais se as pessoas não a enfrentarem.

Miss Willett suspirou.

— Eu gostaria de poder enfrentar as pessoas — disse ela. — Tivemos uma manhã das mais terríveis, sendo absolutamente importunada por repórteres.

— Ah, claro — disse Emily. — Afinal essa é a casa do Capitão Trevelyan, não é? O homem que foi assassinado em Exhampton.

Ela estava tentando determinar a causa exata do nervosismo de Violet Willett. A garota estava sem dúvida à beira de um ataque. Algo a estava assustando, e assustando muito. Ela mencionou o nome do Capitão Trevelyan sem rodeios de propósito. Não reagiu de forma clara a isso de nenhum modo, mas é provável que ela já estivesse esperando alguma menção desse tipo.

— Sim, não é horrível?

— Conte-me, por favor. Não se importa de falar sobre isso?

— Não, não, claro que não, por que deveria?

"Há algo muito errado com essa garota", pensou Emily. "Ela mal sabe o que está dizendo. O que a deixou nervosa nesta manhã em particular?"

— Sobre aquela mesa girante — continuou Emily. — Eu ouvi sobre isso de modo casual e me pareceu tão assustadoramente interessante... digo, tão absolutamente horrível.

"Medos de mulherzinha", pensou consigo mesma, "esse é o caminho."

— Ah, foi horrível — disse Violet. — Aquela noite... nunca vou esquecer! Claro, pensamos que fosse apenas alguém brincando. Só que parecia um tipo de piada muito desagradável.

— E então?

— Nunca vou esquecer quando acendemos as luzes... todo mundo parecia tão esquisito. Não Mr. Duke ou o Major Burnaby. Eles são do tipo impassível, nunca iriam gostar de admitir que ficaram impressionados com algo desse tipo. Mas dava para ver que o Major Burnaby estava de fato muito abalado. Acho que na verdade ele acreditava nisso mais do que qualquer outra pessoa. Pensei que o pobre Mr. Rycroft ia ter um ataque cardíaco ou algo assim, mas ele deve estar acostumado com esse tipo de coisa porque ele faz muita pesquisa psíquica, e quanto a Ronnie, Ronnie Garfield, você sabe... ele parecia como se tivesse visto um fantasma, de verdade. Até mamãe ficou terrivelmente incomodada, mais do que eu já a vi antes.

— Deve ter sido muito assustador — disse Emily. — Eu gostaria de ter estado aqui para ver.

— Foi horrível, de verdade. Todos nós fingimos que era... só diversão, você sabe, mas não parecia. E então o Major Burnaby de repente decidiu ir para Exhampton e todos nós tentamos detê-lo, e dissemos que ele seria enterrado em uma pilha de neve, mas ele foi. E ficamos todos lá sentados, depois que ele se foi, nos sentindo apavorados e preocupados. E então, ontem à noite... não, ontem de manhã recebemos a notícia.

— Você acha que era o espírito do Capitão Trevelyan? — disse Emily com uma voz maravilhada. — Ou acha que foi clarividência ou telepatia?

— Ah, não sei. Mas nunca, nunca mais vou rir dessas coisas.

A copeira entrou com um pedaço de papel dobrado em uma bandeja que ela entregou a Violet.

A copeira se retirou, e Violet desdobrou o papel, deu uma olhada e o entregou a Emily.

— Aí está — disse ela. — Na verdade, você chegou bem na hora. Esse negócio de assassinato perturbou as criadas. Elas acham que é perigoso viver nestas partes afastadas. Mamãe perdeu a paciência com elas ontem à noite e as mandou embora. Elas vão depois do almoço. Em vez disso, vamos contratar dois homens. Um caseiro e uma espécie de mordomo-motorista. Acho que vão se sair muito melhor.

— Os criados são tolos, não são? — disse Emily.

— Não é como se o Capitão Trevelyan tivesse sido morto nesta casa.

— O que te fez pensar em vir morar aqui? — perguntou Emily, tentando fazer a pergunta soar ingênua e infantilmente natural.

— Ah, achamos que seria bem divertido — disse Violet.

— Você não acha meio chato?

— Ah, não, eu amo o interior.

Mas seus olhos evitaram os de Emily. Por um momento ela pareceu desconfiada e com medo.

Ela se mexeu inquieta na cadeira e Emily se levantou, relutante.

— Tenho que ir agora — disse ela. — Muito obrigada, Miss Willett. Espero que sua mãe fique bem.

— Ah, ela está muito bem, na verdade. São apenas as criadas e toda a preocupação.

— Claro.

De maneira habilidosa, sem que a outra percebesse, Emily conseguiu largar as luvas sobre uma mesinha. Violet Willett acompanhou-a até a porta da frente e elas se despediram com alguns comentários agradáveis.

A copeira que abriu a porta para Emily a destrancou, mas quando Violet Willett a fechou atrás da convidada que se retirava, Emily não ouviu nenhum som da chave sendo girada. Quando ela alcançou o portão, portanto, refez os passos lentamente.

A visita mais do que confirmou as teorias que ela tinha sobre a Mansão Sittaford. Havia algo estranho acontecendo ali. Ela não achava que Violet Willett estava implicada de forma direta, a menos que fosse uma atriz muito inteligente. Mas havia algo errado, e esse algo *devia* ter relação com a tragédia.

Devia haver alguma ligação entre as Willett e o Capitão Trevelyan, e nessa ligação poderia estar a chave para todo o mistério. Ela foi até a porta da frente, girou a maçaneta com muita delicadeza e atravessou a soleira. O salão estava deserto. Emily fez uma pausa, sem saber o que fazer a seguir. Ela tinha sua desculpa — as luvas deixadas de modo intencional para trás na sala de visitas. Ela ficou imóvel escutando. Não havia nenhum som em qualquer lugar, exceto um murmúrio muito fraco de vozes no andar de cima. Da forma mais silenciosa possível, Emily rastejou até o pé da escada e ficou olhando para cima. Então, com muito cuidado, ela subiu um degrau de cada vez. Isso era bem mais arriscado. Ela dificilmente poderia fingir que as luvas haviam caminhado por conta própria até o primeiro andar, mas ela tinha um desejo ardente de ouvir algo da conversa que estava acontecendo no andar de cima. Os construtores modernos nunca fizeram as portas se encaixarem bem, na opinião de Emily. Dava para ouvir um murmúrio de vozes ali embaixo. Portanto, se você chegasse até porta em si, ouviria com clareza a conversa que estava acontecendo dentro da sala. Outro passo. E de novo mais um...

Duas vozes femininas — Violet e a mãe, sem dúvida.

De repente houve uma interrupção na conversa, um som de passos. Emily recuou com rapidez.

Quando Violet Willett abriu a porta da mãe e desceu as escadas, ficou surpresa ao encontrar a última convidada parada no corredor olhando ao redor como se fosse um cachorro perdido.

— Minhas luvas — explicou ela. — Devo tê-las esquecido. Voltei para buscá-las.

— Acho que elas estão aqui — disse Violet.

Eles foram para a sala de estar e lá, de fato, em uma mesinha perto de onde Emily estava sentada, estavam as luvas perdidas.

— Ah, obrigada — disse Emily. — Foi tão estúpido da minha parte. Estou sempre esquecendo as coisas.

— E você precisa de luvas com este tempo — disse Violet.
— Está tão frio.

Mais uma vez eles se separaram na porta do corredor, e desta vez Emily ouviu a chave sendo girada na fechadura.

Ela desceu a trilha com muito em que pensar, pois, quando aquela porta no patamar superior se abriu, ela ouviu distintamente uma frase dita na voz irritada e melancólica de uma mulher mais velha.

— *Meu Deus!* — lamentara a voz. — *Não aguento mais. A noite de hoje não vai chegar nunca?*

Capítulo 19

Teorias

Emily voltou para o chalé para descobrir que o jovem amigo estava ausente. Ele havia, explicou Mrs. Curtis, saído com vários outros jovens cavalheiros, mas dois telegramas chegaram para a moça. Emily pegou-os, abriu-os e colocou-os no bolso do suéter, enquanto Mrs. Curtis os olhava com avidez.

— Não são más notícias, espero? — disse Mrs. Curtis.

— Ah, não — disse Emily.

— Telegramas sempre me dão um nó no estômago — disse Mrs. Curtis.

— Eu sei — disse Emily. — São muito perturbadores.

No momento, não se sentia inclinada a nada além de solidão. Ela queria resolver e organizar as próprias ideias. Subiu para o próprio quarto e, pegando lápis e papel de carta, começou a trabalhar no próprio sistema. Após vinte minutos desse exercício, ela foi interrompida por Mr. Enderby.

— Olá, olá, olá, aí está você. Fleet Street esteve na sua cola por toda a manhã, mas eles não encontraram você em lugar nenhum. De qualquer forma, falei para eles que você não deveria ser importunada. No que lhe diz respeito, eu sou a fonte oficial.

Ele se sentou na cadeira, pois Emily estava ocupando a cama, e riu.

— Sem inveja nem maldade! — disse ele. — Eu tenho passado as informações para eles. Conheço todo mundo e estou no meio da ação. É muito bom para ser verdade. Fico me beliscando e sentindo que vou acordar em um minuto. Aliás, você viu o nevoeiro?

— Isso não vai me impedir de ir a Exeter esta tarde, vai? — disse Emily.

— Você quer ir para Exeter?

— Sim. Tenho que encontrar Mr. Dacres lá. Meu advogado, você sabe, aquele que está assumindo a defesa de Jim. Ele quer me ver. E acho que vou fazer uma visita à tia de Jim, Jennifer, enquanto estiver lá. Afinal, Exeter fica a apenas meia hora de distância.

— O que significa que ela poderia ter passado de trem e batido na cabeça do irmão e ninguém teria notado sua ausência.

— Ah, sei que parece bastante improvável, mas é preciso verificar tudo. Não que eu queira que seja a tia Jennifer... não quero. Eu preferiria que fosse Martin Dering. Odeio o tipo de homem, por ser cunhado, faz coisas em público sem que se possa bater na cara dele.

— Ele é desse tipo?

— Muito desse tipo. Ele é a pessoa ideal para um assassino. Sempre recebendo telegramas de corretores de apostas e perdendo dinheiro em cavalos. É irritante que ele tenha um álibi tão bom. Mr. Dacres me contou sobre isso. Um editor e um jantar literário parecem muito sólidos e respeitáveis.

— Um jantar literário — disse Enderby. — Numa noite de sexta-feira. Martin Dering... deixe-me ver... Martin Dering... ora, sim... tenho quase certeza disso. Caramba, tenho certeza disso, mas posso confirmar as coisas telegrafando para Carruthers.

— Do que está falando? — disse Emily.

— Ouça. Você sabe que vim para Exhampton na noite de sexta-feira. Bem, havia algumas informações que eu ia conseguir de um amigo meu, outro jornalista, o nome dele é Carruthers. Ele viria me ver por volta das 18h30, se pudesse... antes de ir para algum jantar literário. Ele é um figurão, o Carruthers, e se não conseguisse me encontrar, mandaria um aviso para mim em Exhampton. Bem, ele não conseguiu ir e me mandou uma mensagem.

— O que isso tudo *tem a ver* com o assunto? — disse Emily.

— Não seja tão impaciente, estou indo direto ao ponto. O camarada estava bem chumbado quando me escreveu. Tomou todas no jantar. Depois de me passar a informação que eu queria, ele se pôs a desperdiçar uma descrição enorme e bem suculenta comigo. Você sabe, sobre os discursos, e que bando de imbecis e coisa e tal, um famoso romancista e um famoso dramaturgo que estavam lá. E ele disse que tinha sido mal posicionado no jantar. Havia um lugar vazio de um lado dele onde deveria estar Ruby McAlmott, aquela autora de *best-sellers* horríveis, e um lugar vazio do outro lado onde Martin Dering, o especialista em sexo, deveria ter estado, mas acabou se sentando ao lado de um poeta muito conhecido em Blackheath e tentou tirar proveito da coisa. Agora, você entende o ponto?

— Charles! Querido! — Emily trinou de entusiasmo. — Que maravilha. Então aquele bruto não estava no jantar afinal?

— Exato.

— Tem certeza de que se lembrou do nome certo?

— Tenho certeza. Eu rasguei a carta, que azar, mas sempre se pode telegrafar para Carruthers para ter certeza. Mas tenho absoluta certeza de que não estou enganado.

— Ainda há o editor, é claro — disse Emily. — Aquele com quem ele passou a tarde. Mas acho que foi um editor que estava voltando para a América e, se for, parece suspeito. Quero dizer, parece que ele escolheu alguém que não poderia ser interrogado sem causar muitos problemas.

— Você realmente acha que encontramos? — disse Charles Enderby.

— Bem, parece que sim. Acho que a melhor coisa a ser feita é... ir direto ao simpático Inspetor Narracott e apenas contar-lhe esses novos fatos. Quero dizer, não podemos confrontar um editor americano que está a bordo do *Mauretania* ou do *Berengaria* ou em qualquer outro lugar. Isso é trabalho para a polícia.

— Eu juro, que se isso der certo... que furo! — disse Mr. Enderby. — Se for, acho que o *Daily Wire* não poderia me oferecer menos do que...

Emily invadiu impiedosamente seus sonhos de sucesso.

— Mas não devemos perder a cabeça — disse ela — e jogar tudo ao vento. Preciso ir para Exeter. Acho que não poderei voltar aqui até amanhã. Mas tenho um trabalho para você.

— Que tipo de trabalho?

Emily descreveu a visita às Willett e a estranha frase que ouviu ao sair.

— Temos absoluta e positivamente que descobrir o que vai acontecer esta noite. Tem alguma coisa no ar.

— Que coisa extraordinária!

— Não é? Mas é claro que pode ser uma coincidência. Ou não. Mas note que as criadas estão sendo tiradas do caminho. Algo estranho vai acontecer lá esta noite, e *você* tem que estar no local para ver o que é.

— Quer dizer que tenho que passar a noite inteira tremendo debaixo de um arbusto no jardim?

— Bem, você não se importaria com isso, não é? Os jornalistas não se importam com o que fazem por uma boa causa.

— Quem te disse isso?

— Não importa quem me disse, eu sei disso. Você vai fazer isso, não vai?

— Ah, sim — disse Charles. — Não vou perder nada. Se alguma coisa esquisita acontecer na Mansão Sittaford esta noite, estarei presente.

Emily então contou a ele sobre a etiqueta da bagagem.

— É estranho — disse Mr. Enderby. — Austrália é onde está o terceiro Pearson, não é? Claro, não quer dizer que isso signifique alguma coisa, mas ainda assim... bem, pode haver uma conexão.

— Hum — disse Emily. — Acho que isso é tudo. Você tem algo a relatar da sua parte?

— Bem — disse Charles —, tenho uma ideia.
— Sim?
— A única coisa é que não sei como você vai reagir.
— O que quer dizer com isso?
— Você não vai brigar comigo, vai?
— Acho que não. Quer dizer, creio que consigo escutar qualquer coisa com silêncio e sensatez.

— Bem, a questão é — disse Charles Enderby, olhando-a com receio —, não pense que pretendo ser ofensivo ou algo assim, mas você acha que esse seu rapaz é digno de confiança?

— Você quer dizer — disse Emily — se ele o matou, afinal? Fique à vontade para pensar assim, se quiser. Eu disse a você no início que essa era a visão natural a ser adotada, mas disse que tínhamos que trabalhar com a suposição de que ele não era.

— Eu não quis dizer isso — disse Enderby. — Estou com você ao presumir que ele não matou o velho. O que quero dizer é: até que ponto a história dele sobre o que aconteceu é verdadeira? Ele diz que foi lá, conversou com o velho e saiu deixando-o vivo e bem.

— Sim.

— Bem, acaba de me ocorrer, você não acha que é possível que ele tenha ido lá e realmente encontrado o velho morto? Quero dizer, ele pode ter ficado nervoso e com medo e não gostou de dizer isso.

Charles havia proposto essa teoria de forma um tanto dúbia, mas ficou aliviado ao descobrir que Emily não mostrava sinais de partir para cima dele por causa disso. Em vez disso, ela franziu a testa pensativa.

— Não vou mentir — disse ela. — É *possível*. Eu não tinha pensado nisso antes. Eu sei que Jim não mataria ninguém, mas ele poderia muito bem ficar abalado e contado uma mentira boba e então, é claro, ele teria que cumpri-la. Sim, é bem possível.

— O estranho é que você não pode ir e perguntar a ele sobre isso agora. Quero dizer, eles não deixariam você ficar sozinha com ele, deixariam?

— Posso colocar Mr. Dacres em contato com ele — disse Emily. — Um advogado pode vê-lo sozinho, acho eu. O pior de Jim é que ele é terrivelmente obstinado, se ele falou algo uma vez, ele se atém a isso.

— Essa é a minha história e vou mantê-la — disse Mr. Enderby compreensivo.

— Sim. Fico feliz que você mencionou essa possibilidade para mim, Charles, não havia me ocorrido. Estávamos procurando alguém que teria aparecido *depois* que Jim saiu, mas se foi *antes*...

Ela fez uma pausa, perdida em pensamentos. Duas teorias muito diferentes estenderam-se em direções opostas. Houve aquela sugerida por Mr. Rycroft, na qual a briga de Jim com o tio foi o ponto determinante. A outra teoria, no entanto, não teve nenhuma participação de Jim. A primeira coisa a fazer, pensou Emily, era consultar o médico que examinou o corpo pela primeira vez. Se fosse possível que o Capitão Trevelyan tivesse sido assassinado às, digamos, quatro da tarde, isso poderia fazer uma diferença considerável na questão dos álibis. E a outra coisa a fazer era fazer com que o Mr. Dacres exortasse fortemente o cliente a absoluta necessidade de falar a verdade a esse respeito.

Ela se levantou da cama.

— Bem — disse ela —, é melhor você descobrir como posso chegar a Exhampton. O homem da ferraria tem uma espécie de carroção, creio eu. Você resolve isso com ele? Vou partir logo após o almoço. Há um trem às quinze horas para Exeter. Isso me dará tempo para ver o médico primeiro. Que horas são agora?

— Meio-dia e meia — disse Mr. Enderby, consultando o relógio.

— Então vamos os dois acertar a questão do carro — disse Emily. — E há apenas mais uma coisa que quero fazer antes de deixar Sittaford.

— E o que seria?

— Vou fazer uma visita a Mr. Duke. Ele é a única pessoa em Sittaford que não conheci. E ele era uma das pessoas na mesa girante.

— Ah, vamos passar pelo chalé dele a caminho da ferraria.

O chalé de Mr. Duke era o último da fila. Emily e Charles destrancaram o portão e subiram o caminho. E então algo bastante surpreendente ocorreu, pois a porta se abriu e um homem saiu. E esse homem era o Inspetor Narracott. Ele também pareceu surpreso e, imaginou Emily, constrangido.

Emily abandonou a intenção original.

— Estou tão feliz de encontrá-lo, Inspetor Narracott — disse ela. — Há uma ou duas coisas sobre as quais quero falar com o senhor, se me permite.

— Encantado, Miss Trefusis. — Ele tirou um relógio. — Receio que a senhorita terá que ser rápida. Tenho um carro me esperando. Tenho que voltar para Exhampton quase imediatamente.

— Que sorte extraordinária — disse Emily. — O senhor pode me dar uma carona, não é, inspetor?

O inspetor disse, de um modo um tanto inexpressivo, que ficaria muito satisfeito em fazê-lo.

— Você pode ir buscar minha mala, Charles — disse Emily. — Já está fechada e pronta.

Charles partiu na mesma hora.

— É uma grande surpresa encontrá-la aqui, Miss Trefusis — disse o Inspetor Narracott.

— Eu havia dito *au revoir* — lembrou Emily.

— Na hora não percebi.

— O senhor ainda não vai se ver livre de mim — disse Emily com franqueza. — Sabe, Inspetor Narracott, o senhor cometeu um erro. Jim não é o homem que o senhor procura.

— É mesmo?

— E mais — disse Emily —, acredito de coração que o senhor concorda comigo.

— O que a faz pensar isso, Miss Trefusis?

— O que o senhor estava fazendo na casa de Mr. Duke? — retrucou Emily.

Narracott pareceu envergonhado, e ela foi rápida em dar seguimento.

— O senhor está em dúvida, inspetor... é isso que está sentindo... dúvida. O senhor pensou que tinha encontrado o homem certo e agora não tem tanta certeza, então está fazendo algumas investigações. Bem, tenho algo para lhe dizer que pode ajudar. Vou lhe contar no caminho para Exhampton.

Passos soaram na estrada, e Ronnie Garfield apareceu. Ele tinha o ar de um estudante gazeteiro, ofegante e culpado.

— Ora, Miss Trefusis — começou ele. — Que tal uma caminhada esta tarde? Enquanto minha tia tira uma soneca, sabe.

— Impossível — disse Emily. — Estou partindo. Para Exeter.

— O quê, não pode ser! Para sempre, quer dizer?

— Ah, não — disse Emily. — Estarei de volta amanhã.

— Ah, isso é esplêndido.

Emily tirou algo do bolso do suéter e entregou a ele.

— Dê isso para sua tia, certo? É uma receita de bolo de café e diga a ela que cheguei bem na hora, a cozinheira está indo embora hoje e os outros criados também. Certifique-se de contar a ela, ela ficará interessada.

Um grito distante veio com a brisa.

— Ronnie — dizia. — Ronnie, Ronnie.

— É minha tia — disse Ronnie começando a falar com nervosismo. — É melhor eu ir.

— Acho que sim — disse Emily. — Você está com tinta verde na bochecha esquerda — ela gritou para ele.

Ronnie Garfield desapareceu pelo portão da tia.

— Aqui está meu amigo com minha mala — disse Emily. — Vamos, inspetor. Vou lhe contar tudo no carro.

Capítulo 20

Visita para tia Jennifer

Às 14h30, o Dr. Warren recebeu um chamado de Emily. Ele havia se afeiçoado de imediato por aquela garota pragmática e atraente. As perguntas dela eram secas e diretas.

— Sim, Miss Trefusis, compreendo com exatidão o que quer dizer. A senhorita entenderá que, ao contrário do que popularmente se diz nos livros policiais, é muito difícil mesmo fixar a hora da morte com precisão. Eu vi o corpo às vinte horas. Posso dizer com certeza que o Capitão Trevelyan estava morto havia pelo menos duas horas. Quanto tempo mais do que isso, seria difícil dizer. Se você me dissesse que ele foi morto às quatro da tarde, eu diria que foi possível, embora minha própria opinião se incline para um momento posterior. Por outro lado, ele com certeza não poderia estar morto por muito mais tempo do que isso. Quatro horas e meia seria o limite máximo.

— Obrigada — disse Emily —, é tudo o que eu queria saber.

Ela pegou o trem das 15h10 na estação e foi direto para o hotel onde Mr. Dacres estava hospedado.

A conversa dos dois foi profissional e impessoal. Mr. Dacres conhecia Emily desde que ela era uma criança e cuidava de seus negócios desde que ela atingira a maioridade.

— Você deve se preparar para um choque, Emily — disse ele. — As coisas estão muito piores para Jim Pearson do que imaginávamos.

— Piores?

— Sim. Não adianta dourar a pílula. Vieram à tona certos fatos que com certeza o mostrarão sob uma luz muito desfavorável. São esses fatos que levaram a polícia a acusá-lo do crime em si. Eu não poderia estar agindo em seu interesse se escondesse esses fatos de você.

— Por favor, diga-me — disse Emily.

Sua voz estava perfeitamente calma e composta. Qualquer que fosse o choque interno que ela poderia sentir, não tinha intenção de fazer uma exibição externa dos sentimentos. Não eram os sentimentos que iriam ajudar Jim Pearson, era o cérebro. Ela precisava manter todo o juízo consigo.

— Não há dúvida de que ele precisava urgente e imediatamente de dinheiro. Não vou entrar na ética da situação no momento. Ao que parece, Pearson já havia ocasionalmente tomado dinheiro emprestado, para usar um eufemismo, da empresa onde trabalha, sem o conhecimento deles, por assim dizer. Ele gostava de especular com ações e, em uma ocasião anterior, sabendo que certos dividendos seriam pagos na conta dele dentro de uma semana, ele os antecipou usando o dinheiro da empresa para comprar certas ações das quais estava certo de que iriam subir. A transação foi bastante satisfatória, o dinheiro foi reposto e Pearson de fato não parece ter tido dúvidas quanto à honestidade da transação. Aparentemente, ele repetiu isso há pouco mais de uma semana. Desta vez ocorreu um imprevisto. Os livros da firma são examinados em datas determinadas, mas por algum motivo ou outro, esta data foi antecipada, e Pearson se deparou com um dilema muito desagradável. Ele estava bastante ciente da intenção com que seria interpretada a ação dele e era incapaz de levantar a soma de dinheiro envolvida. Ele admite que tentou de várias maneiras e falhou quando, como último recurso, correu para Devonshire para expor o assunto ao tio dele e persuadi-lo a ajudá-lo. Isso o Capitão Trevelyan se recusou terminantemente a fazer. Agora, minha querida Emily, somos incapazes de impedir que esses fatos sejam trazidos à luz. A polícia já descobriu o caso. E veja só se não temos aqui um motivo muito premente e urgente para o crime? No momento em que o Capitão Trevelyan morreu, Pearson poderia com facilidade obter a quantia necessária como um adiantamento de Mr. Kirkwood e se salvar do desastre e possivelmente de um processo criminal.

— Ah, que idiota — disse Emily, impotente.

— Exatamente — disse Mr. Dacres, seco. — Parece-me que nossa única chance reside em provar que Jim Pearson desconhecia as cláusulas do testamento do tio dele.

Houve uma pausa enquanto Emily refletia sobre o assunto. Então ela disse baixinho:

— Receio que isso seja impossível. Todos os três sabiam. Sylvia, Jim e Brian. Eles com frequência discutiam isso, riam e faziam piadas sobre o tio rico de Devonshire.

— Querida, querida — disse Mr. Dacres. — Isso é lamentável.

— O senhor não o considera culpado, Mr. Dacres? — perguntou Emily.

— Curiosamente, não — respondeu o advogado. — De certa forma, Jim Pearson é um jovem muito transparente. Ele não tem, se me permite dizer isso, Emily, um padrão muito elevado de honestidade comercial, mas não acredito nem por um minuto que tenha batido no tio com aquele saco de areia.

— Bem, isso é bom — disse Emily. — Gostaria que a polícia pensasse o mesmo.

— É verdade. Nossas próprias impressões e ideias não têm utilidade prática. Infelizmente, o caso contra ele é forte. Não vou esconder de você, minha menina, que as perspectivas são ruins. Devo sugerir Lorimer, do Conselho do Rei, como defesa. Ele é chamado de "defensor dos desesperados" — acrescentou com alegria.

— Há uma coisa que eu gostaria de saber — disse Emily. — O senhor, é claro, viu Jim?

— Certamente.

— Quero que o senhor me diga com sinceridade se acha que ele disse a verdade em outros aspectos.

Ela esboçou para ele a ideia que Enderby havia sugerido a ela.

O advogado considerou o assunto com cuidado antes de responder.

— Tenho a impressão — disse ele — de que ele está falando a verdade quando descreve sua conversa com o tio. Mas há pouca dúvida de que ele está muito nervoso, e se ele foi até a janela, entrou por ali e se deparou com o cadáver do tio, ele pode estar com muito medo de admitir o fato de ter inventado essa outra história.

— Foi o que pensei — disse Emily. — Da próxima vez que o vir, Mr. Dacres, vai instá-lo a falar a verdade? Pode fazer uma tremenda diferença.

— Vou fazer isso. Mesmo assim — falou ele, após um instante de pausa —, eu acho que você está enganada quanto a isso. A notícia da morte do Capitão Trevelyan foi divulgada em Exhampton por volta das 20h30. Naquela hora, o último trem partiu para Exeter, mas Jim Pearson conseguiu o primeiro trem disponível pela manhã, um procedimento totalmente imprudente, por sinal, pois chamou a atenção para os movimentos dele que, de outra forma, não teriam sido despertados se ele tivesse partido em um trem em uma hora mais convencional. Agora, se, como você sugere, ele descobriu o cadáver do tio algum tempo depois das 16h30, acho que ele teria deixado Exhampton de imediato. Há um trem que parte pouco depois das seis e outro às 20h45.

— É verdade — admitiu Emily — não tinha pensado nisso.

— Eu o questionei sobre o modo como entrou na casa do tio — continuou Mr. Dacres. — Ele diz que o Capitão Trevelyan o fez tirar as botas e deixá-las na soleira da porta. Isso explica por que nenhuma marca molhada foi descoberta no corredor.

— Ele diz não ter escutado nenhum som, absolutamente nada, que lhe desse a ideia de que poderia haver mais alguém na casa?

— Ele não mencionou isso para mim. Mas vou perguntar a ele.

— Obrigada — disse Emily. — Se eu escrever um bilhete, o senhor pode levar para ele?

— Está sujeito a ser lido, é claro.

— Ah, será muito discreto.

Ela foi até a escrivaninha e rabiscou algumas palavras.

Querido Jim,
Tudo vai ficar bem, então fique animado. Estou trabalhando como louca para descobrir a verdade. Que idiota você tem sido, querido.
Com amor, Emily.

— Aqui — disse ela.

Mr. Dacres leu, mas não fez nenhum comentário.

— Fui cuidadosa com a minha caligrafia — disse Emily — para que as autoridades da prisão possam lê-la com facilidade. Agora, preciso ir.

— Permite que eu lhe ofereça uma xícara de chá?

— Não, obrigada, Mr. Dacres. Não tenho tempo a perder. Vou ver a tia de Jim, Jennifer.

Em Laurels, Emily foi informada de que Mrs. Gardner estava fora, mas voltaria para casa em breve.

Emily sorriu para a copeira.

— Vou entrar e esperar então.

— Gostaria de ver a enfermeira?

Emily estava sempre pronta para falar com qualquer pessoa.

— Sim — disse ele prontamente.

Alguns minutos depois, a enfermeira Davis, engomada e curiosa, chegou.

— Como vai? — disse Emily. — Sou Emily Trefusis, uma espécie de sobrinha de Mrs. Gardner. Ou seja, vou ser sobrinha, mas meu noivo, Jim Pearson, foi preso, como imagino que você saiba.

— Ah, tem sido horrível demais — disse a enfermeira Davis. — Vimos tudo nos jornais esta manhã. Que negócio terrível! Você parece estar se saindo maravilhosamente bem, Miss Trefusis... de verdade muito bem.

Havia um leve tom de desaprovação no tom da enfermeira. As enfermeiras hospitalares, o tom dela sugeria, eram capazes de suportar tudo devido à força de caráter, mas esperava-se que os meros mortais *cedessem*.

— Bem, não se pode deixar-se abater — disse Emily. — Espero que não se importe muito. Digo, deve ser estranho para você ser associada a uma família que tem um assassinato no meio dela.

— É muito desagradável, claro — disse a enfermeira Davis, inflexível diante dessa prova de consideração. — Mas o dever de cada um para com o paciente vem antes de tudo.

— Que esplêndido — disse Emily. — Deve ser maravilhoso para a tia Jennifer sentir que tem alguém em quem pode confiar.

— Ah, realmente — disse a enfermeira, sussurrando — você é muito gentil. Mas, é claro, tive experiências curiosas antes disso. Ora, no último caso que atendi...

Emily ouviu, paciente, uma longa e escandalosa anedota que envolvia questões complicadas de divórcio e paternidade. Depois de elogiar a enfermeira Davis pelo tato, discrição e *savoir-faire*, Emily voltou ao assunto dos Gardner.

— Não sei nada do marido de tia Jennifer — disse ela. — Nunca o conheci. Ele nunca sai de casa, não é?

— Não, coitado.

— Qual é, com exatidão, o problema com ele?

A enfermeira Davis embarcou no assunto com entusiasmo profissional.

— Então, na verdade, ele pode ficar bom de novo a qualquer momento — murmurou Emily, pensativa.

— Ele estaria terrivelmente fraco — disse a enfermeira.

— Ah, claro. Mas parece mais esperançoso, não é?

A enfermeira balançou a cabeça com desânimo profissional.

— Acho que não haverá cura para o caso dele.

Emily havia anotado no caderninho o cronograma do que ela chamava de álibi de tia Jennifer. Ela então murmurou, tímida:

— Que estranho pensar que tia Jennifer estava realmente no cinema quando o irmão estava sendo morto.

— Muito triste, não é? — disse a enfermeira Davis. — Claro, ela não tinha como saber, mas deve ter sido um choque depois.

Emily se propôs a descobrir o que queria saber sem precisar fazer uma pergunta direta.

— Ela não teve algum tipo estranho de visão ou premonição? — perguntou. — Não foi você quem a encontrou no corredor quando ela entrou e disse que ela parecia muito esquisita?

— Ah, não — disse a enfermeira. — Não fui eu. Eu não a vi até que estivéssemos sentados para jantar juntos, e então ela parecia bastante normal. Que curioso.

— Acho que estou confundindo isso com outra coisa — disse Emily.

— Talvez fosse algum outro parente — sugeriu a enfermeira Davis. — Eu mesma voltei bastante tarde aquele dia. Senti-me muito culpada por deixar meu paciente por tanto tempo, mas ele mesmo me incentivou a ir.

De repente, ela olhou para o relógio.

— Ah, céus. Ele me pediu outra bolsa de água quente. Preciso cuidar disso imediatamente. A senhorita me dá licença, Miss Trefusis?

Emily a dispensou e, indo até a lareira, pôs o dedo na campainha.

A empregada desleixada veio com um rosto bastante assustado.

— Qual é o seu nome? — disse Emily.

— Beatrice, senhorita.

— Ai, Beatrice, talvez eu não consiga esperar para ver minha tia, Mrs. Gardner, no final das contas... queria perguntar a ela sobre umas compras que ela fez na sexta-feira. Você sabe se ela trouxe um pacote grande com ela?

— Não, senhorita, eu não a vi entrar.

— Achei que você tinha dito que ela havia chegado às dezoito horas.

— Sim, senhorita, ela chegou. Não a vi entrar, mas quando fui levar água quente para o quarto dela às dezenove horas, levei um susto ao encontrá-la deitada na cama no escuro. "Ora, senhora", eu falei para ela, "a senhora me deu um grande susto." "Cheguei há muito tempo. Às seis da tarde", ela respondeu. Não vi um pacote grande em lugar nenhum — disse Beatrice, tentando ao máximo ser útil.

"Está tudo muito difícil", pensou Emily. "É preciso inventar tantas coisas. Já inventei uma premonição e um pacote grande, mas, pelo que vejo, é preciso inventar alguma coisa para que não suspeitem." Ela sorriu docemente e disse:

— Tudo bem, Beatrice, não importa.

Beatrice saiu da sala. Emily tirou da bolsa uma pequena tabela de horários do trem local e a consultou.

— Sai da estação St. David, em Exeter, às 15h10 — murmurou —, e chega em Exhampton às 15h45. Tempo suficiente para ir à casa do irmão e assassiná-lo... como soa bestial e de sangue frio... e meio absurdo também... digamos que leve entre trinta e 45 minutos. Quais são os trens de volta? Há um às 16h25 e Mr. Dacres mencionou um às 18h10, que chega às 18h37. Sim, é mesmo possível de qualquer modo. É uma pena que não haja motivo para suspeitar da enfermeira. Ela passou a tarde toda fora e ninguém sabe onde ela estava. Mas não pode haver um assassinato sem qualquer motivo. Claro, eu realmente não acredito que alguém nesta casa tenha assassinado o Capitão Trevelyan, mas de certa forma é reconfortante saber que eles poderiam ter feito isso. Opa, eis a porta da frente.

Houve um murmúrio de vozes no corredor, a porta se abriu e Jennifer Gardner entrou na sala.

— Sou Emily Trefusis — disse Emily. — Você sabe, aquela que está noiva de Jim Pearson.

— Então você é Emily — disse Mrs. Gardner, a cumprimentando. — Bem, isto é uma surpresa.

De repente, Emily se sentiu muito fraca e pequena. Mais ou menos como uma garotinha no ato de fazer algo muito bobo. Uma pessoa extraordinária, tia Jennifer. Uma personalidade forte, era isso. Tia Jennifer tinha personalidade suficiente para duas pessoas e meia em vez de uma.

— Você já tomou chá, minha querida? Não? Então vamos tomar agora. Só um momento... preciso subir e ver o Robert primeiro.

Uma expressão estranha passou pelo rosto dela quando mencionou o nome do marido. A voz dura e bonita suavizou. Era como uma luz passando sobre ondulações escuras da água.

"Ela o adora", pensou Emily, sozinha na sala de visitas. "Mesmo assim, há algo assustador em tia Jennifer. Pergunto-me se tio Robert gosta de ser adorado tanto assim."

Quando Jennifer Gardner voltou, ela havia tirado o chapéu. Emily admirou a suave ondulação do cabelo penteado para trás da testa.

— Quer falar sobre a situação, Emily, ou prefere não falar? Se não quiser, entenderei perfeitamente.

— Não há muito a se dizer a respeito, não é?

— Só podemos esperar — disse Mrs. Gardner — que eles encontrem o verdadeiro assassino com rapidez. Toque a campainha, sim, Emily? Vou mandar servirem o chá da enfermeira lá em cima. Não a quero tagarelando aqui embaixo. Como eu odeio enfermeiras hospitalares.

— Ela é boa?

— Acho que é. De todo modo, Robert diz que ela é. Eu não gosto dela nem um pouco, e nunca gostei. Mas Robert diz que ela é de longe a melhor enfermeira que já tivemos.

— Ela é bem bonita — disse Emily.

— Bobagem. Com aquelas mãos feias e grossas?

Emily observou os longos dedos brancos da tia enquanto eles tocavam a jarra de leite e as pinças de açúcar.

Beatrice veio, pegou a xícara de chá e um prato de petiscos, e saiu da sala.

— Robert ficou muito chateado com tudo isso — disse Mrs. Gardner. — Ele tem ficado num estado muito estranho. Suponho que tudo isso faz parte da doença dele.

— Ele não conhecia bem o Capitão Trevelyan, não é?

Jennifer Gardner balançou a cabeça.

— Não o conhecia e nem se importava com ele. Para ser honesta, eu mesma não posso fingir grande pesar pela morte dele. Ele era um homem cruel e ganancioso, Emily. Ele sabia da situação por que passamos. A pobreza! Ele sabia que um empréstimo de dinheiro na hora certa poderia ter dado a Robert um tratamento especial que faria toda a diferença. Bem, ele recebeu o troco.

Ela falou com uma voz profunda e pensativa.

"Que mulher estranha ela é", pensou Emily. "Linda e terrível, como algo saído de uma peça grega."

— Talvez ainda não seja tarde demais — disse Mrs. Gardner. — Escrevi hoje aos advogados de Exhampton para perguntar se poderiam adiantar uma certa quantia. O tratamento de que estou falando é, em alguns aspectos, o que eles chamariam de charlatanismo, mas tem sido bem-sucedido em um grande número de casos. Emily, como será maravilhoso se Robert conseguir andar de novo.

Seu rosto estava brilhando, iluminado como se por uma lâmpada.

Emily estava cansada. Ela teve um longo dia, com pouco ou nada para comer, e estava exausta pela emoção reprimida. A sala continuava indo e vindo novamente.

— Está se sentindo bem, querida?

— Está tudo bem — ofegou Emily, e para a própria surpresa, aborrecimento e humilhação, começou a chorar.

Mrs. Gardner não tentou se levantar para consolá-la, pelo que Emily ficou grata. Ela apenas ficou sentada em silêncio até que as lágrimas de Emily diminuíssem. Ela murmurou com uma voz pensativa:

— Pobre criança. É muito azar que Jim Pearson tenha sido preso, muito azar. Eu gostaria... que algo pudesse ser feito a respeito.

Capítulo 21

Conversas

Deixado para cuidar dos próprios assuntos, Charles Enderby não descansou nos esforços. Para se familiarizar com a vida cotidiana no vilarejo de Sittaford, ele só precisava ativar Mrs. Curtis da mesma forma que se abriria a torneira de um hidrante. Escutando um pouco atordoado a um fluxo de anedotas, reminiscências, rumores, suposições e detalhes meticulosos, ele se esforçou valentemente para separar o joio do trigo. Então mencionava outro nome, e de imediato a força da água era direcionada naquela direção. Ele escutou tudo a respeito do Capitão Wyatt, o temperamento esquentado, as grosserias, as brigas com os vizinhos, a incrível gentileza ocasional, em geral com moças atraentes. A vida que levava com o criado indiano, os horários peculiares em que fazia as refeições e a dieta exata de que se compunha. Ele ouviu falar sobre a biblioteca de Mr. Rycroft, os tônicos capilares, a insistência em na mais estrita ordem e pontualidade, a curiosidade descomunal sobre as ações de outras pessoas, a recente venda de alguns pertences pessoais antigos e valiosos, a inexplicável predileção por pássaros e a ideia predominante de que Mrs. Willett estava dando em cima dele. Ele ouviu sobre Miss Percehouse e a língua afiada e o modo como ela intimidava o sobrinho, e os rumores sobre a vida de festas que o mesmo sobrinho levava em Londres. Ele escutou outra vez sobre a amizade do Major Burnaby com o Capitão Trevelyan, as reminiscências do passado e a predileção pelo xadrez. Ele ouviu tudo o que se sabia sobre as Willett, incluindo a crença de que Miss Violet Willett estava enganando Mr. Ronnie Garfield e que ela na verdade não queria ficar com ele. Insinuava-se que ela fazia excursões misteriosas à charneca e que havia sido vista caminhando por lá com um rapaz. E sem dúvida foi por esse motivo, assim presumiu Mrs. Curtis, que elas tinham vindo para aquele local desolado. A mãe dela a tinha levado "para superar algo". Mas então, "as moças podem ser muito mais engenhosas do que as mães imaginam". Sobre Mr. Duke, de forma curiosa, pouco se sabia. Ele estava lá há pouco tempo e as atividades dele pareciam ser exclusivamente a horticultura.

Eram 15h30 e, com a cabeça girando com os efeitos da conversa com Mrs. Curtis, Mr. Enderby saiu para um passeio. A intenção era travar um contato mais próximo com o sobrinho de Miss Percehouse. Uma busca prudente nas cercanias do chalé de Miss Percehouse se provou inútil, mas por um golpe de sorte, encontrou aquele jovem no momento em que este emergia desconsolado dos portões da Mansão Sittaford. Ele tinha todo o aspecto de ter sido mandado embora com a pulga atrás da orelha.

— Olá — disse Charles. — Ora, aquela não é a casa do Capitão Trevelyan?

— Isso mesmo — disse Ronnie.

— Eu esperava poder tirar uma foto dela esta manhã. Para o meu jornal, você sabe — acrescentou. — Mas este tempo está péssimo para uma fotografia.

Ronnie aceitou essa declaração de boa-fé, sem parar para pensar que, se fotografias só fossem possíveis em dias de sol brilhante, as fotos que apareceriam nos jornais diários seriam poucas.

— Deve ser um trabalho muito interessante, o seu — disse ele.

— É a vida de um cachorro — disse Charles, fiel à convenção de nunca demonstrar entusiasmo pelo trabalho. Ele olhou por cima do ombro para a Mansão Sittaford. — Um lugar bastante sombrio, posso imaginar.

— Está bem diferente desde que as Willett se mudaram — disse Ronnie. — Estive aqui no ano passado, mais ou menos na mesma época, e de fato, a gente dificilmente imaginaria que é o mesmo lugar, e, ainda assim, não sei com exatidão o que elas fizeram. Mudaram um pouco a mobília, suponho, arrumaram as almofadas e coisas desse tipo. Foi uma dádiva de Deus a presença delas lá, posso garantir.

— Suponho que não tem como ser um lugar muito alegre, em geral — disse Charles.

— Alegre? Se eu morasse aqui por quinze dias, eu iria enlouquecer. Como minha tia consegue se agarrar à vida da maneira que ela faz me surpreende. Você não viu os gatos dela, viu? Tive que pentear um deles esta manhã, e veja como o bruto me arranhou. — Ele estendeu a mão e o braço para serem inspecionados.

— Muito azar — disse Charles.

— Posso dizer que foi. Digo, você está fazendo alguma investigação? Se sim, posso ajudar? Ser o Watson do seu Sherlock ou qualquer coisa desse tipo?

— Há alguma pista na Mansão Sittaford? — perguntou Charles casualmente. — Digo, o Capitão Trevelyan deixou algumas de suas coisas lá?

— Acho que não. Minha tia estava dizendo que ele se mudou de mala e cuia. Levou as patas de elefante dele e os dentes de hipopótamo e todos os rifles esportivos e tudo o mais.

— Quase como se ele não quisesse voltar — disse Charles.

— Bem... é uma possibilidade. Você não acha que foi suicídio, acha?

— Um homem que conseguisse acertar a si mesmo na nuca com um saco de areia seria uma espécie de artista no mundo do suicídio — disse Charles.

— Sim, achei que não havia muita chance disso. Mas parece que ele teve uma premonição. — O rosto de Ronnie se iluminou. — Olha só, e que tal isso? Há inimigos no encalço dele, ele sabe que estão vindo, então ele limpa tudo e passa a responsabilidade, por assim dizer, para as Willett.

— As Willett foram meio que fruto do acaso — disse Charles.

— Sim, não consigo entender. Imagine se enterrar desse jeito por aqui. Violet não parece se importar. Na verdade, diz ela que gosta. Não sei o que deu nela hoje. Imagino que seja a questão doméstica. Não consigo imaginar por que as mulheres se preocupam tanto com as empregadas. Se elas se comportam mal, é só as mandar embora.

— Foi isso mesmo o que elas fizeram, não foi? — perguntou Charles.

— Sim, eu sei. Mas elas estão muito agitadas com isso tudo. A mãe prostrada dando gritos histéricos ou algo assim, e filha dando patadas. Me botou para fora agora mesmo.

— A polícia não veio aqui, por acaso? — Ronnie o encarou fixamente.

— A polícia? Não, por que viriam?

— Bem, foi só uma dúvida. Vi o Inspetor Narracott em Sittaford esta manhã.

Ronnie deixou cair a bengala com um estrondo e se abaixou para pegá-la.

— Quem você disse que estava em Sittaford esta manhã? O Inspetor Narracott?

— Sim.

— Ele é… ele é o homem encarregado do caso Trevelyan?

— Isso mesmo.

— O que ele estava fazendo em Sittaford? Onde você o viu?

— Ah, acho que ele só estava bisbilhotando — disse Charles —, verificando a vida pregressa do Capitão Trevelyan, por assim dizer.

— Você acha que foi só isso?

— Imagino que sim.

— Ele acha que alguém em Sittaford teve algo a ver com isso?

— Isso seria muito improvável, não é?

— Ah, incrivelmente. Mas então, sabe como é a polícia... sempre se metendo na coisa errada. Pelo menos é o que dizem nos romances policiais.

— Acho de fato que eles são uma corporação de homens bastante inteligentes — disse Charles. — Claro, a imprensa faz muito para ajudá-los — acrescentou.

— Ah, bem, que bom saber disso, não é? Eles com certeza pegaram esse Pearson bem rápido. Parece um caso bastante claro.

— Cristalino — disse Charles. — Ainda bem que não foi você ou eu, hein? Bem, preciso enviar alguns telegramas. Eles não parecem muito acostumados com telegramas nesse lugar. Se você enviar mais do que meia coroa de uma só vez, eles acham que você é algum lunático fugitivo.

Charles enviou os telegramas, comprou um maço de cigarros, alguns selos olho de boi de aparência duvidosa e dois livros de bolso em brochura muito velhos. Então voltou para a cabana, jogou-se na cama e dormiu com tranquilidade, ignorando de forma inocente que ele e os assuntos dele, em particular Miss Emily Trefusis, estavam sendo discutidos em vários lugares ao redor de si.

É bastante seguro dizer que havia apenas três tópicos de conversa em Sittaford naquele momento. Uma era o assassinato, o outro era a fuga do condenado e o outro era Miss Emily Trefusis e o primo. De fato, em um determinado momento, quatro conversas separadas estavam acontecendo tendo ela como assunto principal.

A primeira conversa foi na Mansão Sittaford, onde Violet Willett e a mãe tinham acabado de lavar as próprias coisas de chá devido à evasão doméstica.

— Foi Mrs. Curtis quem me contou — disse Violet. Ela ainda parecia pálida e abatida.

— É quase uma doença o jeito que essa mulher fala — disse a mãe.

— Eu sei. Parece que a garota está hospedada lá com um primo ou algo assim. Ela mencionou esta manhã que estava na casa de Mrs. Curtis, mas pensei que era simplesmente porque Miss Percehouse não tinha espaço para ela. E agora parece que ela nunca tinha visto Miss Percehouse até hoje de manhã!

— Não gosto muito daquela mulher — disse Mrs. Willett.

— Mrs. Curtis?

— Não, não, a tal Percehouse. Esse tipo de mulher é perigosa. Elas vivem pelo que podem descobrir sobre outras pessoas. Mandando aquela moça aqui buscar uma receita de bolo de café! Eu gostaria de ter enviado a ela um bolo envenenado. Isso a teria impedido de interferir de vez!

— Eu devia ter percebido... — começou Violet.

Mas a mãe a interrompeu.

— Como você poderia, minha querida? E, de qualquer modo, que mal foi feito?

— Por que você acha que ela veio aqui?

— Acho que ela não tinha nada definido em mente. Ela estava apenas espiando pela região. Mrs. Curtis tem certeza de que ela está noiva de Jim Pearson?

— Aquela garota falou isso a Mr. Rycroft, creio. Mrs. Curtis disse que suspeitava disso desde o início.

— Bem, então a coisa toda é bastante natural. Ela está apenas procurando sem rumo por algo que possa ajudar.

— Você não a viu, mamãe — disse Violet. — Ela não está sem rumo.

— Eu gostaria de tê-la visto — disse Mrs. Willett. — Mas meus nervos estavam em frangalhos esta manhã. Uma reação, imagino, depois daquela conversa com o inspetor de polícia ontem.

— Você foi maravilhosa, mamãe. Se ao menos eu não tivesse sido tão idiota... *desmaiando*. Ai! Estou envergonhada de mim mesma por fazer aquele drama todo. E lá estava a senhora perfeitamente calma e controlada... sem mexer um fio de cabelo.

— Tive um treinamento muito bom — disse Mrs. Willett num tom duro e seco. — Se você tivesse passado pelo que passei... mas aí, espero que nunca passe, minha filha. Confio e acredito que você terá uma vida feliz e pacífica pela frente.

Violet balançou a cabeça.

— Tenho medo... estou com medo...

— Bobagem... e quanto a dizer que você fez drama ao desmaiar ontem... nada disso. Não se preocupe.

— Mas aquele inspetor... ele deve pensar...

— Que foi a menção de Jim Pearson que fez você desmaiar? Sim, ele vai pensar que sim. Ele não é bobo, esse Inspetor Narracott. Mas e se ele fizer isso? Ele vai suspeitar de uma conexão e vai procurá-la, mas não vai encontrar.

— Você acha que não?

— Claro que não! Como ele poderia? Confie em mim, querida Violet. Essa é uma certeza absoluta e, de certa forma, talvez aquele seu desmaio tenha sido um acontecimento de sorte. Vamos pensar assim, de todo modo.

A segunda conversa foi no chalé do Major Burnaby. Foi um tanto unilateral, com o peso sendo suportado por Mrs. Curtis, que estava pronta para partir na última meia hora, tendo aparecido para recolher a roupa suja do Major Burnaby.

— Como a Belinda, filha de minha tia-avó Sarah, foi o que falei para o Curtis hoje de manhã — falou Mrs. Curtis, triunfante. — Uma mulher profunda... e que poderia fazer os homens comerem na palma da mão.

O Major Burnaby soltou um grande grunhido.

— Noiva de um rapaz e namorada de outro — disse Mrs. Curtis. — É Belinda de cabo a rabo. E não faz isso por diversão, veja bem. Não é apenas volúvel... ela é profunda. E agora o jovem Mr. Garfield... ela o terá enlaçado antes que se consiga piscar. Nunca vi um jovem cavalheiro mais parecido com uma ovelha do que ele esta manhã... e isso é um sinal claro.

Ela fez uma pausa para respirar.

— Bem, bem — disse o Major Burnaby. — Não se prenda por mim, Mrs. Curtis.

— O Curtis vai querer o chá, vai sim — disse Mrs. Curtis, sem se mover. — Nunca fui de ficar fofocando. Cuide do seu trabalho, é o que digo. E falando em trabalhos, o que acha, meu senhor, de uma boa faxina?

— Não! — disse o Major Burnaby com firmeza.

— Faz um mês desde que uma foi feita.

— Não. Gosto de saber onde estão as coisas todas. Depois de uma dessas faxinas, nada é colocado de volta no lugar.

Mrs. Curtis suspirou. Ela era uma apaixonada por limpeza e faxina

— É o Capitão Wyatt quem precisava de uma faxina de primavera — observou ela. — Aquele nativo desagradável dele... o que ele entende de limpeza, eu gostaria de saber? Um nojentinho.

— Não tem nada melhor do que um criado nativo — disse o Major Burnaby. — Eles sabem fazer o trabalho e não falam.

Qualquer insinuação que a última frase pudesse conter passou despercebida por Mrs. Curtis. Sua mente voltou a um tópico anterior.

— Ela recebeu dois telegramas, chegaram dois em meia hora. Deu-me um grande susto, deu sim. Mas ela os leu com tanta indiferença quanto qualquer coisa. E então ela me disse que estava indo para Exeter e só voltaria amanhã.

— Ela levou o rapaz com ela? — perguntou o major, com um vislumbre de esperança.

— Não, ele ainda está aqui. Um jovem cavalheiro de fala agradável. Ele e ela formam um belo par.

O Major Burnaby grunhiu.

— Bem — disse Mrs. Curtis. — Já vou indo.

O major mal ousou respirar, com medo de que pudesse distraí-la de seu intento. Mas desta vez Mrs. Curtis cumpriu a palavra. A porta se fechou atrás dela.

Com um suspiro de alívio, o major puxou um cachimbo e começou a examinar o prospecto de uma certa mina, expresso em termos tão ostensivamente otimistas que teriam levantado suspeitas em qualquer coração, exceto no de uma viúva ou de um soldado aposentado.

— Doze por cento — murmurou o Major Burnaby. — Isso parece muito bom...

No chalé seguinte, o Capitão Wyatt estava repreendendo Mr. Rycroft.

— Pessoas como o senhor — disse ele — não sabem nada do mundo. Nunca viveram. Nunca passaram por dificuldades.

Mr. Rycroft não disse nada. Era tão difícil não dizer a coisa errada ao Capitão Wyatt que em geral era mais seguro não responder.

O capitão inclinou-se para o lado de sua cadeira de inválido.

— Onde foi parar essa cadela? Uma garota bonita — acrescentou. A associação de ideias na mente dele era bastante natural.

Não foi tanto para Mr. Rycroft, que olhou para ele de forma escandalizada.

— O que ela veio fazer aqui? É isso que eu queria saber — perguntou o Capitão Wyatt. — Abdul!

— Sahib?

— Onde está a Bully? Ela saiu de novo?

— Ela está na cozinha, Sahib.

— Bem, não dê comida a ela. — Ele afundou na cadeira outra vez e seguiu pelo segundo assunto. — O que ela quer aqui? Com quem ela iria falar em um lugar como este? Vocês, velhos antiquados, vão todos entediá-la. Falei com ela esta manhã. Espero que ela tenha ficado surpresa ao encontrar um homem como eu em um lugar como este.

Ele torceu o bigode.

— Ela está noiva de James Pearson — disse Mr. Rycroft. — O senhor sabe, o homem que foi preso pelo assassinato de Trevelyan.

Wyatt derrubou um copo de uísque que acabara de levar aos lábios com um estrondo no chão. Na mesma hora ele gritou por Abdul e o xingou sem parar por não ter colocado uma mesinha em ângulo conveniente em relação à sua cadeira. Então retomou a conversa.

— Então é isso que ela é. Boa demais para um pé de chinelo como aquele. Uma garota como essa quer um homem de verdade.

— O jovem Pearson é muito bem-apessoado — disse Mr. Rycroft.

— Bem-apessoado, bem-apessoado... uma garota não quer um modelo de revista. O que esse tipo de rapaz que trabalha em um escritório todos os dias sabe da vida? Que experiência ele teve de realidade?

— Talvez a experiência de ser julgado por assassinato seja realidade suficiente para durar algum tempo — disse Mr. Rycroft secamente.

— A polícia tem certeza de que foi ele, hein?

— Eles devem ter quase certeza ou não o teriam prendido.

— Caipiras do interior — disse o Capitão Wyatt com desdém.

— Não é bem assim — disse Mr. Rycroft. — O Inspetor Narracott me pareceu esta manhã um homem capaz e eficiente.

— Onde você o viu esta manhã?

— Ele bateu na minha casa.

— Ele não bateu na minha — exclamou o Capitão Wyatt de modo ofendido.

— Bem, você não era um amigo próximo de Trevelyan, nem nada assim.

— Não sei o que você quer dizer. Trevelyan era um mesquinho, e eu disse isso na cara dele. Ele não podia vir querendo mandar em mim. Eu não me curvei a ele como o resto das pessoas aqui. Sempre visitando... visitando... visitando demais. Se eu decido não ver ninguém por uma semana, ou um mês, ou um ano, isso é problema meu.

— O senhor não vê ninguém há uma semana, não é? — perguntou Mr. Rycroft.

— Não, e por que deveria? — O inválido irritado bateu na mesa. Mr. Rycroft estava ciente, como sempre, de ter dito a coisa errada. — Por que diabos eu deveria? Me diga?

Mr. Rycroft manteve-se prudentemente calado. A ira do capitão diminuiu.

— Ainda assim — ele rosnou —, se a polícia quer saber sobre Trevelyan, sou o homem a quem eles deveriam ter procurado. Eu corri o mundo e tenho discernimento. Posso avaliar um homem pelo que ele vale. De que adianta ir a um monte de molengas e velhas? O que eles querem é o discernimento de um *homem*.

Ele bateu na mesa de novo.

— Bem — disse Mr. Rycroft —, imagino que eles acreditem saber o que estão procurando.

— Eles perguntaram de mim? — questionou o Capitão Wyatt. — Eles devem ter perguntado, naturalmente.

— Bem, er, não lembro bem — disse Mr. Rycroft com cautela.

— Por que não consegue se lembrar? Você ainda não está senil.

— Acho que eu estava... er... perturbado — respondeu Mr. Rycroft, calmo.

— Você estava perturbado? Com medo da polícia? Não tenho medo da polícia. Deixe-os vir aqui. É o que eu digo. Vou mostrar a eles. Sabia que atirei em um gato a cem metros de distância outra noite?

— Foi? — disse Mr. Rycroft.

O hábito do capitão de disparar um revólver em gatos reais ou imaginários era uma dura provação para os vizinhos.

— Bem, estou cansado — disse o Capitão Wyatt de repente. — Quer tomar outro drinque antes de ir?

Interpretando de forma correta essa dica, Mr. Rycroft levantou-se. O Capitão Wyatt continuou a incentivá-lo a beber.

— Você seria o dobro do homem que é se bebesse um pouco mais. Um homem que não gosta de beber não é um homem.

Mas Mr. Rycroft continuou a recusar a oferta. Ele já havia consumido um uísque com soda particularmente forte.

— Que chá você bebe? — perguntou Wyatt. — Não entendo nada de chá. Mandei Abdul comprar algum. Achei que aquela garota poderia gostar de vir tomar chá um dia. Maldita garota bonita. Preciso fazer algo por ela. Ela deve estar morrendo de tédio em um lugar como este, sem ninguém para conversar.

— Há um jovem com ela — disse Mr. Rycroft.

— Os jovens de hoje me dão nojo — disse o Capitão Wyatt. — O que eles têm de bom?

Sendo esta uma pergunta difícil de responder de modo adequado, Mr. Rycroft não tentou, ele preferiu partir.

A cadela bull terrier o acompanhou até o portão, deixando-o bastante alarmado.

No chalé número 4, Miss Percehouse estava conversando com o sobrinho, Ronald.

— Se você gosta de ficar correndo atrás de uma garota que não te quer, isso é problema seu, Ronald — dizia ela. — É melhor ficar com a moça Willett. Você pode ter uma chance ali, embora eu ache extremamente improvável.

— Ora... — protestou Ronnie.

— A outra coisa que tenho a dizer é que, se há um policial em Sittaford, eu deveria ter sido informada disso. Quem sabe, eu poderia dar a ele informações valiosas.

— Eu mesmo não sabia disso até depois que ele se foi.

— Isso é tão típico de você, Ronnie. Absolutamente típico.

— Desculpe, tia Caroline.

— E quando você está pintando os móveis do jardim, não há necessidade de pintar o rosto também. Não melhora nada e ainda desperdiça a tinta.

— Desculpe, tia Caroline.

— E agora — disse Miss Percehouse, fechando os olhos —, não discuta mais comigo. Estou cansada.

Ronnie arrastou os pés e pareceu desconfortável.

— Então? — disse Miss Percehouse, brusco.

— Ah! Nada... é só que...

— Sim?

— Bem, eu queria saber se a senhora se importaria se eu fosse para Exeter amanhã.

— Por quê?

— Bem, quero encontrar um amigo lá.

— Que tipo de amigo?

— Ah! É só um amigo.

— Se um rapaz quer contar mentiras, ele tem que fazê-lo bem — disse Miss Percehouse.

— Ah! Digo... mas...

— Não se desculpe.

— Está tudo bem, então? Eu posso ir?

— Não sei o que quer dizer com "posso ir?", como se você fosse uma criança pequena. Você tem mais de 21 anos.

— Sim, mas o que quero dizer é que não quero...

Miss Percehouse fechou os olhos de novo.

— Já pedi uma vez para você não discutir. Estou cansada e desejo descansar. Se o "amigo" que você está indo ver em Exeter usa saias e se chama Emily Trefusis, você é ainda mais tolo, é tudo o que tenho a dizer.

— Mas olhe só...

— Estou cansada, Ronald. Isso basta.

Capítulo 22

As aventuras noturnas de Charles

Charles não via com nenhum prazer a perspectiva de passar a noite em claro. Pessoalmente, ele achava que aquilo seria um tiro n'água. Emily, na sua opinião, possuía uma imaginação muito vívida.

Ele estava convencido de que ela havia interpretado nas poucas palavras que havia escutado um sentido que tinha origem na sua própria cabeça. Provavelmente, era puro cansaço que havia induzido Mrs. Willett a ansiar pela noite.

Charles olhou para fora da janela e teve um calafrio. Era uma noite gelada, crua e enevoada — a última noite em que alguém poderia desejar passar ao ar livre esperando para que algo de natureza muito nebulosa acontecesse.

Ainda assim, não ousou ceder ao intenso desejo de se manter confortável em ambientes fechados. Ele se lembrou do tom melífluo da voz de Emily, quando ela disse: "É maravilhoso ter alguém em que você possa confiar de verdade".

Ela confiava nele, em Charles, e ela não devia confiar em vão. O quê? Desapontar aquela garota bonita e desamparada? Nunca.

Além disso, enquanto vestia todas as roupas de baixo que possuía antes de se cobrir com dois pulôveres e o sobretudo, refletiu que era provável que as coisas ficassem particularmente desagradáveis se Emily, ao retornar, descobrisse que ele não havia cumprido a promessa.

Era provável que ela dissesse coisas terríveis. Não, ele não podia correr o risco. Mas, quanto a acontecer alguma coisa...

E de todo modo, quando e como isso iria acontecer? Ele não poderia estar em todos os lugares de uma vez só. Provavelmente, o que quer que fosse acontecer, aconteceria dentro da Mansão Sittaford e ele nunca saberia nada sobre isso.

— Assim como uma garota — resmungou para si mesmo —, partindo para Exeter e me deixando para fazer o trabalho sujo.

E então lembrou mais uma vez do tom melífluo na voz de Emily quando ela expressava a dependência dele, e ele se sentiu envergonhado por sua irritação.

Ele terminou de se vestir, ficando parecido com Tweedledee, e efetuou uma saída discreta do chalé. A noite estava ainda mais fria e mais desagradável do que ele pensava. Emily percebia tudo o que ele estava prestes a sofrer por ela? Esperava que sim.

A mão terna desceu até o bolso e acariciou um frasco escondido em um bolso próximo.

— O melhor amigo de um rapaz — murmurou ele. — Ao menos *será*, numa noite como essa, claro.

Com os devidos cuidados, ele entrou no terreno da Mansão Sittaford. As Willett não tinham cachorros, então não havia perigo de alarme naquele canto. Uma luz na cabana do jardineiro mostrou que estava habitada. A própria Mansão Sittaford estava na escuridão, exceto por uma janela iluminada no primeiro andar.

"Essas duas estão sozinhas na casa", pensou Charles, "eu mesmo não ia querer estar lá. É um pouco assustador!" Ele ficou pensando se Emily de fato havia escutado a frase "Esta noite nunca chegará?". O que isso realmente significava?

"Pergunto-me", pensou consigo mesmo, "se elas pretendem fugir de mansinho? Bem, aconteça o que acontecer, o pequeno Charles estará aqui para ver."

Ele circulou a casa a uma distância discreta. Devido à natureza enevoada da noite, não tinha receio de ser observado. Tudo o que conseguia ver parecia estar como sempre estivera. Uma visita cautelosa às dependências externas mostrou que estavam trancadas.

— Espero que aconteça algo — disse Charles, com o passar das horas. Ele tomou um gole prudente da garrafinha. — Nunca vi nada como esse frio. "O que você passou na Grande Guerra, papai?" Não pode ter sido pior do que isso.

Ele olhou para o relógio e ficou surpreso ao descobrir que ainda eram apenas 23h40. Estava convencido de que já devia estar quase amanhecendo.

Um som inesperado o deixou agitado e de ouvidos atentos. Era o som de uma tranca sendo muito gentilmente levantada da base, e veio da direção da casa. Charles deu uma corridinha silenciosa indo de arbusto em arbusto. Sim, ele estava correto, a pequena porta lateral estava se abrindo devagar. Uma figura escura estava no limiar. Olhava com ansiedade para a noite.

— Mrs. ou Miss Willett — disse Charles para si mesmo. — A bela Violet, eu acho.

Depois de esperar alguns minutos, a figura deu um passo sobre o caminho, fechou a porta atrás de si sem fazer barulho e começou a se afastar da casa em direção aos fundos. O caminho em questão levava para trás da Mansão Sittaford, passando por uma pequena plantação de árvores e assim por diante até a charneca aberta.

O caminho ficava bem perto dos arbustos onde Charles estava escondido, tão perto que Charles foi capaz de reconhecer a mulher quando ela passou. Ele estava certo, era Violet Willett. Ela usava um longo casaco escuro e tinha uma boina na cabeça.

Ela continuou, e Charles a seguiu da forma mais silenciosa possível. Ele não tinha medo de ser visto, mas estava atento ao perigo de ser ouvido. Estava particularmente ansioso para não deixar a garota alarmada. Devido aos cuidados dele nesse quesito, ela foi tomando distância. Por alguns instantes, ele temeu tê-la perdido, mas quando ele, por sua vez, atravessou ansioso a plantação de árvores, a viu um pouco à frente dele. Ali, o muro baixo que cercava a propriedade era interrompido por um portão. Violet Willett estava de pé nesse portão, inclinando-se sobre ele, espiando a noite.

Charles chegou tão perto quanto ousava ir e aguardou. O tempo passava. A garota trazia uma pequena lanterna de bolso consigo e, uma vez que a acendeu por alguns instantes, a aproximando, acreditava Charles, para ver a hora no relógio de pulso que usava, então se inclinou por sobre o portão outra vez com a mesma postura de expectativa interessada. De repente, Charles ouviu um apito baixo, repetido duas vezes.

Viu a garota ficar atenta de súbito. Ela se inclinou, afastando-se do portão, e dos lábios dela veio o mesmo sinal — um apito baixo repetido duas vezes.

Então, com surpreendente rapidez, a silhueta de um homem surgiu da noite. A garota soltou uma exclamação baixa. Ela recuou alguns passos, o portão balançou para dentro e o homem se juntou a ela. Ela falou com ele num tom baixo e apressado. Incapaz de pegar o que eles diziam, Charles avançou um pouco imprudente. Um galho estalou sob os pés dele. O homem girou ao redor no mesmo instante.

— O que foi isso? — disse ele.

Ele avistou a figura de Charles batendo em retirada.

— Ei, você, pare! O que está fazendo aqui?

Com um salto, ele correu atrás de Charles. Charles se virou e o abordou habilmente. No instante seguinte, estavam rolando várias vezes, presos num abraço apertado. A disputa foi curta. O agressor de Charles era de longe o mais pesado e mais forte dos dois. Ele se levantou empurrando o cativo com ele.

— Ligue essa lanterna, Violet — disse ele. — Vamos dar uma olhada nesse sujeito.

A garota, que estava aterrorizada a alguns passos de distância, se afastou e ligou a lanterna obedientemente.

— Deve ser o homem que está hospedado na vila — disse ela. — Um jornalista.

— Um jornalista, hein? — exclamou o outro. — Não gosto dessa raça. O que você está fazendo, seu lixo, bisbilhotando propriedades privadas a essa hora da noite?

A lanterna vacilou na mão de Violet. Pela primeira vez, Charles teve uma visão completa do antagonista. Por alguns minutos, ele alimentou a ideia louca de que o visitante poderia ser o condenado que havia escapado. Um olhar para o outro dissipou qualquer fantasia. Era um jovem com não mais de 24 ou 25 anos. Alto, bonito e determinado, sem nada de criminoso perseguido nele.

— Agora — disse ele de modo brusco —, qual é seu nome?

— Meu nome é Charles Enderby — disse Charles. — Você não me disse o seu — continuou ele.

— A ousadia!

Um lampejo repentino de inspiração veio a Charles. Um palpite inspirado já o havia salvo mais de uma vez. Era um tiro no escuro, mas acreditava estar certo.

— Eu acho, no entanto — disse ele, calmo — que eu posso adivinhar.

— Hein?

O outro ficou claramente surpreso.

— Eu acho — disse Charles — que tenho o prazer de me dirigir a Brian Pearson, da Austrália. É isso mesmo?

Houve um silêncio, um longo silêncio. Charles tinha a sensação de que o jogo havia virado.

— Como diabos você sabe disso, não sei dizer — falou o outro —, mas você está certo. Meu nome *é* Brian Pearson.

— Nesse caso — disse Charles —, sugiro irmos até a casa e conversamos sobre isso!

Capítulo 23

Em Hazelmoor

O Major Burnaby estava fazendo as contas ou, para usar uma frase mais ao estilo de Dickens, ele estava cuidando dos negócios. O major era um homem extremamente metódico. Em um livro encadernado, mantinha um registro das ações compradas, ações vendidas e a consequente perda ou lucro — em geral, uma perda, pois, assim como a maioria dos militares aposentados, o major era atraído por uma alta taxa de juros, e não por uma porcentagem modesta aliada à segurança.

— Esses poços de petróleo pareciam bons — murmurava. — Parecia que haveria uma fortuna nisso. Foi quase tão ruim quanto aquela mina de diamantes! Terras canadenses, isso deve ser seguro agora.

As cogitações foram interrompidas quando a cabeça de Mr. Ronald Garfield apareceu na janela aberta.

— Olá — disse Ronnie, com alegria —, espero não estar me intrometendo?

— Se vai entrar, dê a volta pela porta da frente — disse o Major Burnaby. — E cuidado com os cactos. Creio que você está pisando neles no momento.

Ronnie recuou com um pedido de desculpas e logo se apresentou na porta da frente.

— Limpe os pés no capacho, por obséquio — berrou o major.

Ele achava os jovens difíceis ao extremo. De fato, o único jovem pelo qual se sentiu inclinado a ser gentil em um longo tempo, foi o jornalista Charles Enderby.

"Um bom rapaz", pensou o major, "e muito interessado também no que contei a ele sobre a Guerra dos Bôeres."

Com relação a Ronnie Garfield, o major não sentia tal gentileza. Praticamente tudo o que o infeliz Ronnie dizia ou fazia conseguia irritar o major. Ainda assim, hospitalidade é hospitalidade.

— Quer beber algo? — perguntou o major, fiel a essa tradição.

— Não, obrigado. Na verdade, passei aqui para ver se não poderíamos viajar juntos. Eu queria ir para Exhampton hoje e ouvi dizer que Elmer foi contratado para levá-lo.

Burnaby assentiu.

— Tenho que revisar as coisas de Trevelyan — explicou ele. — A polícia já liberou o lugar.

— Bem, veja só — disse Ronnie, um tanto desajeitado —, eu gostaria de ir para Exhampton particularmente hoje. Me ocorreu que poderíamos ir juntos e dividir as despesas, por assim dizer. Hein? Que tal isso?

— Com certeza — disse o major. — Estou de acordo. Mas seria melhor para você se fosse caminhando — acrescentou. — O exercício. Nenhum de vocês, rapazes de hoje em dia, faz qualquer exercício. Seis milhas rápidas de ida e seis milhas rápidas de volta fariam a você todo o bem do mundo. Se não fosse pelo fato de eu precisar do carro para trazer algumas das coisas de Trevelyan para cá, eu mesmo iria caminhando. Ficar molenga, esse é o mal dos tempos atuais.

— Ah, bom — disse Ronnie —, não sou muito de me cansar. Mas fico feliz por termos resolvido tudo bem. Elmer disse que o senhor sairia às onze horas. Isso está certo?

— É isso mesmo.

— Bom. Vou estar lá.

Ronnie não era muito bom em manter a palavra. A ideia de estar no local era chegar dez minutos atrasado, e encontrou o

Major Burnaby furioso e irritado, e sem nenhuma inclinação a se deixar aplacar por um descuidado pedido de desculpas.

"Que alvoroço os velhos fazem", pensou Ronnie consigo mesmo. "Não fazem ideia do tormento que são para todos com sua pontualidade, e querer tudo feito na mesma hora, e os malditos exercícios para se manterem em forma."

Durante alguns minutos, a mente dele brincou de maneira agradável com a ideia de um casamento entre o Major Burnaby e a tia. Quem, ele se perguntou, levaria a melhor? Acreditava que seria sempre a tia. Era bastante divertido imaginá-la batendo palmas e soltando gritos estridentes para chamar o major para ficar a seu lado.

Limpando essas reflexões da mente, começou a conversar contente.

— Sittaford se tornou um lugar muito alegre... Ora! Miss Trefusis e esse sujeito Enderby e o rapaz da Austrália... a propósito, quando ele chegou? Ele estava lá hoje de manhã, todo pimpão, e ninguém sabia de onde ele tinha vindo. Isso tem deixado minha tia muito preocupada.

— Ele está morando com as Willett — disse o Major Burnaby, num tom aspero.

— Sim, mas de onde ele veio? Mesmo as Willett não têm um aeroporto privado. Sabe, acho que há algo de misterioso nesse rapaz, Pearson. Ele tem o que chamo de um brilho desagradável nos olhos... um brilho muito desagradável. Tenho a impressão de que ele é o sujeito que matou o pobre velho Trevelyan.

O major não respondeu.

— A minha ideia é a seguinte — continuou Ronnie — os caras que vão para as colônias, em geral, são maçãs podres. Os parentes não gostam deles e os empurram para longe por esse motivo. Muito bem então, aí está. A maçã podre volta, sem dinheiro, visita o tio rico na vizinhança na época do Natal, o parente rico não paga nada ao sobrinho pobre, e o sobrinho pobre o rebate. Isso é o que chamo de teoria.

— Você deveria mencionar isso à polícia — disse o Major Burnaby.

— Achei que o senhor poderia fazer isso — disse Mr. Garfield. — O senhor é que era o amiguinho de Narracott, não é? A propósito, ele não voltou a bisbilhotar Sittaford, voltou?

— Não que eu saiba.

— Não vai encontrar o senhor em casa hoje, não é?

— Não.

A brevidade das respostas do Major pareceu enfim atingir Ronnie.

— Bem — disse ele, vago —, é isso. — E voltou a cair num silêncio pensativo.

Em Exhampton, o carroção parou do lado de fora do Três Coroas. Ronnie desceu e depois de combinar com o major que eles se encontrariam lá às 16h30 para a viagem de volta, ele caminhou na direção das lojas que Exhampton oferecia.

O major foi primeiro falar com Mr. Kirkwood. Após uma breve conversa com ele, pegou as chaves e partiu para Hazelmoor.

Ele disse a Evans para encontrá-lo lá às doze horas e viu o fiel criado esperando na porta. Com um rosto bastante sombrio, o Major Burnaby inseriu a chave na porta da frente e entrou na casa vazia, com Evans nos calcanhares dele. Ele não entrava ali desde a noite da tragédia e, apesar da determinação férrea de não demonstrar fraqueza, sentiu um leve arrepio ao passar pela sala de estar.

Evans e o major trabalharam juntos em sintonia e silêncio. Quando um deles fazia uma breve observação, era devidamente apreciado e compreendido pelo outro.

— É um trabalho desagradável, mas tem que ser feito — disse o Major Burnaby.

Evans, separando as meias em pilhas organizadas e contando os pijamas, respondeu:

— Parece um pouco artificial, mas como o senhor diz, senhor, tem que ser feito.

Evans era hábil e eficiente no trabalho. Tudo foi separado e organizado e classificado de forma cuidadosa em pilhas.

Às treze horas, eles se dirigiram ao Três Coroas para uma refeição rápida no meio do dia. Quando voltaram para casa, o major de repente pegou Evans pelo braço quando este fechou a porta da frente atrás de si.

— Silêncio — disse ele. — Está ouvindo passos lá em cima? Está... está no quarto de Joe.

— Meu Deus, senhor. É mesmo.

Uma espécie de terror supersticioso dominou os dois por um minuto, e então, libertando-se dele e endireitando os ombros com raiva, o major caminhou até o pé da escada e gritou com voz estrondosa:

— Quem está aí? Saia daí, estou mandando.

Para intensa surpresa e aborrecimento e, no entanto, devia-se confessar, em busca de alívio, Ronnie Garfield apareceu no topo da escada. Ele parecia envergonhado e constrangido.

— Olá — disse ele. — Estive procurando pelo senhor.

— O que você quer dizer com procurando por mim?

— Bem, eu queria lhe dizer que não estarei pronto às 16h30. Tenho de ir para Exeter. Então, não espere por mim. Vou ter que pegar um carro em Exhampton.

— Como você entrou nesta casa? — perguntou o major.

— A porta estava aberta — exclamou Ronnie. — Naturalmente, pensei que o senhor estivesse aqui.

O major virou-se de forma brusca para Evans.

— Você não trancou a porta quando saiu?

— Não, senhor, eu não tinha a chave.

— Estupidez da minha parte — murmurou o major.

— O senhor não se importa, não é? — disse Ronnie. — Não consegui ver ninguém lá embaixo, então subi e dei uma olhada.

— Claro, não importa — retrucou o major. — Você me assustou, só isso.

— Bem — disse Ronnie, com alegria —, tenho que ir agora. Até mais.

O major grunhiu. Ronnie desceu as escadas.

— Então... — falou ele, de modo infantil — o senhor se importa de me dizer... er... er... onde foi que aconteceu?

O major apontou com o polegar na direção da sala de estar.

— Ah, posso dar uma olhada lá dentro?

— Se quiser — rosnou o major.

Ronnie abriu a porta da sala de estar. Ele se ausentou por alguns minutos e depois voltou.

O major havia subido as escadas, mas Evans estava no corredor. Ele tinha o ar de um buldogue de guarda, os pequenos olhos fundos observavam Ronnie com um escrutínio um tanto malicioso.

— Nossa... — disse Ronnie. — Pensei que não se podia lavar manchas de sangue. Achei que, por mais que as lavasse, elas sempre voltavam. Ah, claro, o velho levou um golpe com um saco de areia, não foi? Que burrice a minha. Foi um desses, não foi? — Ele pegou um longo cilindro estreito que estava contra uma das outras portas. Ele o pesou, reflexivo, e o equilibrou na mão. — Belo brinquedinho, hein? — Ele fez alguns movimentos hesitantes com ele no ar.

Evans ficou em silêncio.

— Bem — disse Ronnie, percebendo que o silêncio não estava sendo totalmente apreciativo —, é melhor eu ir andando. Receio ter tido um pouco de falta de tato, não é? — Ele apontou com a cabeça para o andar superior. — Esqueci que eles eram muito amigos e tudo o mais. Uma dupla, não eram? Bem, eu de fato estou indo agora. Me desculpe se falei alguma coisa errada.

Ele atravessou o corredor e saiu pela porta da frente. Evans permaneceu impassível no corredor, e somente quando ouviu o trinco do portão atrás de Mr. Garfield ele subiu as escadas e se juntou ao Major Burnaby. Sem nenhuma palavra ou comentário, ele continuou de onde havia parado, atravessando a sala e ajoelhando-se em frente ao armário.

Às 15h30, a tarefa estava concluída. Um baú com roupas e peças íntimas foi entregue a Evans, e outro foi amarrado, pronto para ser enviado ao Orfanato dos Marinheiros. Papéis e contas foram colocados em uma maleta e Evans recebeu instruções para consultar uma empresa local de remoção sobre o armazenamento dos vários troféus e cabeças esportivas, já que não havia espaço para eles no chalé do Major Burnaby. Como Hazelmoor já havia sido alugado com mobília, nenhuma outra dúvida surgiu.

Quando tudo isso foi resolvido, Evans pigarreou nervosamente uma ou duas vezes, e então disse:

— Desculpe-me, senhor, mas... vou precisar de um emprego cuidando de algum cavalheiro, assim como fiz com o capitão.

— Sim, sim, pode dizer a qualquer um para solicitar uma recomendação da minha parte. Tudo bem.

— Com licença, senhor, não foi bem isso que eu quis dizer. Rebecca e eu, senhor, conversamos sobre isso e estávamos nos perguntando se, senhor... se talvez o senhor nos daria uma chance?

— Ah! Mas... bem, eu cuido de mim mesmo, como você sabe. Aquela velha, qual é o nome dela, vem e limpa para mim uma vez por dia e cozinha algumas coisas. Isso é... er... quase tudo que posso pagar.

— Não é o dinheiro que importa tanto, senhor — disse Evans com rapidez. — Veja bem, senhor, eu gostava muito do capitão e... bem, se eu pudesse fazer pelo senhor o mesmo que fiz por ele, bem, seria quase a mesma coisa, se sabe o que quero dizer.

O major pigarreou e desviou os olhos.

— É muito digno da sua parte. Dou minha palavra que vou... vou pensar no assunto.

E saindo com entusiasmo, quase disparou pela estrada. Evans ficou olhando para ele, um sorriso compreensivo no rosto.

— Como unha e carne, ele e o capitão — murmurou. E então uma expressão confusa surgiu no rosto. — Onde será que discordavam? — murmurou. — É um pouco estranho isso. Tenho que perguntar a Rebecca o que ela acha.

Capítulo 24

O Inspetor Narracott discute o caso

— Não estou totalmente satisfeito com isso, senhor — disse o Inspetor Narracott.

O chefe de polícia olhou para ele de modo interrogativo.

— Não — disse o Inspetor Narracott. — Não estou tão feliz com isso quanto antes.

— Você não acha que temos o homem certo?

— Não estou satisfeito. Veja bem, para começar, tudo apontava para um lado, mas agora é diferente.

— As evidências contra Pearson permanecem as mesmas.

— Sim, mas muitas outras evidências surgiram, senhor. Há o outro Pearson, Brian. Pensando que não tínhamos mais o que procurar, aceitei a declaração de que ele estava na Austrália. Agora, acontece que ele estava na Inglaterra o tempo todo. Parece que ele voltou para a Inglaterra há dois meses e, ao que tudo indica, viajou no mesmo barco que essas Willett. Parece que ele se apaixonou pela moça durante a viagem. De todo modo, por qualquer motivo, ele não se comunicou com ninguém de sua família. Nem a irmã nem o irmão faziam ideia de que ele estava na Inglaterra. Na quinta-feira da semana passada, ele deixou o Hotel Ormsby, em Russell Square, e dirigiu até Paddington. De lá até terça-feira à noite, quando Enderby o encontrou, ele se recusa a explicar quaisquer que fossem os movimentos que fez.

— Você apontou para ele a gravidade de agir assim?

— Disse que não dava a mínima. Que não teve nada a ver com o assassinato e cabia a nós provar que ele tinha. O modo como ele utilizou o tempo era problema dele e não nosso, e ele se recusou terminantemente a declarar onde estava e o que estava fazendo.

— Muito incomum — disse o chefe de polícia.

— Sim, senhor. É um caso incomum. Veja bem, não adianta fugir dos fatos, esse homem se encaixa muito mais no tipo do que o outro. Há algo incongruente em James Pearson bater na cabeça de um velho com um saco de areia... mas, de certo modo, parece ser algo costumeiro para alguém como Brian Pearson. Ele é um jovem temperamental e arrogante, e sai lucrando exatamente na mesma medida, lembre-se. Sim, ele chegou com o Mr. Enderby hoje de manhã, todo alegre e faceiro, muito direto e franco, foi isso que ele fez. Mas não vai colar, senhor, não vai colar.

— Hm... você quer dizer...

— Não é corroborado pelos fatos. Por que ele não se apresentou antes? A morte do tio saiu nos jornais no sábado. O irmão dele foi preso na segunda-feira. E ele não deu sinal de vida. E também nem teria, se aquele jornalista não o tivesse encontrado no jardim da Mansão Sittaford à meia-noite da noite passada.

— O que ele estava fazendo lá? Enderby, quis dizer.

— O senhor sabe como são os jornalistas — disse Narracott —, sempre bisbilhotando. Eles são estranhos.

— Eles são um incômodo danado, e com muita frequência — disse o chefe de polícia. — Embora eles tenham seus usos também.

— Imagino que foi a moça que o induziu a isso — disse Narracott.

— A moça?

— Miss Emily Trefusis.

— Como ela sabia alguma coisa sobre isso?

— Ela esteve em Sittaford bisbilhotando. E ela é o que se chamaria de uma jovem perspicaz. Ela não deixa passar nada.

— Qual foi o relato do próprio Brian Pearson sobre os movimentos dele?

— Disse que veio à Mansão Sittaford para ver a garota dele, Miss Willett. Ela saiu de casa para encontrá-lo quando todos estavam dormindo porque não queria que a mãe soubesse disso. Essa é a história deles.

A voz do Inspetor Narracott expressava nítida descrença.

— Acredito, senhor, que se Enderby não o tivesse levado à terra, ele nunca teria se apresentado. Ele teria voltado para a Austrália e reivindicado a herança de lá.

Um leve sorriso cruzou os lábios do chefe de polícia.

— Como ele deve ter xingado esses jornalistas intrometidos e pestilentos — murmurou.

— Outra coisa veio à tona — continuou o inspetor. — Há três Pearson, lembre-se, e Sylvia Pearson é casada com Martin Dering, o romancista. Ele me disse que almoçou e passou a tarde com um editor americano e foi a um jantar literário à noite, mas agora parece que ele não estava no jantar.

— Quem disse isso?

— Enderby de novo.

— Acho que preciso conhecer Enderby — disse o chefe de polícia. — Ele parece ser um dos fios condutores desta investigação. Sem dúvida, o *Daily Wire* tem alguns jovens brilhantes na equipe.

— Bem, é claro, isso pode significar pouco ou nada — continuou o inspetor. — O Capitão Trevelyan foi morto antes das seis horas, então onde Dering passou a noite de verdade não tem importância... mas por que ele iria mentir deliberadamente sobre isso? Não gosto disso, senhor.

— Não — concordou o chefe de polícia. — Parece um pouco desnecessário.

— Faz a gente pensar que a coisa toda pode ser falsa. É uma suposição exagerada, creio, mas Dering *poderia* ter deixado Paddington no trem das 12h10, chegado em Exhampton algum tempo depois de ter matado o velho, pego o trem das 18h10 e voltado para casa antes da meia-noite. De qualquer forma, isso precisa ser investigado, senhor. Temos que investigar a situação financeira dele, ver se ele estava desesperadamente quebrado. Qualquer dinheiro que a esposa ganhasse, ele teria que administrar. Dá para saber disso só de olhar para ela. Temos que ter certeza absoluta de que o álibi da tarde seja válido.

— A coisa toda é extraordinária — comentou o chefe de polícia. — Mas ainda acho que as evidências contra Pearson são bastante conclusivas. Vejo que não concorda comigo. Tem a sensação de que pegou o homem errado.

— As provas estão corretas — admitiu o Inspetor Narracott —, são circunstanciais e tudo mais, e qualquer júri irá condená-lo. Ainda assim, o que o senhor diz é verdade: não o vejo como um assassino.

— E a garota dele é muito ativa no caso — disse o chefe de polícia.

— Miss Trefusis, sim, ela é única, sem dúvida. Uma jovem muito bonita. E absolutamente determinada a tirá-lo de lá. Ela agarrou aquele jornalista, Enderby, e ele está trabalhando para ela com todas as forças. Ela é boa demais para Mr. James Pearson. Além da boa aparência, eu não diria que havia muito nele em termos de caráter.

— Mas se ela está se dando a todo esse trabalho, é porque gosta disso — disse o chefe de polícia.

— Ah, bem — disse o Inspetor Narracott — não há como contar com gostos. Bem, o senhor concorda que é melhor eu aceitar esse álibi de Dering sem mais demora?

— Sim, comece logo. E o quarto interessado no testamento? Há um quarto, não é?

— Sim, a irmã. Está tudo bem. Eu fiz perguntas lá. Ela estava em casa às dezoito horas, sim, senhor. Vou continuar com o negócio de Dering.

Cerca de cinco horas depois, o Inspetor Narracott se viu de novo na pequena sala de estar da residência de Nook. Desta vez, Mr. Dering estava em casa. Ele não podia ser incomodado enquanto escrevia, a empregada lhe dissera a princípio, mas o inspetor apresentou um cartão oficial e ordenou que ela o levasse ao patrão sem demora. Enquanto esperava, ele caminhou para cima e para baixo na sala. Sua mente estava trabalhando de forma ativa. De vez em quando ele pegava um pequeno objeto de uma mesa, olhava para ele quase sem ver e então o recolocava no lugar. A cigarreira de acácia-negra australiana — possivelmente um presente de Brian Pearson. Ele pegou um livro velho bastante surrado. *Orgulho e preconceito*. Abriu a capa e viu rabiscado na folha de guarda com tinta bastante desbotada o nome Martha Rycroft. De alguma forma, o nome de Rycroft parecia familiar, mas no momento não conseguia lembrar por quê. Foi interrompido quando a porta se abriu e Martin Dering entrou na sala.

O romancista era um homem de estatura mediana com cabelos castanhos grossos e pesados. Ele era bonito de uma forma um tanto pesada, com lábios bastante carnudos e vermelhos.

O Inspetor Narracott não se impressionou com a aparência.

— Bom dia, Mr. Dering. Desculpe incomodá-lo aqui de novo.

— Ah, não tem importância, inspetor, mas de fato não tenho a lhe contar mais do que já lhe disse.

— Fomos levados a entender que seu cunhado, Mr. Brian Pearson, estava na Austrália. Agora, descobrimos que ele esteve na Inglaterra nos últimos dois meses. Acho que eu poderia ter sido avisado disso. Sua esposa me disse claramente que ele estava em Nova Gales do Sul.

— Brian está na Inglaterra! — Dering parecia surpreso de maneira genuína. — Posso assegurar-lhe, inspetor, que eu não tinha conhecimento desse fato. Tampouco, e tenho certeza disso, minha esposa.

— Ele não se comunicou com o senhor de forma alguma?

— Não, na realidade, sei que por duas vezes Sylvia escreveu cartas para a Austrália durante esse tempo.

— Ah, bom, nesse caso, peço desculpas, senhor. Mas, naturalmente, pensei que ele teria se comunicado com os parentes, e fiquei um pouco sentido com vocês por terem escondido isso de mim.

— Bem, como lhe falei, não sabíamos de nada. Aceita um cigarro, inspetor? Por sinal, soube que recapturou o condenado fugitivo.

— Sim, capturei ele na noite de terça-feira. Foi muito azar para ele a névoa ter baixado. Ele andou em círculos. Percorreu cerca de vinte milhas para se encontrar a cerca de meia milha de Princetown no final dela.

— Extraordinário como todo mundo anda em círculos no nevoeiro. Ainda bem que ele não escapou na sexta-feira. Imagino que teriam posto esse assassinato na sua conta, com certeza.

— Ele é um homem perigoso. Freddy de Fremantle, é como costumavam chamá-lo. Roubo seguido de agressão, assalto... levava a mais extraordinária vida dupla. Metade do tempo ele passava como um homem rico, educado e respeitável. Eu mesmo não tenho certeza de que Broadmoor fosse o melhor lugar para ele. Ele era acometido de tempos em tempos por uma espécie de neurose criminal. Ele desaparecia e confraternizava com os piores tipos.

— Suponho que não escapam muitas pessoas de Princetown?

— É quase impossível, senhor. Mas essa fuga em especial foi extraordinariamente bem planejada e executada. Ainda não chegamos ao fundo disso.

— Bem — Dering levantou-se e olhou para o relógio —, se não houver mais nada, inspetor, infelizmente sou um homem bastante ocupado...

— Ah, mas *tem* mais uma coisa, Mr. Dering. Quero saber por que o senhor me disse que estava em um jantar literário no Hotel Cecil na noite de sexta-feira?

— Eu... eu não estou entendo o senhor, inspetor.

— Acho que está sim, senhor. Você não estava naquele jantar, Mr. Dering.

Martin Dering hesitou. Os olhos correram incertos do rosto do inspetor para o teto, depois para a porta e depois para os pés.

O inspetor esperou, calmo e impassível.

— Bem — disse Martin Dering por fim —, vamos supor que eu não estivesse. Que diabos o senhor tem a ver com isso? O que meus movimentos, cinco horas depois que meu tio foi assassinado, têm a ver com o senhor ou qualquer outra pessoa?

— O senhor nos prestou uma certa declaração, Mr. Dering, e preciso que essa declaração seja confirmada. Parte disso já provou ser falso. Tenho que verificar a outra metade. O senhor diz que almoçou e passou a tarde com um amigo.

— Sim, meu editor americano.

— Qual o nome dele?

— Rosenkraun, Edgar Rosenkraun.

— Ah, e o endereço dele?

— Ele foi embora da Inglaterra. Ele partiu no último sábado.

— Para Nova York?

— Sim.

— Então ele estará no mar no momento presente. Em que barco ele está?

— Eu... eu realmente não consigo me lembrar.

— O senhor sabe qual companhia? Era da Cunard ou da White Star?

— Eu... eu de fato não me lembro.

— Bem — disse o inspetor —, vamos telegrafar para a firma dele em Nova York. Eles saberão.

— Foi no *Gargantua* — disse Dering, carrancudo.

— Obrigado, Mr. Dering, achei que talvez pudesse se lembrar se tentasse. Agora, sua declaração é que almoçou com Mr. Rosenkraun e que passou a tarde com ele. A que horas o senhor o deixou?

— Por volta das cinco da tarde, creio.

— E depois?

— Eu me recuso a declarar. Não é da sua conta. Isso é tudo de que precisa, com certeza.

O Inspetor Narracott assentiu, pensativo. Se Rosenkraun confirmasse a declaração de Dering, então qualquer caso contra Dering iria cair por terra. Quaisquer que fossem as atividades misteriosas dele naquela noite, não poderiam afetar o caso.

— O que o senhor vai fazer? — perguntou Dering, inquieto.

— Telegrafar para Mr. Rosenkraun a bordo do *Gargantua*.

— Droga — gritou Dering —, você vai me envolver em todos os tipos de má publicidade. Olhe aqui...

Ele foi até a escrivaninha, rabiscou algumas palavras em um pedaço de papel e o levou ao inspetor.

— Imagino que precise fazer o que está fazendo — disse ele, sem graça —, mas pelo menos pode fazer do meu jeito. Não é justo meter uma pessoa em um monte de problemas.

Na folha de papel estava escrito:

Rosenkraun a bordo do S.S. Gargantua. *Favor confirmar minha declaração de que estive com você do almoço até as cinco da tarde de sexta-feira, 14. Martin Dering.*

— Mande a resposta diretamente para você. Não me importo. Mas não mande para a Scotland Yard ou para uma delegacia de polícia. Não sabe como são esses americanos. Qualquer indício de que estou envolvido em um caso policial, e este novo contrato que venho discutindo irá pelos ares. Mantenha isso em segredo, inspetor.

— Não tenho objeções a isso, Mr. Dering. Tudo que quero é a verdade. Vou enviar esta mensagem já com a resposta paga, e a resposta a ser enviada para meu endereço particular em Exeter.

— Obrigado, o senhor é um bom sujeito. Não é fácil ganhar a vida com literatura, inspetor. Verá que a resposta estará correta. Eu contei uma mentira sobre o jantar, mas na verdade eu disse à minha esposa que era lá que eu tinha estado, e pensei que poderia muito bem contar a mesma história para o senhor. Caso contrário, eu teria me metido em muitos problemas.

— Se Mr. Rosenkraun confirmar sua declaração, Mr. Dering, o senhor não terá mais nada a temer.

"Uma pessoa desagradável", pensou o inspetor, ao sair da casa. "Mas ele parece bastante certo de que este editor americano confirmará a veracidade de sua história."

Uma lembrança repentina veio ao inspetor, enquanto ele pulava no trem que o levaria de volta a Devon.

— Rycroft — disse ele. — É claro... esse é o nome do velho cavalheiro que mora em uma das casas de campo em Sittaford. Uma coincidência curiosa.

Capítulo 25

No Café Deller

Emily Trefusis e Charles Enderby estavam sentados a uma pequena mesa no Café Deller, em Exeter. Eram 15h30, e àquela hora havia relativa paz e sossego. Algumas pessoas tomavam uma xícara de chá com tranquilidade, mas o restaurante como um todo estava deserto.

— Bem — disse Charles —, o que você acha dele?

Emily franziu a testa.

— É difícil — disse ela.

Após ser interrogado pela polícia, Brian Pearson almoçou com eles. Ele tinha sido educado ao extremo com Emily, educado demais na opinião dela.

Para aquela garota astuta, não parecia natural. Ali estava um rapaz conduzindo um caso de amor clandestino e um bisbilhoteiro estranho se intrometera.

Brian Pearson havia lidado com tudo feito um cordeirinho; aceitando a sugestão de Charles de pegar um carro e dirigir até a polícia.

Por que essa atitude de submissa concordância? Parecia a Emily totalmente atípico do verdadeiro Brian Pearson que ela imaginava ver nele.

Ela tinha certeza de que "vejo você no inferno antes!" teria sido muito mais a atitude dele.

Esse comportamento de cordeirinho era suspeito. Ela tentou transmitir algo das impressões dela para Enderby.

— Compreendo — disse Enderby. — Nosso Brian tem algo a esconder, portanto, ele não pode estar no seu modo natural arrogante.

— É exatamente isso.

— Você acha que ele pode ter matado o velho Trevelyan?

— Brian é... — disse Emily, pensativa. — Bem, uma pessoa a se tomar cuidado. Ele é bastante inescrupuloso, acho, e se ele quisesse alguma coisa, não acho que deixaria que meras integridades convencionais atrapalhassem. Ele não é um inglês comum.

— Colocando todas as considerações pessoais de lado, ele é um titular mais provável do que Jim? — perguntou Enderby.

Emily assentiu.

— Muito mais provável. Ele conduziria bem a coisa... porque ele nunca perderia a calma.

— Sinceramente, Emily, você acha que foi ele?

— Eu... não sei. Ele preenche os requisitos... é a única pessoa que preenche.

— O que você quer dizer com preenche os requisitos?

— Bem, primeiro: *motivo*. — Ela marcou os itens com os dedos. — É o mesmo motivo. Vinte mil libras. Segundo: *oportunidade*. Ninguém sabe onde ele estava na tarde de sexta-feira, e se ele estivesse em algum lugar que pudesse falar qual é... bem, com certeza ele teria dito. Então, vamos assumir que ele de fato estivesse no bairro de Hazelmoor na sexta-feira.

— Eles não encontraram ninguém que o tenha visto em Exhampton — Charles apontou —, e ele é uma pessoa bastante notável.

Emily balançou a cabeça com desdém.

— Ele não estava em Exhampton. Você não vê, Charles, se ele cometeu o assassinato, ele o planejou de antemão. É apenas o pobre e inocente Jim que desceu feito um pato e ficou lá. Poderia ser Lydford e Chagford ou talvez Exeter. Ele pode ter vindo caminhando de Lydford, é uma estrada grande e a neve não seria intransponível. Teria sido muito boa de andar.

— Acho que devemos fazer perguntas em todos os lugares.

— A polícia está fazendo isso — disse Emily —, e eles vão fazer muito melhor do que nós. Todas as coisas públicas são feitas muito melhores pela polícia. São as coisas particulares e pessoais, como ouvir Mrs. Curtis e pegar uma dica de Miss Percehouse e assistir às Willett... é onde temos vantagem.

— Ou não, conforme o caso — disse Charles.

— Voltando a Brian Pearson, cumprindo os requisitos — disse Emily. — Temos dois, motivo e oportunidade, e há o terceiro: aquele que, de certa forma, acho que é o mais importante de todos.

— E que seria?

— Bem, senti desde o começo que não poderíamos ignorar esse estranho negócio da mesa girante. Tentei olhar para isso da maneira mais lógica e clara possível. Existem apenas três soluções para isso. Primeiro: que fosse sobrenatural. Bem, é claro que pode ter sido assim, mas pessoalmente estou descartando isso. Segundo: que foi deliberado. Alguém fez isso de propósito, mas como não se pode chegar a nenhuma razão concebível, podemos descartar isso também. Terceiro: acidental. Alguém se entregou sem querer. Na verdade, contra a vontade. Uma confissão inconsciente. Nesse caso, alguém entre essas seis pessoas sabia com certeza que o Capitão Trevelyan seria morto em um determinado horário daquela tarde ou que alguém estava tendo uma conversa com ele da qual poderia resultar violência. Nenhuma dessas seis pessoas poderia ser o verdadeiro assassino, mas uma delas deve ter sido conivente com o assassino. Não há ligação entre o Major Burnaby e qualquer outra pessoa, ou Mr. Rycroft e qualquer outra pessoa, ou Ronald Garfield e qualquer outra pessoa, mas quando chegamos às Willett é diferente. Há uma ligação entre Violet Willett e Brian Pearson. Esses dois estão em relações muito íntimas e aquela garota estava uma pilha de nervos após o assassinato.

— Você acha que ela sabia? — perguntou Charles.

— Ela ou a mãe dela... uma das duas.

— Há uma pessoa que você não mencionou — disse Charles. — Mr. Duke.

— Eu sei — disse Emily. — É estranho. Ele é a única pessoa sobre a qual não sabemos absolutamente nada. Tentei vê-lo duas vezes e falhei. Não parece haver nenhuma conexão entre ele e o Capitão Trevelyan, ou entre ele e qualquer um dos parentes do Capitão Trevelyan, não há nada em absoluto que o conecte com o caso de alguma forma, e ainda assim...

— Então? — disse Charles Enderby quando Emily fez uma pausa.

— E, ainda assim, encontramos o Inspetor Narracott saindo de sua cabana. O que o Inspetor Narracott sabe sobre ele que nós não? Eu gostaria de saber.

— Você acha que...

— Vamos supor que Duke seja um personagem suspeito e a polícia saiba disso. Supondo que o Capitão Trevelyan tivesse descoberto algo sobre Duke. Ele era exigente com os inquilinos dele, lembre-se, e supondo que fosse contar à polícia o que sabia. E Duke combina com um cúmplice para matá-lo. Ah, eu sei que tudo parece terrivelmente melodramático colocado assim, mas, afinal, algo do tipo pode ser possível.

— É com certeza uma possibilidade — disse Charles devagar.

Ambos ficaram em silêncio, cada um imerso em pensamentos. De repente Emily disse:

— Sabe aquela sensação esquisita que se tem quando alguém está olhando para você? Sinto agora como se os olhos de alguém estivessem queimando minha nuca. É só frescura ou realmente tem alguém olhando para mim agora?

Charles moveu a cadeira um ou dois centímetros e olhou ao redor do café de maneira casual.

— Há uma mulher em uma mesa na janela — relatou ele. — Alta, morena e bonita. Ela está olhando para você.

— Jovem?

— Não, não muito jovem. Opa!

— O que foi?

— Ronnie Garfield. Ele acabou de entrar e está apertando a mão dela e está sentando na mesa dela. Acho que ela está falando algo sobre nós.

Emily abriu a bolsa. De um modo bastante exagerado, ela empoou o nariz, ajustando o pequeno espelho de bolso em um ângulo conveniente.

— É a tia Jennifer — disse ela com suavidade. — Eles estão se levantando.

— Eles estão indo — disse Charles. — Você quer falar com ela?

— Não — disse Emily. — Acho melhor fingir que não a vi.

— Afinal — disse Charles —, por que tia Jennifer não poderia conhecer Ronnie Garfield e convidá-lo para tomar chá?

— Por que ela faria isso? — perguntou Emily.

— Por que não poderia?

— Ah, pelo amor de Deus, Charles, não vamos ficar nisso, *poderia, não poderia, poderia, não poderia*. Claro que é tudo uma bobagem e não quer dizer nada! Mas estávamos apenas dizendo que ninguém mais naquela sessão espírita tinha qualquer relação com a família, e nem cinco minutos depois vemos Ronnie Garfield tomando chá com a irmã do Capitão Trevelyan.

— Isso mostra — disse Charles — que nunca se pode ter certeza.

— Isso mostra — disse Emily — que sempre se precisa começar de novo.

— Em mais de uma maneira — disse Charles. Emily olhou para ele.

— O que quer dizer?

— No momento, nada — disse Charles.

Ele colocou a mão sobre a dela. Ela não o afastou.

— Mas teremos que resolver isso — disse Charles. — Depois...

— Depois? — disse Emily, baixinho.

— Eu faria qualquer coisa por você, Emily — disse Charles. — Simplesmente qualquer coisa...
— Faria? — perguntou Emily. — É muito gentil da sua parte, Charles querido.

Capítulo 26

Robert Gardner

Haviam se passado apenas vinte minutos quando Emily tocou a campainha da porta da frente em Laurels. Havia sido um impulso repentino. Tia Jennifer, ela sabia, ainda estaria no Café Deller com Ronnie Garfield. Ela sorriu radiante para Beatrice quando esta abriu a porta para ela.

— Sou eu de novo — disse Emily. — Mrs. Gardner saiu, eu sei, mas posso falar com Mr. Gardner?

Um pedido assim era claramente incomum. Beatrice ficou hesitante.

— Bem, não sei. Vou subir e ver, posso?

— Sim, sim — disse Emily.

Beatrice subiu, deixando Emily sozinha no corredor. Ela voltou em alguns minutos para pedir à jovem que, por favor, passasse ali.

Robert Gardner estava deitado em um sofá perto da janela em uma ampla sala no primeiro andar. Ele era um homem grande, de olhos azuis e cabelos claros. Ele parecia, pensou Emily, como Tristão deveria parecer no terceiro ato de *Tristão e Isolda* e como nenhum tenor wagneriano jamais se parecera.

— Olá — disse ele. — Você é a futura esposa do criminoso, não é?

— Isso mesmo, tio Robert — disse Emily. — Acho que *posso* chamá-lo de tio Robert, não é? — perguntou ela.

— Se Jennifer permitir. Como é ter um rapaz definhando na prisão?

Um homem cruel, concluiu Emily. Um homem que sentiria uma alegria maliciosa em te dar cutucadas em lugares dolorosos. Mas ela era páreo para ele. Ela falou, sorrindo:

— Muito emocionante.

— Não tão emocionante para o pobre Jim, não é?

— Ah, bem — disse Emily —, ao menos é uma experiência, não é?

— Vai ensinar a ele que a vida não é só cerveja e boliche — disse Robert Gardner, com maldade. — Era muito jovem para lutar na Grande Guerra, não era? Pode viver tranquilo na boa vida. Ora, ora... tomou na cabeça de outra forma. — Ele olhou para ela com curiosidade. — Por que você queria vir me ver, hein?

Havia um tom desconfiado na voz.

— Se você vai entrar para uma família, é melhor ver todos os seus parentes de antemão.

— Saber o pior antes que seja tarde demais. Então você de fato acha que vai se casar com o jovem Jim, hein?

— Por que não iria?

— Mesmo com essa acusação de assassinato?

— Mesmo com essa acusação de assassinato.

— Bem — disse Robert Gardner —, nunca vi ninguém menos abatido. Qualquer um pensaria que você está se divertindo.

— Eu estou. Seguir o rasto de um assassino é assustadoramente emocionante — disse Emily.

— Hein?

— Eu disse que seguir o rastro de um assassino é terrivelmente emocionante — disse Emily.

Robert Gardner olhou para ela, então se jogou de volta nos travesseiros.

— Estou cansado — disse ele, num tom impaciente. — Não consigo mais falar. Enfermeira, onde está a enfermeira? Enfermeira, estou cansado.

A enfermeira Davis atendeu o chamado com rapidez, vindo de uma sala contígua.

— Mr. Gardner se cansa com muita facilidade. Acho melhor você ir agora, se não se importa, Miss Trefusis.

Emily levantou-se. Ela assentiu, alegre, e disse:

— Adeus, tio Robert. Talvez eu volte algum dia.

— O que você quer dizer com isso?

— *Au revoir* — disse Emily.

Ela estava saindo pela porta da frente quando parou.

— Ah! — disse ela à Beatrice. — Esqueci minhas luvas.

— Eu pego elas, senhorita.

— Ah, não — disse Emily. — Eu faço isso.

Ela subiu as escadas correndo e entrou sem bater.

— Ah — disse Emily. — Perdão. Sinto muito. São as minhas luvas.

Ela as pegou de forma ostensiva e, sorrindo com doçura para os dois ocupantes da sala que estavam sentados de mãos dadas, desceu correndo as escadas e saiu de casa.

— Esse truque das luvas é um esquema fantástico — disse Emily para si mesma. — É a segunda vez que funciona. Pobre tia Jennifer, será que ela sabe, me pergunto? Provavelmente não. Devo me apressar ou deixarei Charles esperando.

Enderby estava esperando no Ford de Elmer no ponto combinado.

— Deu sorte? — perguntou ele enquanto ajudava com a capa.

— De certa forma, sim. Não tenho certeza.

Enderby olhou para ela de modo inquisitivo.

— Não — disse Emily, em resposta ao olhar dele. — Não vou te contar a respeito. Veja bem, pode não ter nada a ver com isso. E se tivesse, não seria justo.

Enderby suspirou.

— É o que chamo de dureza — observou ele.

— Sinto muito — disse Emily com firmeza. — Mas é como as coisas são.

— Faça como quiser — disse Charles com frieza.

Eles seguiram em silêncio: um silêncio ofendido da parte de Charles, um distraído da parte de Emily.

Estavam quase em Exhampton quando ela rompeu o silêncio com uma observação totalmente inesperada.

— Charles — disse ela —, você joga bridge?

— Sim, jogo. Por quê?

— Eu estava pensando. Você sabe o que eles dizem para a gente fazer quando está avaliando as cartas na sua mão? Se estiver se defendendo, conte os vencedores, mas se estiver atacando, conte os perdedores. Agora, estamos atacando nesse nosso negócio, mas talvez estejamos fazendo isso da maneira errada.

— O que você quer dizer?

— Bem, nós estamos contando os vencedores, não estamos? Quero dizer, revisando as pessoas que *poderiam* ter matado o Capitão Trevelyan, por mais improvável que pareça. E talvez seja por isso que ficamos tão confusos.

— Não estou confuso — disse Charles.

— Bem, eu estou, então. Estou tão confusa que não consigo pensar em nada. Vamos olhar para o outro lado. Vamos contar os perdedores... as pessoas que não podem ter matado o Capitão Trevelyan.

— Bem, vejamos... — Enderby refletiu. — Para começar, tem as Willett, e Burnaby e Rycroft e Ronnie... ah! E Duke.

— Sim — concordou Emily. — Sabemos que nenhum deles pode tê-lo matado. Porque no momento em que ele foi morto, estavam todos na Mansão Sittaford e todos viram uns aos outros e não podem estar todos mentindo. Sim, estão todos fora disso.

— Na verdade, todo mundo em Sittaford fica fora disso — disse Enderby. — Até Elmer. — Ele baixou a voz em deferência à possibilidade de o motorista ouvi-lo. — Porque a estrada para Sittaford estava intransitável para carros na sexta-feira.

— Ele poderia ter ido andando — disse Emily, num tom igualmente baixo. — Se o Major Burnaby pudesse ter chegado lá naquela noite, Elmer poderia ter começado na hora do almoço, chegado a Exhampton às cinco, o assassinado e voltado de novo.

Enderby balançou a cabeça.

— Não acho que ele conseguiria ter voltado. Lembre-se que a neve começou a cair por volta das 18h30. De qualquer forma, você não está acusando Elmer, está?

— Não — disse Emily —, embora, é claro, ele possa ser um maníaco homicida.

— Silêncio — disse Charles. — Você vai ferir os sentimentos dele se ele te escutar.

— De todo modo — disse Emily —, você não pode dizer com certeza que ele não poderia ter assassinado o Capitão Trevelyan.

— Quase — disse Charles. — Ele não podia ir e voltar de Exhampton sem que toda Sittaford soubesse e dissesse que era esquisito.

— Com certeza é um lugar onde todo mundo sabe de tudo — concordou Emily.

— Exato — disse Charles —, e é por isso que digo que todos em Sittaford estão fora disso. Os únicos que não estavam nas Willett, Miss Percehouse e o Capitão Wyatt, são inválidos. Eles não poderiam atravessar tempestades de neve. E os queridos Curtis. Se algum deles fizesse isso, teria ido confortavelmente para Exhampton passar o fim de semana e voltado quando a poeira baixasse.

Emily riu.

— Uma pessoa não poderia se ausentar de Sittaford durante o final de semana sem que isso fosse notado, sem dúvida — disse ela.

— Curtis notaria o silêncio se a esposa se ausentasse — disse Enderby.

— É claro — disse Emily —, essa pessoa só pode ser Abdul. Poderia ser como nos livros. Ele seria na verdade um Lascar, e o Capitão Trevelyan teria jogado o irmão favorito ao mar em um motim... algo assim.

— Eu me recuso a acreditar — disse Charles — que aquele nativo miserável de aparência deprimida já tenha matado alguém. Já sei! — ele disse de repente.

— O quê? — perguntou Emily, ansiosa.

— A mulher do ferreiro. A que está esperando o oitavo filho. A mulher, intrépida apesar de sua condição, caminhou até Exhampton e o acertou com o saco de areia.

— E por quê, meu senhor?

— Porque, claro, embora o ferreiro fosse o pai dos sete filhos anteriores, o Capitão Trevelyan era o pai do próximo filho.

— Charles, não seja indelicado — disse Emily. E acrescentou: — De todo modo, devia ser o ferreiro a fazer isso, não ela. Tem um motivo muito bom aqui. Pense como aquele braço musculoso poderia empunhar um saco de areia! E a esposa nunca notaria sua ausência, tendo sete crianças para cuidar. Ela não teria tempo de notar um mero homem.

— Isso já está virando palhaçada — disse Charles.

— Bastante — concordou Emily. — Contar os perdedores não deu muito certo.

— E você? — disse Charles.

— Eu?

— Onde você estava quando o crime foi cometido?

— Que extraordinário! Eu nunca pensei nisso. Eu estava em Londres, claro. Mas não sei se poderia provar isso. Eu estava sozinha no meu apartamento.

— Aí está — disse Charles. — Motivo e tudo. Seu rapaz ganha 20 mil libras. O que mais você quer?

— Você é esperto, Charles — disse Emily. — Posso ver que realmente sou uma personagem muito suspeita. Nunca pensei nisso antes.

Capítulo 27

Narracott toma uma atitude

Duas manhãs depois, Emily estava sentada no escritório do Inspetor Narracott. Ela havia chegado de Sittaford naquela manhã.

O Inspetor Narracott a avaliou com o olhar. Ele admirou a bravura de Emily, a corajosa determinação em não ceder e a alegria resoluta. Ela era uma lutadora, e o Inspetor Narracott admirava lutadores. Era a opinião particular dele que ela era boa demais para Jim Pearson, mesmo que aquele jovem fosse inocente do assassinato.

— Nos livros — disse ele —, em geral pensam que a polícia quer encontrar um bode expiatório e não se importam nem um pouco se quem ela pega é inocente ou não, desde que tenha provas suficientes para condená-lo. Isso não é verdade, Miss Trefusis, queremos apenas o culpado.

— O senhor sinceramente acredita que Jim é culpado, Inspetor Narracott?

— Não posso lhe dar uma resposta oficial quanto a isso, Miss Trefusis. Mas vou lhe dizer uma coisa: estamos examinando não apenas as evidências contra ele, mas também as evidências contra outras pessoas com muito cuidado.

— O senhor quer dizer contra o irmão dele... Brian?

— Um cavalheiro muito desagradável, Mr. Brian Pearson. Recusou-se a responder às perguntas ou a dar qualquer informação sobre si mesmo, mas creio... — O lento sorriso de

Devonshire do Inspetor Narracott se alargou. — Acho que posso adivinhar algumas das atividades dele. Se eu estiver certo, vou saber em meia hora. Depois, há o marido daquela senhora, Mr. Dering.

— O senhor o viu? — Emily perguntou curiosa.

O Inspetor Narracott olhou para o rosto vívido dela e sentiu-se tentado a relaxar a cautela oficial. Recostando-se na cadeira, ele contou a conversa com Mr. Dering e, em seguida, de um arquivo ao lado dele, tirou uma cópia da mensagem telegrafada que enviara a Mr. Rosenkraun.

— Foi isso que eu enviei — disse ele. — E aqui está a resposta.

Emily leu.

Narracott, Drysdale Road 2, Exeter. Certamente confirmo a declaração de Mr. Dering. Esteve em minha companhia toda tarde de sexta. Rosenkraum.

— Ah!... droga — disse Emily, escolhendo uma palavra mais branda do que pretendia usar, sabendo que a força policial era antiquada e se chocava com facilidade.

— Sim — disse o Inspetor Narracott, pensativo. — É irritante, não é?

E o lento sorriso de Devonshire irrompeu outra vez.

— Mas sou um homem desconfiado, Miss Trefusis. As motivações de Mr. Dering pareciam muito plausíveis, e achei que seria uma pena jogar apenas pelas regras dele. Então enviei outra mensagem telegrafada.

Mais uma vez, ele entregou a ela dois pedaços de papel. O primeiro dizia:

Informações solicitadas ref. assassinato do Capitão Trevelyan. Você sustenta declaração de álibi de Martin Dering para a tarde de sexta-feira? Inspetor Divisional Narracott, Exeter.

A mensagem de resposta mostrava agitação e um imprudente desrespeito pelos custos.

Não tinha ideia de que era caso criminal, não vi Martin Dering na sexta-feira. Concordei em apoiar a declaração por amizade, pois acreditava que a esposa o estava vigiando para o processo de divórcio.

— Ah — disse Emily. — Ah! O senhor foi *muito* esperto, inspetor.

O inspetor evidentemente pensava que era *mesmo* bastante inteligente. O sorriso foi gentil e satisfeito.

— Como os homens se ajudam — prosseguiu Emily, examinando os telegramas. — Pobre Sylvia. De certa forma, eu de fato acho que os homens são animais. É por isso — acrescentou — que é tão bom quando se encontra um homem em quem se pode de verdade confiar.

E ela sorriu com admiração para o inspetor.

— Agora, tudo isso é muito confidencial, Miss Trefusis — advertiu o inspetor. — Fui mais longe do que deveria ao informá-la sobre isso.

— Acho isso adorável da sua parte — disse Emily. — Não vou esquecer disso nunca, nunca.

— Bem, preste atenção — a advertiu o inspetor. — Não diga nada para *ninguém*.

— Quer dizer que não devo contar a Charles... Mr. Enderby?

— Jornalistas serão sempre jornalistas — disse o Inspetor Narracott. — Por mais que o tenha domesticado, Miss Trefusis... bem, uma notícia é uma notícia, não é?

— Então não vou contar a ele — disse Emily. — Acho que consegui amordaçá-lo, mas como o senhor diz, jornalistas serão sempre jornalistas.

— Essa é a minha regra — disse o Inspetor Narracott.

Um leve brilho surgiu nos olhos de Emily, pensando sem falar nada que o Inspetor Narracott havia acabado de infringir bastante essa regra durante a última meia hora.

Uma lembrança repentina veio à mente dela, ainda que era provável que não fosse importar àquela altura. Tudo parecia estar apontando em uma direção totalmente diferente. Mas seria bom saber mesmo assim.

— Inspetor Narracott! — disse ela de repente. — Quem é Mr. Duke?

— Mr. Duke?

Ela achou que o inspetor ficou bastante surpreso com as perguntas dela.

— O senhor se lembra — disse Emily. — Nós conhecemos o senhor saindo da casa dele em Sittaford.

— Ah, sim, sim, eu lembro. Para dizer a verdade, Miss Trefusis, achei que gostaria de ter um relato independente daquele negócio de mesa girante. O Major Burnaby não é um ajudante de primeira classe na descrição.

— E ainda — disse Emily, pensativa —, se eu fosse o senhor, teria procurado alguém como Mr. Rycroft para isso. Por que Mr. Duke?

Houve um silêncio, e então o inspetor disse:

— Apenas uma questão de opinião.

— Eu me pergunto. Será que a polícia sabe alguma coisa sobre Mr. Duke?

O Inspetor Narracott não respondeu. Ele tinha os olhos fixos firmemente no mata-borrão.

— Um homem que leva uma vida sem culpa! — disse Emily. — Isso parece descrever Mr. Duke com muita precisão, mas talvez ele nem sempre tenha levado uma vida sem culpa? Talvez a polícia saiba disso?

Ela notou um leve tremor no rosto do Inspetor Narracott enquanto ele tentava esconder um sorriso.

— Você gosta de adivinhações, não é, Miss Trefusis? — disse ele de forma amigável.

— Quando as pessoas não te contam coisas, a gente tem que adivinhar! — respondeu Emily.

— Se um homem, como você diz, está levando uma vida sem culpa — disse o Inspetor Narracott — e se for um aborrecimento e uma inconveniência para ele ter a vida anterior vasculhada, bem, a polícia é capaz de manter a discrição. Não temos nenhum desejo de comprometer um homem.

— Entendo — disse Emily —, mas mesmo assim... o senhor foi vê-lo, não foi? Parece que o senhor pensou, numa primeira ocasião, que ele poderia ter alguma coisa a ver com isso. Eu gostaria... gostaria de saber quem realmente era Mr. Duke? E a que ramo específico da criminologia ele se dedicou no passado?

Ela olhou suplicante para o Inspetor Narracott, mas este último manteve uma expressão rígida e, percebendo que nesse ponto ela não poderia movê-lo, Emily suspirou e partiu.

Depois que saiu, o inspetor ficou olhando para o mata-borrão, com um leve sorriso ainda nos lábios. Então ele tocou a campainha e um dos subordinados entrou.

— Então? — perguntou o Inspetor Narracott.

— Muito bem, senhor. Mas não foi no Duchy em Princetown, foi no hotel em Two Bridges.

— Ah! — O inspetor pegou os papéis que o outro lhe entregou. — Bem — disse ele. — Isso resolve tudo. Você acompanhou os movimentos do outro rapaz na sexta-feira?

— Ele decerto chegou a Exhampton no último trem, mas ainda não descobri a que horas ele saiu de Londres. Inquéritos estão sendo feitos.

Narracott assentiu.

— Aqui está o registro na Somerset House, senhor.

Narracott o desdobrou. Era o registro de um casamento em 1894 entre William Martin Dering e Martha Elizabeth Rycroft.

— Ah! — disse o inspetor. — Mais alguma coisa?

— Sim, senhor. Mr. Brian Pearson partiu da Austrália em um navio da Blue Funnel, o *Phidias*. Ele chegou na Cidade do Cabo, mas nenhum passageiro de nome Willett estava a bordo. Nenhuma mãe e filha da África do Sul. Havia uma Mrs. e

Miss Evans e uma Mrs. e Miss Johnson de Melbourne. Essas últimas correspondem à descrição das Willett.

— Hum — disse o inspetor —, Johnson. Provavelmente nem Johnson nem Willett são o nome certo. Acho que tenho uma boa ideia delas. Algo mais?

Não havia mais nada, parecia.

— Bem — disse Narracott —, acho que temos o suficiente para continuar.

Capítulo 28

Botas

— Mas, minha querida jovem — disse Mr. Kirkwood —, o que espera encontrar em Hazelmoor? Todos os pertences do Capitão Trevelyan foram removidos. A polícia fez uma busca minuciosa na casa. Entendo perfeitamente sua posição e sua ansiedade em querer que Mr. Pearson seja... er... inocentado, se possível. Mas o que você pode fazer?

— Não espero descobrir nada — respondeu Emily — ou encontrar qualquer coisa que a polícia tenha deixado passar despercebida. Não posso lhe explicar, Mr. Kirkwood. Eu quero... quero sentir a *atmosfera* do lugar. Por favor, dê-me a chave. Não há nenhum mal nisso.

— Certamente não há mal nisso — disse Mr. Kirkwood com dignidade.

— Então, por favor, seja gentil — disse Emily.

E assim Mr. Kirkwood foi gentil e entregou a chave com um sorriso indulgente. Ele fez o possível para acompanhá-la, uma catástrofe só evitada graças ao grande tato e firmeza da parte de Emily.

Naquela manhã, Emily recebeu uma carta. Estava escrita nos seguintes termos:

Cara Miss Trefusis, escreveu a senhora Belling. *A senhorita falou de como gostaria de saber caso acontecesse alguma coisa que fosse de algum modo fora do comum, mesmo*

que não fosse importante, e, como isso foi peculiar, embora não seja de forma alguma importante, pensei que era meu dever, senhorita, deixar você saber logo de uma vez, na esperança de que isso vá na última postagem de hoje à noite ou na primeira postagem de amanhã. Minha sobrinha veio e disse que não era importante, mas era peculiar, no que concordei com ela. A polícia fala, e geralmente se pensa, que nada foi levado da casa do Capitão Trevelyan, e nada foi, por assim dizer, que tivesse algum valor, mas está faltando algo, embora não tenha sido notado no momento por ser sem importância. Mas parece, senhorita, que falta um par de botas do capitão, que Evans notou quando conversou com o Major Burnaby. Embora eu não creia que seja importante, senhorita, achei que gostaria de saber. Era um par de botas, senhorita, daquelas grossas em que se esfrega óleo e que o capitão usaria se tivesse saído na neve, mas como não saiu na neve não parece fazer sentido. Mas elas estão desaparecidas, e ninguém sabe quem as levou, e embora eu saiba muito bem que isso não tem importância, senti que era meu dever escrever na esperança de que essa carta chegasse logo em suas mãos, e espero que também não esteja muito preocupada com seu jovem cavalheiro.
De sua sempre amiga, atenciosamente, Mrs. J. Belling.

Emily tinha lido e relido essa carta. Ela discutiu isso com Charles.

— Botas — disse Charles, pensativo. — Não parece fazer sentido.

— Deve significar alguma coisa — observou Emily. — Quero dizer, por que um par de botas estaria faltando?

— Você não acha que Evans está inventando isso?

— Por que ele faria isso? E afinal, se as pessoas inventam, inventam algo sensato. Não uma coisa boba e sem sentido como essa.

— Botas faz pensar em algo a ver com pegadas — disse Charles, pensativo.

— Eu sei. Mas as pegadas não parecem entrar neste caso. Talvez se não tivesse nevado de novo...

— Sim, talvez, mas mesmo assim.

— Ele poderia ter dado a algum vagabundo — sugeriu Charles —, e então o vagabundo o matou?

— Acho que é possível — disse Emily —, mas isso não parece muito do feitio do Capitão Trevelyan. Ele poderia talvez encontrar algum trabalho para um homem ou dar a ele um xelim, mas não teria dado para ele as melhores botas de inverno dele.

— Bem, eu desisto — disse Charles.

— Não vou desistir — disse Emily. — Por bem ou por mal, vou chegar ao fundo disso.

Assim sendo, ela partiu para Exhampton e foi primeiro para o Três Coroas, onde Mrs. Belling a recebeu com grande entusiasmo.

— E seu jovem cavalheiro ainda está na prisão, senhorita! Bem, é uma crueldade vergonhosa e nenhum de nós acredita que foi ele, ao menos pelo que escuto quando estou por perto. Então a senhorita recebeu minha carta? Gostaria de ver o Evans? Bem, ele mora na esquina, na rua Fore, número 85. Eu gostaria de ir com você, mas não posso deixar o lugar, mas não tem como se perder.

Emily não se perdeu. O próprio Evans havia saído, mas Mrs. Evans a recebeu e a convidou para entrar. Emily sentou-se, induziu Mrs. Evans a fazer o mesmo, e foi direto ao assunto em questão.

— Vim falar sobre o que seu marido disse a Mrs. Belling. Refiro-me ao desaparecimento de um par de botas do Capitão Trevelyan.

— É uma coisa esquisita, com certeza — disse a garota.

— Seu marido tem certeza disso?

— Ah, sim. O capitão usava essas botas a maior parte do tempo no inverno. Eram grandes, e ele usava um par de meias dentro delas.

Emily assentiu.

— Elas não podem ter ido para consertos ou algo assim? — sugeriu ela.

— Sem Evans saber, não poderiam, não — disse a esposa com orgulho.

— Não, acho que não.

— É esquisito — disse Mrs. Evans —, mas acho que não tem a ver com o assassinato, não é, senhorita?

— Não parece provável — concordou Emily.

— Eles descobriram alguma coisa nova, senhorita? — O tom da garota era de ansiedade.

— Sim, uma ou duas coisas, nada muito importante.

— Já que o inspetor de Exeter estava aqui hoje de novo, pensei que sim.

— O Inspetor Narracott?

— Sim, é esse mesmo, senhorita.

— Ele veio no meu trem?

— Não, ele veio de carro. Ele foi primeiro ao Três Coroas e perguntou sobre a bagagem do jovem cavalheiro.

— Que bagagem de jovem cavalheiro?

— Esse com quem a senhorita anda.

Emily a encarou fixamente.

— Eles perguntaram ao Tom — continuou a garota. — Eu passei lá logo depois e ele me contou sobre isso. Ele é muito perceptivo, o Tom. Ele lembrou que havia duas etiquetas na bagagem do jovem cavalheiro, uma para Exeter e outra para Exhampton.

Um sorriso súbito iluminou o rosto de Emily, conforme ela imaginava o crime sendo cometido por Charles como forma de conseguir um furo para si próprio. Alguém poderia, ela concluiu, escrever um livro sanguinolento sobre o tema. Mas ela admirava a meticulosidade do Inspetor Narracott em verificar todos os detalhes de qualquer pessoa, por mais remota que fosse a ligação com o crime. Ele devia ter deixado Exeter quase imediatamente após a entrevista com ela. Um carro veloz venceria com facilidade o trem e, de qualquer modo, almoçara em Exeter.

— Para onde foi o inspetor depois? — perguntou ela.

— Para Sittaford, senhorita. Tom o ouviu dizer isso ao motorista.

— Para a Mansão Sittaford?

Brian Pearson, ela sabia, ainda estava hospedado na Mansão Sittaford com as Willett.

— Não, senhorita, para o chalé de Mr. Duke.

Duke de novo. Emily sentiu-se irritada e perplexa. Sempre Duke — o fator desconhecido. Ela deveria, sentiu, ser capaz de deduzir algo das evidências, mas ele parecia produzir a mesma impressão em todos: um homem normal, comum e agradável.

— Preciso vê-lo — disse Emily para si mesma. — Vou direto para lá assim que voltar para Sittaford.

Então ela agradeceu a Mrs. Evans, foi até a casa de Mr. Kirkwood e obteve a chave, e agora estava no corredor de Hazelmoor se perguntando como e o que ela esperava sentir lá.

Ela subiu as escadas devagar e entrou no primeiro quarto no topo da escada. Este era claramente o quarto do Capitão Trevelyan. Como disse Mr. Kirkwood, ele havia sido esvaziado de objetos pessoais. Os cobertores estavam dobrados em uma pilha organizada, as gavetas estavam vazias, não restava nem um cabide no armário. O armário de botas mostrava uma fileira de prateleiras vazias.

Emily suspirou, e então se virou e desceu as escadas. Ali estava a sala de estar onde o corpo do falecido havia caído, a neve soprando pela janela aberta.

Ela tentou visualizar a cena. De quem foi a mão que derrubou o Capitão Trevelyan e por quê? Ele tinha sido morto às 17h25, como todos acreditavam, ou Jim havia de fato se descontrolado e mentiu? Ele não havia conseguido se fazer ouvir da porta da frente e foi até a janela, olhou para dentro e viu o corpo do tio morto e saiu correndo em um medo agonizante? Se ela soubesse. De acordo com Mr. Dacres, Jim mantinha a versão dele. Sim, mas Jim pode ter perdido a cabeça. Ela não tinha certeza.

Haveria, como Mr. Rycroft sugerira, mais alguém na casa, alguém que ouvira a discussão e aproveitara a oportunidade?

Se sim, isso lançava alguma luz sobre a questão das botas? Alguém estava lá em cima, talvez no quarto do Capitão Trevelyan? Emily atravessou o corredor de novo. Ela deu uma olhada rápida na sala de jantar; havia alguns baús amarrados e etiquetados com cuidado. O aparador estava vazio. As taças de prata estavam no chalé do Major Burnaby. Ela notou, no entanto, que os três novos romances recebidos como prêmio, um relato que Charles escutara de Evans e havia relatado com divertidos enfeites para ela, haviam sido esquecido e repousavam tristes sobre uma cadeira.

Ela olhou ao redor da sala e balançou a cabeça. Não havia nada ali.

Ela subiu as escadas novamente e mais uma vez entrou no quarto.

Ela *precisava* saber por que aquelas botas haviam sumido! Até que pudesse inventar alguma teoria razoavelmente satisfatória para si mesma que explicasse o desaparecimento delas, se sentia impotente para tirá-las da cabeça. Elas estavam tomando uma proporção ridícula na mente dela, superando tudo o mais relacionado ao caso. Não havia *nada* para ajudá-la?

Ela abriu cada gaveta e tateou no fundo delas. Nas histórias de detetive sempre havia um prestativo pedaço de papel. Mas era evidente que na vida real não se poderia esperar acasos tão felizes, ou então o Inspetor Narracott e os homens dele haviam sido maravilhosamente minuciosos. Ela tateou em busca de tábuas soltas, tateou a borda do carpete com os dedos, investigou o colchão de molas. O que ela esperava encontrar em todos esses lugares ela mal sabia, mas continuou procurando com uma perseverança obstinada.

E então, quando endireitou as costas e ficou de pé, o olhar foi atraído pelo único toque incongruente naquele cômodo de ordem imaculada, uma pequena pilha de fuligem na grade da lareira.

Emily olhou para ela com o olhar fascinado de um pássaro por uma cobra. Ela se aproximou, olhando para a fuligem. Não era nenhuma dedução lógica, nenhum raciocínio de causa e efeito, era apenas que a visão da fuligem como tal sugeria uma certa possibilidade. Emily arregaçou as mangas e enfiou os dois braços pela chaminé.

Um momento depois ela estava olhando com prazer incrédulo para um pacote embrulhado com cuidado em jornal. Uma sacudida desprendeu o jornal, e ali, diante dela, estava o par de botas que faltava.

— Mas por quê? — disse Emily. — Aqui estão elas. Mas por quê? Por quê? Por quê? Por quê?

Ela olhou para elas. Virou-as. Examinou-as por fora e por dentro e a mesma pergunta batia, monótona, no cérebro dela. Por quê?

Era uma certeza que alguém tirou as botas do Capitão Trevelyan e as escondeu na chaminé. Por que alguém faria isso?

— Ah! — gritou Emily, com desesperado. — Vou enlouquecer!

Ela colocou as botas cuidadosamente no meio do chão e, puxando uma cadeira em frente a elas, sentou-se. E então, de forma deliberada, ela se pôs a pensar nas coisas desde o início, repassando todos os detalhes que ela mesma conhecia ou que ouvira falar por outras pessoas. Ela considerou cada ator no palco e fora do palco.

E, de repente, uma ideia estranha e nebulosa começou a tomar forma: uma ideia sugerida por aquele par de inocentes botas que permaneciam ali, mudas, no chão.

— Mas se for assim... — disse Emily — se for assim...

Ela pegou as botas na mão e desceu as escadas correndo. Ela empurrou a porta da sala de jantar e foi até o armário no canto. Ali estava a coleção heterogênea de troféus e apetrechos esportivos do Capitão Trevelyan, todas as coisas que ele não confiava deixar ao alcance das inquilinas. Os esquis, os remos, a pata de elefante, as presas, as varas de pescar, tudo ainda esperando que Mr. Young e Mr. Peabody os embalassem habilmente para serem armazenados.

Emily se abaixou com as botas na mão.

Em alguns instantes ela se levantou, corada, incrédula.

— Então foi isso — disse Emily. — Então foi isso.

Ela afundou em uma cadeira. Ainda havia muito que não compreendia.

Depois de alguns minutos, ela se levantou. Falou em voz alta.

— Eu sei quem matou o Capitão Trevelyan — disse ela. — Mas não sei por quê. Ainda não consigo pensar por quê. Mas não posso perder tempo.

Ela saiu apressada de Hazelmoor. Encontrar um carro para levá-la a Sittaford levou alguns minutos. Ela ordenou que a levassem ao chalé de Mr. Duke. Ali ela pagou ao homem, e então subiu o caminho enquanto o carro se afastava.

Ela ergueu a aldrava e deu uma batida alta.

Depois de alguns instantes de intervalo, a porta foi aberta por um homem grande e corpulento com um rosto bastante impassível.

Pela primeira vez, Emily encontrou Mr. Duke cara a cara.

— Mr. Duke? — perguntou ela.

— Sim.

— Sou Miss Trefusis. Posso entrar por favor?

Houve uma hesitação momentânea. Então ele se afastou para deixá-la passar. Emily entrou na sala de estar. Ele fechou a porta da frente e a seguiu.

— Quero falar com o Inspetor Narracott — disse Emily. — Ele está aqui?

Novamente houve uma pausa. Mr. Duke parecia incerto sobre como responder. Por fim, ele pareceu se decidir. Ele sorriu, um sorriso bastante curioso.

— O Inspetor Narracott está aqui — disse ele. — Sobre o que você quer falar com ele?

Emily pegou o embrulho que carregava e o desembrulhou. Ela pegou um par de botas e as colocou na mesa diante dele.

— Eu quero — disse ela — falar com ele sobre essas botas.

Capítulo 29

A segunda sessão espírita

— Olá, olá, olá — disse Ronnie Garfield.

Mr. Rycroft, subindo lentamente a ladeira íngreme da rua do correio, parou, até que Ronnie o alcançou.

— Esteve no equivalente local da Harrod's, hein? — disse Ronnie. — A velha mamãe Hibbert.

— Não — disse Mr. Rycroft. — Fiz uma curta caminhada ao longo da ferraria. O clima está muito agradável hoje.

Ronnie olhou para o céu azul.

— Sim, um pouco diferente da semana passada. A propósito, está indo para a casa das Willett, suponho?

— Estou. Você também está?

— Sim. Nosso farol brilhante em Sittaford, as Willett. Nunca se deixar abater, esse é o lema delas. Seguir adiante como de costume. Minha tia diz que é insensível da parte delas convidar as pessoas para tomar chá logo depois do funeral e tudo mais, mas isso é tudo conversa fiada. Ela só diz isso porque está preocupada com o Imperador do Peru.

— O Imperador do Peru? — disse Mr. Rycroft, surpreso.

— Um dos queridos gatos dela. Que acabou se revelando ser uma Imperatriz, e naturalmente tia Caroline está irritada com isso. Ela não gosta desses problemas de gênero... então, como eu disse, ela desabafou fazendo comentários maliciosos sobre as Willett. Por que elas não poderiam convidar as pessoas para tomar chá? Trevelyan não era parente ou algo assim.

— É verdade — disse Mr. Rycroft, virando a cabeça e examinando um pássaro que passou voando e no qual ele pensou ter reconhecido uma espécie rara. — Que irritante — murmurou. — Eu não trouxe meus óculos comigo.

— Ah! Aliás, falando de Trevelyan, acha que Mrs. Willett pode ter conhecido o velho melhor do que ela diz?

— Por que pergunta isso?

— Por causa da mudança nela. Já viu algo parecido? Ela envelheceu cerca de vinte anos na última semana. O senhor deve ter notado.

— Sim — disse Mr. Rycroft. — Eu notei isso.

— Bem, aí está. A morte de Trevelyan deve ter sido um choque terrível para ela de uma forma ou de outra. Seria estranho se ela fosse a esposa há muito perdida do velho, que ele abandonou na juventude e ele não reconheceu.

— Acho isso pouco provável, Mr. Garfield.

— Parece um pouco demais com coisa de filme, não é? Mesmo assim, coisas muito estranhas acontecem. Li algumas coisas de fato incríveis no *Daily Wire*, coisas que a gente não acreditaria se um jornal não as publicasse.

— E isso dá mais crédito ao assunto? — perguntou Mr. Rycroft acidamente.

— O senhor não tem simpatia com o jovem Enderby, não é? — disse Ronnie.

— Não gosto quando se intrometem em assuntos alheios — disse o Sr. Rycroft.

— Sim, mas eles dizem respeito a ele. — Ronnie persistiu. — Quero dizer, bisbilhotar é o trabalho do pobre sujeito. Ele parece ter domesticado o velho Burnaby. Engraçado, o velho mal consegue me ver. Para ele sou como um pano vermelho é para um touro.

Mr. Rycroft não respondeu.

— Por Deus — disse Ronnie, de novo olhando para o céu. — Percebeu que já é sexta-feira? Há apenas uma semana, mais ou menos a esta hora, estávamos caminhando para a casa das Willett da forma exata como estamos agora. Mas com uma pequena diferença no clima.

— Faz uma semana — disse Mr. Rycroft. — Parece infinitamente mais tempo.

— Mais parece como um ano inteiro agitado, não é? Olá, Abdul.

Eles estavam passando pelo portão do Capitão Wyatt sobre o qual o melancólico indiano estava inclinado.

— Boa tarde, Abdul — disse Mr. Rycroft. — Como está seu patrão?

O índio balançou a cabeça.

— Patrão ruim hoje, *sahib*. Não quer ver ninguém. Não quer ver ninguém por muito tempo.

— Sabe — disse Ronnie, enquanto passavam —, aquele sujeito poderia ter matado Wyatt com facilidade e ninguém saberia. Ele poderia continuar por semanas balançando a cabeça e dizendo que o patrão não quer ver ninguém, e ninguém acharia estranho.

Mr. Rycroft admitiu a veracidade da declaração.

— Mas ainda haveria o problema de livrar-se do corpo — apontou.

— Sim, esse é sempre o problema, não é? Coisa inconveniente, um corpo humano.

Passaram pelo chalé do Major Burnaby. O major estava no jardim olhando de maneira severa para uma erva daninha que crescia onde nenhuma erva daninha deveria estar.

— Boa tarde, major — disse Mr. Rycroft. — O senhor também vai para a Mansão Sittaford?

Burnaby esfregou o nariz.

— Acho que não. Elas enviaram um bilhete me convidando. Mas... bem... não estou com vontade. Espero que entendam.

Mr. Rycroft baixou a cabeça em sinal de compreensão.

— Eu também — disse ele. — Gostaria que o senhor viesse. Tenho meus motivos.

— Motivos. Que tipo de motivos?

Mr. Rycroft hesitou. Ficou claro que a presença de Ronnie Garfield o constrangeu. Mas Ronnie, completamente alheio ao fato, manteve-se firme ouvindo com ingênuo interesse.

— Gostaria de fazer um experimento — disse ele, enfim, devagar.

— Que tipo de experimento? — perguntou Burnaby.

Mr. Rycroft hesitou.

— Prefiro não contar antes. Mas se o senhor vier, pedirei que me apoie em qualquer coisa que eu sugerir.

A curiosidade de Burnaby foi despertada.

— Tudo bem — disse ele. — Eu irei. Pode contar comigo. Onde está meu chapéu?

Juntou-se a eles em um minuto, de chapéu na cabeça, e os três entraram nos portões da Mansão Sittaford.

— Ouvi dizer que o senhor espera companhia, Rycroft — disse Burnaby em tom de conversa.

Uma sombra de irritação passou pelo rosto do homem mais velho.

— Quem te falou isso?

— Aquela gralha tagarela em forma de mulher, Mrs. Curtis. Ela é asseada e honesta, mas a língua nunca para e ela não presta atenção se você está ou não escutando.

— É bem verdade — admitiu Mr. Rycroft. — Estou esperando para amanhã minha sobrinha, Mrs. Dering, e o marido.

Eles já haviam chegado à porta da frente e, ao apertar a campainha, ela foi aberta para eles por Brian Pearson. Enquanto tiravam os sobretudos no corredor, Mr. Rycroft observou o rapaz alto e de ombros largos com um olhar interessado.

"Belo espécime", pensou. "Um exemplar muito bom. Temperamento forte. Curioso ângulo da mandíbula. Pode ser desagradável de lidar em determinadas circunstâncias. O que se poderia chamar de um jovem perigoso."

Uma estranha sensação de irrealidade invadiu o Major Burnaby quando ele entrou na sala de estar, e Mrs. Willett levantou-se para cumprimentá-lo.

— Esplêndido da sua parte ter vindo.

As mesmas palavras da semana anterior. O mesmo fogo ardente na lareira. Ele imaginou, mas não tinha certeza, os mesmos vestidos nas duas mulheres.

Isso dava uma sensação estranha. Como se fosse a semana passada de novo, como se Joe Trevelyan não tivesse morrido, como se nada tivesse acontecido ou mudado. Espere, isso estava errado. A mais velha das Willett estava mudada. Um desastre, era o único modo de descrevê-la. Não mais a mulher viajada próspera e determinada, mas uma criatura nervosa fazendo um esforço óbvio e patético para parecer como sempre.

"Eu daria a vida para ser capaz de ver o que a morte de Joe significou para ela", pensou o major.

Pela centésima vez, ele registrou a impressão de que havia algo absolutamente estranho nas Willett.

Como de costume, ele acordou ao perceber que estava em silêncio e que alguém estava falando com ele.

— Nossa última pequena reunião, infelizmente — estava dizendo Mrs. Willett.

— Como assim? — Ronnie Garfield ergueu os olhos de repente.

— Sim. — Mrs. Willett balançou a cabeça, com um quase sorriso. — Não vamos mais passar o resto do inverno em Sittaford. Pessoalmente, é claro que eu adoro esse lugar, a neve e os rochedos e a atmosfera selvagem de tudo. Mas o problema doméstico! O problema doméstico está muito difícil... e me derrotou!

— Pensei que a senhora fosse contratar um motorista-mordomo e um faz-tudo — disse o Major Burnaby.

Um tremor súbito sacudiu o corpo de Mrs. Willett.

— Não — disse ela —, eu... precisei desistir dessa ideia.

— Querida, querida — disse Mr. Rycroft. — Este é um grande golpe para nós todos. É muito triste mesmo. Voltaremos à nossa pequena rotina depois que a senhora for embora. A propósito, quando a senhora vai?

— Na segunda-feira, espero — disse Mrs. Willett. — A menos que eu consiga partir amanhã. É muito estranho ficar sem criados. Claro, devo acertar as coisas com Mr. Kirkwood. Fiquei com a casa por quatro meses.

— A senhora está indo para Londres? — perguntou Mr. Rycroft.

— Sim, provavelmente, num primeiro momento, de qualquer maneira. Depois creio que nós iremos para o exterior, para a Riviera.

— Uma grande perda — disse Mr. Rycroft, curvando-se com galanteio.

Mrs. Willett soltou um risinho esquisito e sem rumo.

— É muito gentil da sua parte, Mr. Rycroft. Bem, vamos tomar chá?

O chá estava pronto. Mrs. Willett o serviu. Ronnie e Brian entregavam as coisas. Uma estranha espécie de embaraço pairava sobre a festa.

— E o senhor? — perguntou Burnaby de modo abrupto a Brian Pearson. — O senhor também está de partida?

— Vou para Londres, sim. Naturalmente, não irei para o exterior até que esse negócio termine.

— Esse negócio?

— Quero dizer, até que meu irmão seja inocentado dessa acusação ridícula.

Ele lançou as palavras para eles desafiadoramente de um modo tão ousado que ninguém sabia bem o que dizer. O Major Burnaby aliviou a situação.

— Nunca acreditei que ele tenha feito isso. Nem por um instante — disse ele.

— *Nenhum* de nós acha isso — disse Violet, lançando-lhe um olhar agradecido.

O tilintar de um sino quebrou a pausa que se seguiu.

— Aquele é Mr. Duke — disse Mrs. Willett. — Deixe-o entrar, Brian.

O jovem Pearson foi até a janela.

— Não é Duke — disse ele. — É aquele maldito jornalista.

— Ah! Céus — disse Mrs. Willett. — Bem, imagino que devemos deixá-lo entrar mesmo assim.

Brian assentiu e reapareceu em alguns minutos com Charles Enderby.

Enderby entrou com seu ar habitual e ingênuo de radiante satisfação. Não parecia lhe ocorrer a ideia de que ele poderia não ser bem-vindo.

— Olá, Mrs. Willett, como vai? Pensei em aparecer e ver como estavam as coisas. Me perguntava aonde todos em Sittaford haviam ido. Agora vejo.

— Aceita um pouco de chá, Mr. Enderby?

— Muito gentil da sua parte. Aceito sim. Vejo que Emily não está aqui. Suponho que ela esteja com sua tia, Mr. Garfield.

— Não que eu saiba — disse Ronnie, o encarando. — Achei que ela tinha ido para Exhampton.

— Ah! Mas ela já voltou de lá. Como eu sei? Um passarinho me contou. O passarinho Curtis, para ser preciso. Ele viu o carro passar pelos correios, subir a via e voltar vazio. Ela não está no chalé número 5 e não está na Mansão Sittaford. Um enigma... onde ela está? Não estando com Miss Percehouse, ela deve estar tomando chá com aquele determinado galanteador de mulheres, o Capitão Wyatt.

— Ela pode ter subido até o farol de Sittaford para ver o pôr do sol — sugeriu Mr. Rycroft.

— Acho que não — disse Burnaby. — Eu a teria visto passar. Fiquei no jardim por uma hora.

— Bem, não acho que seja um problema muito importante — disse Charles com alegria. — Quero dizer, não acho que ela foi sequestrada ou assassinada ou algo assim.

— É uma pena do ponto de vista do seu jornal, não é? — Brian o provocou.

— Eu não iria sacrificar Emily nem por uma notícia — disse Charles. — Emily — acrescentou pensativo — é única.

— Muito galante — disse Mr. Rycroft. — Muito encantador. Somos... er... colaboradores, ela e eu.

— Todos já terminaram? — perguntou Mrs. Willett. — Que tal uma partida de bridge?

— Er... um momento — disse Mr. Rycroft.

Ele limpou a garganta de um modo solene. Todos olharam para ele.

— Mrs. Willett, como sabe, sou profundamente interessado em fenômenos psíquicos. Há uma semana, nesta mesma sala, tivemos uma experiência incrível, de fato inspiradora.

Houve um som fraco de Violet Willett. Ele se virou para ela.

— Eu sei, minha querida Miss Willett, eu sei. A experiência aborreceu a senhorita, foi perturbadora. Não nego isso. Agora, desde o crime, a polícia procura o assassino do Capitão Trevelyan. Eles fizeram uma prisão. Mas alguns de nós, pelo menos, nesta sala, não acreditam que Mr. James Pearson seja o culpado. O que proponho é que repitamos a experiência da última sexta-feira, embora abordemos desta vez com um espírito bem diferente.

— Não — exclamou Violet.

— Ah! Acho... — disse Ronnie — que isso é um pouco grosseiro demais. Não vou participar de qualquer modo.

Mr. Rycroft o ignorou.

— Mrs. Willett, o que a senhora me diz?

Ela hesitou.

— Francamente, Mr. Rycroft, não gosto da ideia. Não gosto disso. Aquele negócio miserável da semana passada causou uma impressão muito desagradável em mim. Levarei muito tempo para esquecer.

— O que com exatidão o senhor quer dizer? — perguntou Enderby com interesse. — O senhor propõe que os espíritos nos digam o nome do assassino do Capitão Trevelyan? Isso parece uma tarefa muito difícil.

— Foi uma tarefa muito difícil, como o senhor diz, quando na semana passada chegou uma mensagem dizendo que o Capitão Trevelyan estava morto.

— Isso é verdade — concordou Enderby. — Mas, bem, o senhor sabe que essa sua ideia pode ter consequências que o senhor não está levando em conta.

— Quais?

— Supondo que um nome seja mencionado? O senhor poderia ter certeza de que alguém presente não estaria de forma deliberada...

Ele fez uma pausa, e Ronnie Garfield ofereceu a palavra.

— Balançando a mesa. Isso é o que ele quer dizer. Suponha que alguém vá e balance.

— Esta é uma experiência séria, senhor — disse Mr. Rycroft calorosamente. — Ninguém faria uma coisa dessas.

— Não sei — disse Ronnie, duvidoso. — Eu não descartaria a hipótese. Não estou dizendo que eu mesmo faria isso. Juro que não, mas suponha que todos se voltem contra mim e digam que sim. Seria muito estranho, o senhor sabe.

— Mrs. Willett, estou falando sério. — O velhinho ignorou Ronnie. — Eu imploro, vamos fazer o experimento.

Ela hesitou.

— Eu não gosto disso. Eu não gosto mesmo. Eu... — Ela olhou ao redor, inquieta, como se procurasse por uma saída daquilo. — Major Burnaby, o senhor era amigo do Capitão Trevelyan. O que o senhor diz?

Os olhos do major encontraram os de Mr. Rycroft. Isso, ele compreendeu, era o experimento que este último havia prenunciado.

— Por que não? — disse ele, ríspido.

Teve toda a consequência de um voto de desempate.

Ronnie foi até a sala contígua e trouxe a mesinha que havia sido usada antes. Ele a colocou no meio do chão e cadeiras foram colocadas ao redor dela. Ninguém falou nada. O experimento claramente não era popular.

— Isso está correto, eu acho — disse Mr. Rycroft. — Estamos prestes a repetir o experimento da última sexta-feira em condições precisamente semelhantes.

— Não exatamente semelhantes — objetou Mrs. Willett. — Mr. Duke está ausente.

— Verdade — disse Mr. Rycroft. — Pena que ele não está aqui. Uma grande pena. Bem... er... devemos considerá-lo substituído por Mr. Pearson.

— Não participe disso, Brian. Eu imploro a você. Por favor, não — gritou Violet.

— O que isso importa? É tudo bobagem de qualquer maneira.

— Não é esse o espírito da coisa — disse Mr. Rycroft, severo.

Brian Pearson não respondeu, mas ocupou o lugar ao lado de Violet.

— Mr. Enderby... — começou Mr. Rycroft, mas Charles o interrompeu.

— Não vou participar disso. Sou jornalista e o senhores desconfiam de mim. Farei anotações taquigráficas de qualquer "fenômeno"... essa é a palavra, não é?... que ocorrer.

As coisas foram resolvidas assim. Os outros seis sentaram-se em volta da mesa. Charles apagou as luzes e sentou-se perto da lareira.

— Um minuto — disse ele. — Que horas são?

Ele olhou para o relógio de pulso à luz do fogo.

— Isso é estranho — disse ele.

— O que há de estranho?

— São justamente 17h25.

Violet soltou um gritinho.

Mr. Rycroft disse com severidade:

— Silêncio.

Os minutos passaram. Formou-se uma atmosfera muito diferente da de uma semana antes. Não houve risos abafados, nem comentários sussurrados — apenas o silêncio, enfim quebrado por um leve estalo na mesa.

A voz de Mr. Rycroft se elevou.

— Tem alguém aí?

Outro estalo fraco — de alguma forma, um som estranho naquela sala escura.

— Tem alguém aí?

Desta vez não foi um estalo, mas uma tremenda pancada ensurdecedora. Violet gritou e Mrs. Willett soltou um berro.

A voz de Brian Pearson elevou-se de um modo tranquilizador.

— Está tudo bem. Isso é uma batida na porta da frente. Vou abri-la.

Ele saiu da sala. Ninguém falou nada.

De repente, a porta se abriu, e as luzes foram acesas.

No vão da porta estava o Inspetor Narracott. Atrás dele estavam Emily Trefusis e Mr. Duke.

Narracott deu um passo para dentro da sala e falou.

— John Burnaby, eu o acuso do assassinato de Joseph Trevelyan na sexta-feira, dia 14, e aviso que tudo o que o senhor disser será registrado e poderá ser usada como prova contra o senhor.

Capítulo 30

Emily explica tudo

Foi um grupo de pessoas quase surpreso demais para falar algo que se aglomerou ao redor de Emily Trefusis.

O Inspetor Narracott conduziu o prisioneiro para fora da sala. Charles Enderby foi o primeiro a recuperar a voz.

— Pelo amor de Deus, bote para fora, Emily — disse ele. — Quero chegar ao escritório do telégrafo. Cada momento é vital.

— Foi o Major Burnaby quem matou o Capitão Trevelyan.

— Bem, eu vi Narracott prendê-lo. E suponho que Narracott esteja são, que não enlouqueceu de repente. Mas como Burnaby pode ter matado Trevelyan? Quero dizer, como é humanamente possível? Se Trevelyan foi morto às 17h25.

— Ele não foi. Ele foi morto por volta das 17h45.

— Bem, mas mesmo assim...

— Eu sei. Nunca se poderia adivinhar, a menos que nós simplesmente pensássemos nisso. Esquis... essa é a explicação... *esquis*.

— Esquis? — repetiam todos. Emily assentiu.

— Sim. Ele forjou de forma deliberada aquela mesa girante. Não foi acidental e feito de modo inconsciente como pensávamos, Charles. Foi a segunda alternativa que rejeitamos: que foi feita de propósito. Ele viu que iria nevar em pouco tempo. Isso tornaria a tentativa perfeitamente segura e eliminaria todos os rastros. Ele criou a impressão de que o Capitão Trevelyan estava morto e deixou todo mundo nervoso. Então ele fingiu estar muito chateado e insistiu em partir para Exhampton.

"Ele foi para casa, afivelou os esquis (eles eram guardados em um galpão no jardim com muitos outros equipamentos) e partiu. Ele era um especialista em esqui. É tudo ladeira abaixo até Exhampton, uma corrida maravilhosa. Levaria apenas cerca de dez minutos.

"Ele chegou na janela e bateu. O Capitão Trevelyan o deixou entrar, sem suspeitar. Então, quando o Capitão Trevelyan estava de costas, ele aproveitou a oportunidade, pegou aquele saco de areia e... e o matou. Argh! Fico enjoada só de pensar nisso."

Ela teve um calafrio.

— Foi tudo muito fácil. Ele tinha muito tempo. Ele deve ter enxugado e limpado os esquis e depois colocado no armário da sala de jantar, enfiado no meio de todas as outras coisas. Então, suponho que ele forçou a janela e puxou todas as gavetas e coisas assim, para fazer parecer que alguém havia invadido. Então, pouco antes das vinte horas, tudo o que ele tinha que fazer era sair, fazer um desvio para a estrada mais acima e chegar ofegante a Exhampton como se tivesse vindo de Sittaford a pé. Enquanto ninguém suspeitasse dos esquis, ele estaria perfeitamente seguro. O médico não poderia deixar de dizer que o Capitão Trevelyan estava morto há pelo menos duas horas. E, como eu disse, desde que ninguém pensasse em esquis, o Major Burnaby teria um álibi perfeito.

— Mas eles eram amigos, Burnaby e Trevelyan — disse Mr. Rycroft. — Velhos amigos, eles sempre foram amigos. É incrível.

— Eu sei — disse Emily. — Isso foi o que eu pensei. Eu não conseguia entender o *porquê*. Eu pensei e pensei e, por fim, tive que procurar o Inspetor Narracott e Mr. Duke.

Ela fez uma pausa e olhou para o impassível Mr. Duke.

— Posso contar a eles? — disse ela.

Mr. Duke sorriu.

— Se quiser, Miss Trefusis.

— De qualquer forma... não, talvez você prefira que eu não o faça. Fui até eles e esclarecemos a situação. Você se lembra de ter me dito, Charles, que Evans mencionou que o Capitão Trevelyan costumava enviar soluções de competições em seu nome? Ele achava que a Mansão Sittaford era um endereço grandioso demais. Bem, foi isso que ele fez na competição de futebol pela qual você deu 5 mil libras ao Major Burnaby. Na verdade, a solução veio do Capitão Trevelyan, e ele a enviou em nome de Burnaby, e o endereço do chalé número 1 em Sittaford parecia muito melhor, ele pensou. Bem, você vê o que aconteceu? Na manhã de sexta-feira, o Major Burnaby recebeu a carta dizendo que havia ganhado 5 mil libras (e, a propósito, isso deveria ter nos deixado desconfiados. Ele disse que nunca recebeu a carta, que nada havia chegado na sexta-feira devido ao tempo)... Isso era mentira. Sexta-feira de manhã foi o último dia em que o correio chegou. Onde eu estava? Ah! O Major Burnaby recebendo a carta. Ele queria aqueles 5 mil, queria muito. Ele estava investindo em uma ou outra ação podre e havia perdido muito dinheiro. A ideia deve ter surgido em sua cabeça de repente, eu acho. Talvez, quando ele percebeu que iria nevar naquela noite. Se Trevelyan estivesse morto, ele poderia ficar com o dinheiro e ninguém jamais saberia.

— Incrível — murmurou Mr. Rycroft. — Bastante surpreendente. Eu nunca sonhei... Mas minha querida jovem, como você descobriu tudo isso? O que colocou a senhorita no caminho certo?

Como resposta, Emily explicou a carta de Mrs. Belling e contou como ela havia descoberto as botas na chaminé.

— Foi olhar para elas e me veio à mente. Eram botas de esqui, sabe, e me fizeram pensar em esquis. E de repente me perguntei se talvez... Desci as escadas correndo até o armário, e era isso, havia *dois* pares de esquis ali. Um par era mais longo que o outro. E as botas serviam no par comprido, *mas não serviam no outro*. As presilhas foram ajustadas para um par de botas muito menor. O par de esquis mais curto pertencia a uma pessoa diferente.

— Ele deveria ter escondido os esquis em outro lugar — disse Mr. Rycroft com artística desaprovação.

— Não... não — disse Emily. — Onde mais ele poderia escondê-los? Era um lugar muito bom, realmente. Em um ou dois dias, toda a coleção estaria armazenada e, enquanto isso, não era provável que a polícia se importasse se o Capitão Trevelyan tinha um ou dois pares de esquis.

— Mas por que ele escondeu as botas?

— Suponho — disse Emily — que ele estava com medo de que a polícia pudesse fazer o mesmo que eu fiz. A visão de botas de esqui poderia sugerir esquis a eles. Então ele as enfiou na chaminé. E foi aí, é claro, que ele cometeu o erro, porque Evans percebeu que elas tinham sumido e eu fiquei sabendo.

— Ele pretendia atribuir o crime a Jim de propósito? — perguntou Brian Pearson com raiva.

— Ah! Não. Isso foi apenas o azar habitual do idiota do Jim. Ele é um idiota, o coitado.

— Ele está bem agora — disse Charles. — Você não precisa se preocupar com ele. Você já me contou tudo, Emily? Porque, se for o caso, quero correr para o escritório do telégrafo. Vocês vão me desculpar, pessoal.

Ele saiu correndo da sala.

— O fio condutor — disse Emily.

Mr. Duke falou com a voz profunda.

— A senhorita também tem sido um fio condutor, Miss Trefusis.

— Tem mesmo — disse Ronnie, com admiração.

— Oh, Deus! — disse Emily de repente, deixando-se cair amolecida em uma cadeira.

— O que você precisa é de um estimulante — disse Ronnie. — Um coquetel, hein?

Emily balançou a cabeça.

— Um pouco de conhaque — sugeriu Mr. Rycroft, solícito.
— Uma xícara de chá — sugeriu Violet.
— Eu gostaria de passar um pouco de pó no rosto — disse Emily melancólica. — Deixei meu estojo de maquiagem no carro. E sei que estou transpirando de emoção.

Violet a conduziu escada acima em busca desse sedativo para os nervos.

— Assim está melhor — disse Emily, enxugando o nariz com firmeza. — Foi muita gentileza sua. Me sinto muito melhor agora. Você tem um batom? Eu me sinto quase humana.

— Você tem sido maravilhosa — disse Violet. — Tão corajosa.

— Na verdade, não — disse Emily. — Por baixo dessa camuflagem, tenho estado tão instável quanto uma geleia, com uma espécie de sensação de enjoo no meio.

— Eu sei — disse Violet. — Eu mesmo já senti o mesmo. Eu tenho estado tão apavorada nos últimos dias... sobre Brian, você sabe. Eles não poderiam enforcá-lo por assassinar o Capitão Trevelyan, é claro, mas se ele dissesse onde estava durante esse tempo, eles logo descobririam que foi ele quem planejou a fuga de papai.

— Como é que é? — disse Emily, fazendo uma pausa nos reparos faciais.

— Papai foi o condenado que escapou. É por isso que viemos aqui. Mamãe e eu. Pobre papai, ele sempre... foi esquisito, às vezes. Então ele faz essas coisas terríveis. Conhecemos Brian no caminho da Austrália, e ele e eu... bem... ele e eu...

— Entendo — disse Emily, prestativa. — É claro que sim.

— Contei tudo a ele e arquitetamos um plano entre nós. Brian foi maravilhoso. Felizmente, tínhamos muito dinheiro e Brian fez todos os planos. É muito difícil fugir de Princetown, sabe, mas foi Brian quem planejou isso. De fato, foi uma espécie de milagre. O acordo era que, depois que papai fosse embora, ele iria direto para o outro lado da região e se esconderia na Caverna dos Duendes, mais tarde, ele e Brian seriam nossos dois criados. Você vê, com nossa chegada tão antecipada, imaginamos que estaríamos livres de suspeitas. Foi Brian quem nos contou sobre este lugar e sugeriu que oferecêssemos um grande aluguel ao Capitão Trevelyan.

— Sinto muito — disse Emily. — Digo, que tudo deu errado.

— Isso destruiu mamãe por completo — disse Violet. — Eu acho o Brian maravilhoso. Não é todo mundo que gostaria de se casar com a filha de um presidiário. Mas não acho que seja culpa do papai, ele levou um chute horrível de um cavalo na cabeça há cerca de quinze anos e, desde então, está meio esquisito. Brian diz que se tivesse um bom advogado, teria escapado. Mas não falemos mais de mim.

— Não pode ser feito nada?

Violet balançou a cabeça.

— Ele está muito doente... a exposição, você sabe. Aquele frio terrível. É pneumonia. Não posso deixar de sentir que se ele morrer, bem, pode ser o melhor para ele. Parece terrível dizer isso, mas você sabe o que quero dizer.

— Pobre Violet — disse Emily. — É uma pena.

A garota balançou a cabeça.

— Eu tenho Brian — disse ela. — E você tem... — Ela parou, constrangida.

— Sim — disse Emily, pensativa. — É isso mesmo.

Capítulo 31

O homem de sorte

Dez minutos depois, Emily descia apressada pela rua. O Capitão Wyatt, inclinando-se sobre o portão, tentou impedir seu avanço.

— Olá — disse ele. — Miss Trefusis. O que é tudo isso que escutei?

— É tudo verdade — disse Emily, apressando-se.

— Sim, mas venha aqui. Entre, tome uma taça de vinho ou uma xícara de chá. Temos muito tempo. Não precisa se apressar. Isso é o pior de vocês, pessoas civilizadas.

— Nós somos horríveis, eu sei — disse Emily, e acelerou.

Ela adentrou a casa de Miss Percehouse com a força explosiva de uma bomba.

— Vim contar tudo para você — disse Emily.

E no mesmo instante ela contou a história completa. Foi pontuada por várias exclamações de "benza Deus", "não pode ser!" e "eu bem que falei" de Miss Percehouse.

Quando Emily terminou a narrativa, Miss Percehouse ergueu-se sobre o cotovelo e balançou um dedo prodigamente.

— O que eu falei?! — exclamou ela. — Eu falei que Burnaby era um homem invejoso. Amigos, sim! Por mais de vinte anos, Trevelyan fez tudo um pouco melhor do que Burnaby. Ele esquiava melhor, escalava melhor, atirava melhor e fazia palavras cruzadas melhor. Burnaby não era um homem grande o suficiente para aguentar. Trevelyan era rico e ele era pobre. E vinha sendo assim há muito tempo. Posso dizer que é difícil continuar gostando de verdade de alguém que pode fazer tudo um pouco melhor do que você. Burnaby era um homem tacanho e de natureza mesquinha. Ele deixou que isso o irritasse.

— Imagino que a senhora esteja certa — disse Emily. — Bem, eu tinha que vir e lhe contar. Parecia tão injusto que a senhora ficasse de fora de tudo. A propósito, a senhora sabia que seu sobrinho conhecia minha tia Jennifer? Eles estavam tomando chá juntos no Café Deller na quarta-feira.

— Ela é a madrinha dele — disse Miss Percehouse. — Então esse é o "sujeito" que ele queria ver em Exeter. Pedir dinheiro emprestado, se conheço Ronnie. Vou falar com ele.

— Eu a proíbo de alfinetar alguém em um dia alegre como este — disse Emily. — Adeus. Preciso partir. Tenho muito o que fazer.

— O que você tem a fazer, minha jovem? Devo dizer que você fez sua parte.

— Não é bem assim. Preciso ir a Londres e falar com o pessoal da companhia de seguros de Jim e convencê-los a não processá-lo por causa dessa pequena questão do dinheiro emprestado.

— Hum — disse Miss Percehouse.

— Está tudo bem — disse Emily. — Jim vai se manter na linha o suficiente no futuro. Ele aprendeu a lição.

— Talvez. E você acha que será capaz de persuadi-los?

— Sim — disse Emily com firmeza.

— Bem — disse Miss Percehouse —, talvez você seja. E depois disso?

— Depois disso — disse Emily —, caso encerrado. Terei feito tudo o que podia por Jim.

— Então, vamos supor que se diga... o que vem depois? — disse Miss Percehouse.

— O que a senhora quer dizer?

— Qual o próximo passo? Ou, se quiser deixar a coisa mais clara: qual deles?

— Ah! — disse Emily.

— Exatamente. Isso é o que eu quero saber. Qual deles será o infeliz?

Emily riu. Curvando-se, ela beijou a velha senhora.

— Não se finja de boba — disse ela. — A senhora sabe muito bem qual é.

Miss Percehouse riu.

Emily saiu correndo de casa e desceu até o portão no momento em que Charles vinha correndo pela rua.

Ele a pegou pelas duas mãos.

— Emily, querida!

— Charles! Não é tudo maravilhoso?

— Vou te dar um beijo — disse Mr. Enderby, e a beijou. — Estou feito, Emily — disse ele. — Agora, olhe aqui, querida, aquele nosso assunto?

— Qual assunto?

— Bem... quero dizer... bem, é claro que não seria correto pôr as cartas na mesa com o pobre Pearson na prisão e tudo o mais. Mas agora ele está livre e... bem, ele tem que lidar com a realidade, como qualquer outra pessoa.

— Do que você está falando? — disse Emily.

— Você sabe muito bem que sou louco por você — disse Mr. Enderby — e você gosta de mim. Pearson foi apenas um erro. O que quero dizer é... bem... você e eu fomos feitos um para o outro. Todo esse tempo nós sabíamos disso, nós dois, não é? Você prefere um cartório ou uma igreja, ou o quê?

— Se você está se referindo a casamento — disse Emily —, não há nada a se fazer.

— O que... mas, digo...

— Não — disse Emily.

— Mas... Emily...

— Se preciso dizer — disse Emily —, eu amo Jim. Apaixonadamente!

Charles olhou para ela com perplexidade e sem palavras.

— Não pode ser!

— Pode sim! E eu o amo! E eu sempre o amei! E sempre irei amá-lo!

— Você... você me fez pensar...

— Eu disse — falou Emily, recatada — que era maravilhoso ter alguém em quem se podia confiar.

— Sim, mas pensei...

— Não posso controlar o que você pensou.

— Você é um demônio sem escrúpulos, Emily.

— Eu sei, Charles, querido. Eu sei. Eu sou tudo o que você quiser me chamar. Mas não importa. Pense em como será ótimo para você. Você tem seu furo! Notícias exclusivas para o *Daily Wire*. Você é um homem feito. O que é uma mulher afinal? Menos que a poeira. Nenhum homem forte de verdade quer uma mulher. Ela apenas o atrapalha, agarrando-se a ele feito hera. Todo grande homem é aquele que é independente das mulheres. Uma carreira... não há nada tão bom, tão absolutamente satisfatório para um homem, quanto uma grande carreira. Você é um homem forte, Charles, alguém que pode ficar sozinho...

— Quer parar de falar, Emily? Parece aqueles programas de rádio para rapazes! Você partiu meu coração. Você não sabe como estava adorável quando entrou naquela sala com Narracott. Assim, como uma estátua vingativa e triunfante descida de um monumento.

Um passo rangeu na trilha, e Mr. Duke apareceu.

— Ah! Aí está o senhor, Mr. Duke — disse Emily. — Charles, quero te contar. Este é o ex-inspetor-chefe Duke, da Scotland Yard.

— O quê? — exclamou Charles, reconhecendo um nome famoso. — Não "O" Inspetor Duke?

— Sim — disse Emily. — Quando se aposentou, veio morar aqui e, sendo bom e modesto, não queria que a fama dele se espalhasse. Agora entendo por que o Inspetor Narracott ficou tão perplexo quando quis que ele me contasse que tipo de crimes Mr. Duke havia cometido.

Mr. Duke riu.

Charles vacilou. Houvera um pequeno conflito interno entre o apaixonado e o jornalista. Venceu o jornalista.

— Prazer em conhecê-lo, inspetor — disse ele. — Agora, eu me pergunto se poderíamos convencê-lo a nos escrever um pequeno artigo, digamos oitocentas palavras, sobre o caso Trevelyan.

Emily seguiu com rapidez pelo caminho e entrou na cabana de Mrs. Curtis. Ela correu para o quarto e pegou a mala. Mrs. Curtis a seguiu.

— Já está indo, senhorita?

— Estou. Tenho muito que fazer... Londres e meu namorado.

Mrs. Curtis se aproximou.

— Apenas me diga, senhorita, qual deles é?

Emily estava jogando roupas ao acaso na mala.

— O da prisão, é claro. Nunca houve outro.

— Ah! Você não pensa, senhorita, que talvez esteja cometendo um erro. Tem certeza de que o outro rapaz vale tanto quanto este?

— Ah! Não — disse Emily. — Ele não vale. Este aí vai dar certo. — Ela olhou pela janela, onde Charles ainda mantinha o ex-inspetor-chefe Duke em uma negociação séria. — Ele é o tipo de rapaz que simplesmente nasceu para se dar bem, mas não sei o que aconteceria com o outro se eu não estivesse lá para cuidar dele. Veja onde ele estaria agora se não fosse por mim!

— E não precisa dizer mais nada, senhorita — disse Mrs. Curtis.

Ela desceu as escadas abaixo para onde o legítimo esposo dela estava sentado e olhando para o vazio.

— Ela é a imagem viva da filha da minha tia-avó Sarah, a Belinda — disse Mrs. Curtis. — Ela se atirou para cima daquele miserável do George Plunket no Três Coroas. Estava hipotecado e tudo. E em dois anos, ela pagou a hipoteca e o negócio estava funcionando.

— Ah! — disse Mr. Curtis, e mexeu um pouco o cachimbo.

— Ele era um sujeito bonito, George Plunket — disse Mrs. Curtis, saudosista.

— Ah! — disse Mr. Curtis.

— Mas depois que ele se casou com Belinda, ele nunca mais olhou para outra mulher.

— Ah! — disse Mr. Curtis.

— Ela nunca lhe deu margem para isso — disse Mrs. Curtis.

— Ah! — disse Mr. Curtis.

Notas sobre
O mistério de Sittaford

Este é o primeiro romance no qual Agatha Christie incorporou um elemento sobrenatural. Existem várias referências a *O cão dos Baskervilles*, de Sir Arthur Conan Doyle, com condenados fugitivos, naturalistas e até uma menção ao próprio Conan Doyle. É também o primeiro romance a receber um título diferente quando foi publicado nos Estados Unidos em 1931. A edição de Dodd Mead, *The Murder at Hazelmoor*, é anterior à de Collins Crime Club de 7 de setembro do mesmo ano. Mas ambas as edições foram precedidas pela série US Good Housekeeping em seis capítulos de março a agosto com ilustrações de W. Smithson Broadhead (que coincidentemente teve a honra de ser o primeiro a ilustrar Poirot em uma capa de livro sob encomenda da The Bodley Head para a edição de *Poirot investiga*).

O mistério de Sittaford é um dos quatro romances que Agatha Christie dedicou ao segundo marido dela, Max Mallowan.

Em 2004, a BBC dramatizou a história para a BBC Radio 4. Foi filmado para a TV em 2006 com a adição de Geraldine McEwan como Miss Marple e Timothy Dalton como o proeminente Trevelyan, que é esfaqueado em vez de golpeado por um saco de areia. Nesta adaptação, o assassino é diferente do romance e também contou com uma aparição precoce da estrela em ascensão Carey Mulligan.

A mencionada loja Delfridge's é um trocadilho com Selfridge's, popular loja de departamentos de Londres. O local fictício aparece também no conto "The Case of the Discontented Soldier".

A personagem Emily menciona um Lascar, como eram chamados os marinheiros hindus empregados na Marinha Britânica em substituição à marinheiros ingleses que desertavam.

A mesa girante que aparece na trama é um fenômeno considerado psicocinético cuja difusão ganhou maior intensidade no século XIX e se tornou moda na Europa. Ele consiste na comunicação com espíritos que manifestam sua presença por meio de sons ou movimentos na mesa, podendo desde girá-la, até fazê-la levitar. Passou a integrar reuniões cotidianas e, até mesmo, a assumir o papel de evento, no qual as pessoas recebiam convites para encontros nos quais podiam observar a manifestação como forma de divertimento.

Este livro foi impresso pela Braspor,
em 2024, para a HarperCollins Brasil.
A fonte usada no miolo é Cheltenham, corpo 9,5/13,5pt.
O papel do miolo é pólen bold 70g/m²,
e o da capa é couché 150g/m² e offset 150g/m².